LE CRU
DE LA COMTESSE

TOM SHARPE

LE CRU
DE LA COMTESSE

Traduit de l'anglais
par Henri Loing

LUNEAU ASCOT ÉDITEURS
9, rue Ampère - 75017 PARIS

Titre original :
VINTAGE STUFF

1

La venue sur terre de Pèlerin Rodrigue Clyde-Browne fut attestée par son acte de naissance.

Y figurait aussi l'identité de ses parents : Oscar Mouchette Clyde-Browne, profession avocat, et son épouse Marguerite Diane, née Churley, ainsi que leur adresse : Les Cônes, avenue des Pins à Virginia Water.

L'annonce qui parut, à cette occasion, dans la rubrique mondaine du *Times* se terminait par ces mots : « Avec tous nos remerciements au personnel de la clinique Saint-Barnabé. »

Quoique sincères à l'époque, ces remerciements étaient prématurés. M. et Mme Clyde-Browne voulaient un enfant depuis longtemps et ils envisageaient la possibilité d'avoir recours à la médecine lorsque Pèlerin fut conçu. Mme Clyde-Browne avait alors trente-six ans et son mari près de quarante. On imagine aisément à quel point ils furent heureux lorsque, après un travail plus facile qu'on aurait pu le craindre, Pèlerin leur échut le 25 mars 196-, pesant 8 livres et 5 onces.

« C'est vraiment un très beau bébé », s'exclama la nurse tout autant par habitude que pour faire plaisir à la mère. En fait, la beauté de Pèlerin était plutôt de celle que l'on voit aux victimes d'un accident de la route particulièrement grave.

« Et il est si sage ! » ajouta-t-elle.

Là, elle était plus près de la vérité car il avait commencé à être sage dès sa naissance. Il ne pleurait presque jamais, mangeait avec une parfaite régularité et faisait ensuite son rot, juste ce qu'il fallait pour rassurer ses parents quant à son état scrupuleusement normal. Bref, ce fut ainsi un enfant modèle jusqu'à l'âge de cinq ans. Seulement, comme il continua de plus belle, année après année, jusqu'à neuf ans passés, ses parents commencèrent à s'inquiéter et à se demander vraiment si Pèlerin n'était pas finalement trop sage pour son âge. A cette époque, Pèlerin était externe dans une institution privée.

« Conduite irréprochable, lut M. Clyde-Browne dans son bulletin scolaire, et la même remarque apparaît plusieurs fois. Je finis par trouver ça plutôt inquiétant.

— Je ne vois pas pourquoi, répliqua son épouse. Si Pèlerin a toujours été un enfant parfaitement sage, je pense que c'est à mettre au crédit de ses parents.

— Sans doute, mais quand j'avais son âge, personne n'aurait pu dire que j'étais irréprochable. Bien au contraire...

— Quand vous étiez petit, vous n'étiez qu'un fichu garnement. Même votre mère l'admettait.

— Exact, dit M. Clyde-Browne, dont les sentiments pour sa défunte mère étaient plutôt mitigés. Et je n'aime pas trop non plus l'appréciation " S'applique à faire de son mieux " dans presque toutes les matières. J'aurais préféré un travail impeccable et une conduite qui aurait pu, peut-être, laisser un peu plus à désirer.

— On ne peut pas tout avoir. S'il se conduisait mal, vous seriez le premier à le traiter de houligan, de vandale ou même pire encore. Vous devriez être heureux qu'il fasse des efforts dans son travail d'écolier et qu'il n'ait pas d'ennuis par ailleurs. »

Pour lors, M. Clyde-Browne abandonna le sujet.

Un an plus tard, comme son bulletin continuait à faire état d'une conduite irréprochable et d'efforts assidus et répétés, M. Clyde-Browne se décida enfin à rencontrer le directeur de l'école pour en savoir un peu plus long sur son fils.

« J'ai bien peur qu'il n'y ait aucune chance pour lui d'entrer à Winchester, dit le directeur. En fait, c'est même très improbable qu'il atteigne Harrow.

— Harrow? Mais je ne veux pas que mon fils aille à Harrow, dit M. Clyde-Browne qui avait l'opinion commune aux anciens de Harrow. Je veux que mon fils ait la meilleure éducation que l'argent puisse offrir. »

Le directeur eut un soupir en se tournant vers la fenêtre. Son école était une des institutions privées parmi les plus chères du Royaume-Uni.

« Le fond du problème, et vous pouvez en croire mon expérience de près de trente ans dans l'enseignement, c'est que Pèlerin est un garçon qui sort de l'ordinaire, un garçon qui en est même très éloigné.

— Je le sais bien, dit M. Clyde-Browne, et je sais aussi que chaque bulletin que j'ai reçu de vous parlait de sa conduite irréprochable et de la constance de ses efforts. Maintenant je suis prêt à affronter la réalité. Essayez-vous de me dire que mon fils est stupide? »

Debout, dos à son bureau, le directeur eut un geste d'excuse.

« Je n'irai pas jusque-là, murmura-t-il.

— Et jusqu'où iriez-vous alors?

— Peut-être un développement tardif serait un terme plus approprié. Le fond du problème est que Pèlerin a du mal à conceptualiser.

— Croyez-moi, je suis comme lui, dit M. Clyde-Browne, j'ai du mal à discerner ce que vous voulez dire.

— Ma foi, si l'on considère le problème au fond...

— Ecoutez, fit M. Clyde-Browne, prenant son ton de cour le plus acerbe, c'est la troisième fois que vous préfacez ainsi votre discours sans aborder le fond d'un quelconque problème. Alors, maintenant, je veux la vérité.

— En un mot, il prend tout comme parole d'évangile.

— D'Evangile?

— Oui, au pied de la lettre, exactement au pied de la lettre.

— Il prend l'Evangile au pied de la lettre? dit M. Clyde-

9

Browne qui espérait trouver là une ouverture pour dire au directeur ce qu'il pensait de l'éducation religieuse dans un monde rationnel.

— Pas seulement l'Evangile, tout, répondit le directeur qui, de son côté, commençait à trouver presque aussi harassant de recevoir le père que d'éduquer le fils. Il semble incapable de distinguer entre le général et le spécifique. Prenons, par exemple, le temps.

— Quel temps? demanda M. Clyde-Browne avec un œil glacé.

— Juste le temps. Si un professeur donne un travail à la classe et ajoute " Prenez votre temps ", Pèlerin répond invariablement : " Onze heures juste. "

— Il dit invariablement " Onze heures juste "?

— Ou plus exactement, l'heure qu'il est à ce moment-là; par exemple neuf heures et demie ou dix heures moins le quart.

— Dans ce cas-là, il ne dit pas invariablement " Onze heures juste ", dit M. Clyde-Browne, se raccrochant à cette contre-attaque pour se sortir de sa confusion.

— Exact, pas toujours " Onze heures juste ", lui concéda le directeur, mais toujours une heure ou l'autre, celle qu'il peut lire à sa montre. Voilà ce que je voulais dire par prendre tout au pied de la lettre. C'est ce qui fait de l'enseignement qu'on lui donne une expérience particulièrement éprouvante. Pas plus tard que l'autre jour, pendant un cours d'instruction religieuse, le révérend Wilkinson, parlant de Pâques comme d'un temps de renouveau, a demandé à chacun de tourner une page nouvelle. Pèlerin est immédiatement passé à la page suivante. Quant à moi, hier, j'ai dit à sa classe qu'ils devaient tous reprendre du poil de la bête. A la récréation qui a suivi, Pèlerin s'est acharné sur notre chat. Ma femme était furieuse. »

M. Clyde-Browne, qui jetait un coup d'œil par la fenêtre, remarqua en effet le pauvre chat, pelé par plaques, sur un rebord de marche.

« Existe-t-il un moyen quelconque pour lui expliquer la

différence qu'il y a entre une expression courante ou imagée et la réalité ? demanda le père plus calmement.

— Oui, mais c'est au prix d'une masse énorme de temps et d'efforts. De plus, nous avons à nous occuper des autres enfants. Enfin, la langue anglaise ne s'adapte pas aisément à une pure logique. Nous pouvons seulement espérer que Pèlerin se développera tout d'un coup et qu'il apprendra un jour à ne pas faire exactement ce qu'on lui dit de faire. »

Quand il revint aux Cônes, ce soir-là, M. Clyde-Browne était moins gai et plus perplexe qu'en partant le matin. Après une vive dispute avec sa femme, qu'il accusa d'être seule responsable d'une éducation trop stricte pour Pèlerin, il tenta d'expliquer à son fils toutes les surprises que pouvait comporter une exécution trop exacte de ce qu'on lui disait.

« Il peut t'arriver des choses terribles, tu sais. Il y a beaucoup de gens qui ne disent pas vraiment ce qu'ils pensent et si tu fais tout ce qu'ils te disent, tu finiras par arriver... Dieu sait où. »

Pèlerin le regarda déconcerté.

« Où c'est ça, Dieucéou ? » demanda-t-il.

M. Clyde-Browne étudia son fils avec un mélange de stupéfaction et de colère mal contenue. Maintenant que son attention avait été attirée sur ce point, il découvrait, chez lui, un comportement qui rappelait, par certains côtés, celui de sa mère quand elle était confrontée à des phénomènes dont elle refusait de discuter. Il était possible alors que la stupidité du fils fût aussi délibérée que celle de la mère et, si c'était vrai, il lui restait un peu d'espoir.

« Dieu sait où, c'est nulle part. Ça veut dire simplement des choses qui finissent mal. »

Pèlerin réfléchit encore quelques instants. Enfin il demanda :

« Comment je peux y aller, si c'est nulle part ? »

M. Clyde-Browne ferma les yeux pour une prière silencieuse. Il pouvait apprécier maintenant la plaidoirie des professeurs qui devaient faire face à cette logique sans faille tous les jours.

« Pas d'importance où c'est, dit-il, contrôlant mal sa colère, ce que je veux dire c'est que si tu ne mets pas toutes tes forces à te ressaisir... et puis non, oublie ça. »

Le père approchait des convulsions.

« Si tu n'apprends pas à faire la distinction entre l'expression de la réalité des choses et une expression de la conversation courante, tu te retrouveras vite au trente-sixième dess..., dans de gros problèmes. Est-ce que c'est clair ?

— Oui papa », dit Pèlerin, avec un regard critique pour son père, qui contredisait tout à fait sa réponse. Mais M. Clyde-Browne avait épuisé son répertoire de clichés et il ajouta inconsidérément :

« Alors, va jouer et ne fais plus tout ce qu'on peut te dire. »

Dans les jours qui suivirent, il apprit avec effarement jusqu'où pouvait aller l'obéissance perverse de Pèlerin. Pour commencer, il refusa de passer la confiture au petit déjeuner justement parce qu'on la lui demandait ; ensuite, il revint de l'école avec un œil au beurre noir justement parce que le directeur avait défendu aux garçons de se battre ; enfin, il tira délibérément sur le chien de Mme Workshop justement parce que sa mère lui avait recommandé de faire attention de ne pas l'atteindre et, pour faire bonne mesure, il dit à Mme Workshop qu'il était bien content d'avoir tué son affreux cabot.

« Je n'arrive pas à deviner ce qui lui passe par la tête », explosa Mme Clyde-Browne quand elle découvrit qu'au lieu de ranger sa chambre, comme elle le lui avait demandé, Pèlerin avait vidé tous les tiroirs par terre et mis tout sens dessus dessous. « Il n'avait jamais fait ça auparavant. C'est vraiment très bizarre. Est-ce que vous avez une idée, vous, du mauvais génie qui peut habiter cette maison ? »

M. Clyde-Browne répondit prudemment à voix basse. Il ne savait que trop quel génie habitait la maison : un fils avec le discernement mental d'un microprocesseur et un flair infaillible pour renverser la logique.

« Ne tiens pas compte de ce que je t'ai dit l'autre jour, grogna-t-il, en traînant Pèlerin hors du clapier où son lapin, gavé jadis, jeûnait désormais. A partir de maintenant, tu feras exactement ce que nous te dirons, que ce soit ta mère ou moi. Je me fiche de tous les dégâts que tu peux faire à l'école, mais je ne veux pas voir cette maison mise en ruines et le chien de la voisine tué tout simplement parce qu'on t'a dit de faire le contraire. As-tu bien compris ?

— Oui papa », dit Pèlerin et il revint à son comportement antérieur beaucoup moins destructeur.

2

De la constatation que leur fils n'était pas comme les autres garçons de son âge, les Clyde-Browne tirèrent des conclusions opposées. Mme Clyde-Browne s'en tint à sa première idée que Pèlerin était un génie avec toutes les excentricités d'un génie ; de son côté, son mari était plus pragmatique et beaucoup moins enthousiaste, vu les dégâts que pouvait causer un prodige pubescent dans sa maison. Il consulta le médecin de famille, un psychiatre pour enfants, un spécialiste des problèmes d'éducation et finalement un conseiller d'orientation. Leurs conclusions furent contradictoires. Le docteur exprima toute sa sympathie ; le psychiatre fit en tout état de cause des remarques blessantes sur la vie sexuelle des Clyde-Browne ; et le spécialiste en éducation, disciple d'Ivan Illich, blâma le système éducatif de Pèlerin qui ne motivait pas suffisamment l'enfant vers l'étude. Seul, le conseiller d'orientation donna le conseil pratique que M. Clyde-Browne attendait. Il dit qu'à son avis le meilleur avenir pour Pèlerin était dans l'armée où l'obéissance stricte aux ordres était hautement recherchée. Avec cette idée en tête, M. Clyde-Browne s'enquit d'une école qui voudrait bien accepter Pèlerin.

Ici il eut de nouvelles difficultés. Mme Clyde-Browne insistait pour que son petit rejeton chéri ait la meilleure éducation possible. Son mari répliqua en faisant remarquer que si le petit demeuré était, comme elle le prétendait, un génie, il n'avait besoin alors d'aucune éducation. Mais la

14

vraie difficulté vint des directeurs d'école successifs qui trouvèrent à l'évidence la quête désespérée de M Clyde-Browne plutôt plus alarmante que les bulletins scolaires de Pèlerin.

A la fin, à la faveur d'une plaidoirie pour un client qui avait détourné les fonds d'un club de sport, M. Clyde-Browne eut vent de l'existence de Groxbourne. Comme Pèlerin avait déjà quinze ans, M. Clyde-Browne précipita les choses et il s'y rendit en plein trimestre.

Situé sur les pentes boisées des collines du Salop sud, Groxbourne était virtuellement inconnu des cercles académiques. Certainement Oxford et Cambridge pouvaient prétendre n'en avoir jamais entendu parler car sa toute petite réputation ne dépassait guère les quelques rares collèges de cette province retirée.

« Mais vous avez vos entrées dans l'armée ? demanda sèchement M. Clyde-Browne au directeur qui, à la veille de la retraite, savait qu'il laisserait le problème de Pèlerin à son successeur.

— La liste des morts pour la Patrie, dans la chapelle, doit plaider en notre faveur », dit le directeur d'un air à la fois modeste et grave, et il l'y précéda. M. Clyde-Browne parcourut la liste terrible et fut impressionné.

« Six cent trente au cours de la Première Guerre mondiale et trois cents pour la Seconde, dit le directeur. Je pense qu'il y a peu d'écoles dans ce pays qui ont apporté là une contribution aussi généreuse. Je le mets au crédit de l'excellence de nos équipements scolaires et notamment de nos terrains de sport. »

M. Clyde-Browne acquiesça. Cependant, ses espoirs pour l'avenir de Pèlerin restaient empoisonnés par ses déceptions précédentes.

« De plus, nous avons ici un cours spécial pour les sous-doués suractifs, continua le directeur. Le major Fetherington, croix de guerre, le dirige, et nous avons trouvé cette formule d'un grand secours pour les garçons plutôt doués côté pratique et dont les besoins ne sont pas satisfaits par les études purement théoriques. Natu-

15

rellement c'est en plus, mais vous pourrez en voir tout le bénéfice pour votre fils. »

M. Clyde-Browne acquiesça intérieurement. Connaissant les lacunes de Pèlerin comme il les connaissait, il savait que son fils ne se contenterait jamais d'une éducation purement théorique.

Ils longèrent le cloître et la chapelle pour arriver derrière la salle de squash. Là, ils furent accueillis par des bruits d'armes à feu. Une douzaine de jeunes garçons, armés de fusils, étaient couchés sur le sol et tiraient sur les cibles d'un stand de tir à moitié enterré.

« Ah, Major, dit le directeur à un petit homme fringant qui cinglait, d'une badine arrogante, d'étincelantes bottes de cheval, j'aimerais vous présenter M. Clyde-Browne dont le fils nous rejoindra le trimestre prochain.

— Magnifique, magnifique », dit le major, passant sa badine sous son bras gauche pour serrer la main de M. Clyde-Browne alors qu'il ordonnait au même moment de cesser le feu, d'ouvrir la culasse, d'éjecter les douilles et de mettre la sécurité. « Votre fils est-il un bon tireur ?

— Excellent, dit M. Clyde-Browne qui se souvenait de l'incident du chien de Mme Workshop. En fait, je pense qu'il n'est pas si mauvais.

— Magnifique. Après avoir mis la sécurité, huilez la culasse. »

Les élèves s'exécutèrent.

« Je vais laisser au major le soin de vous faire continuer la visite », dit le directeur en disparaissant. Peu après, quand les fusils eurent été inspectés et que la petite colonne se fut éloignée vers l'armurerie, M. Clyde-Browne se retrouva dans un tour guidé du parcours du combattant : un haut mur de briques d'où pendaient des cordes précédait un fossé boueux ; d'autres cordes étaient accrochées dans des arbres et servaient à franchir un ravin ; suivaient un réseau de barbelés, un tunnel étroit à demi plein d'eau et, finalement, bâtie au bord d'une carrière, une tour de bois d'où partait un câble à brins serrés qui descendait en pente raide jusqu'à un piquet à trente mètres de là.

16

« La Pente de la mort, expliqua le major. On met une corde torsadée dans l'eau pour qu'elle ne brûle pas, on la passe par-dessus le câble, on s'agrippe fermement aux deux bouts et on se laisse glisser. »

Mal à l'aise, M. Clyde-Browne se pencha pour voir les rochers à quinze mètres en contrebas. Il comprenait maintenant pourquoi ça s'appelait la Pente de la mort.

« Vous devez avoir pas mal de blessés ? demanda-t-il, je veux dire, qu'est-ce qui se passe quand ils touchent le piquet, là, en bas ?

— Ils ne le touchent pas, dit le major, les pieds touchent le sol les premiers et ils lâchent prise. On leur apprend d'abord la technique d'atterrissage en parachute. Garder les genoux collés et rouler sur l'épaule gauche.

— Je vois, dit M. Clyde-Browne dubitatif, tout en refusant l'offre du major d'essayer par lui-même.

— Ensuite, circuit d'escalade. Là, nous sommes très forts. L'homme de tête ouvre la voie et arrime la corde. Avec un peu d'entraînement, toute une section est là-haut en moins de deux minutes.

— Fascinant, dit M. Clyde-Browne, et vous n'avez jamais eu d'accident ?

— Une ou deux jambes cassées par-ci par-là, mais ça leur arriverait de toute façon au terrain de sport. En fait, je pense qu'on peut admettre qu'il vaut mieux que les élèves de ce cours aient des chances de recevoir des mauvais coups ici. Ça leur évite d'avoir envie d'en donner ailleurs. »

Ils arrivèrent au gymnase et assistèrent à une démonstration de close-combat. A la fin de sa visite, M. Clyde-Browne avait pris sa décision. Quelles que soient les lacunes de Groxbourne, cette école garantirait à Pèlerin son entrée dans l'armée. Et quand il revint au bureau du directeur, il lui fit part de sa décision.

« Parfait, répondit celui-ci, alors je pense que je vais le confier à M. Glodstone. Il réussit très bien avec les jeunes. Et pour le paiement... »

M. Clyde-Browne sortit son chéquier.

« Je paie trois ans d'avance. »

Le directeur le regarda, surpris.

« Vous ne préférez pas attendre pour savoir si notre établissement convient à votre fils ? »

Mais la décision de M. Clyde-Browne était irrévocable. Il venait enfin de trouver pour Pèlerin quelque chose qui ressemblait à un bon établissement secondaire et il n'allait pas prendre le risque qu'il puisse en être renvoyé. Ignorant la remarque du directeur, il ajouta :

« J'arrondis la somme à dix mille livres pour la restauration de la chapelle. C'est bien ce que demandait votre petite affiche ? »

Ayant rédigé son chèque, il repartit d'excellente humeur. Il avait été particulièrement sensible à la possibilité qu'offrait le cours pour sous-doués suractifs de se prolonger pendant les vacances d'été avec le major Fetherington. Celui-ci les emmenait en Galles du Nord pour « un camp d'escalade et de marches forcées ».

« Ça nous donnera toute liberté de partir de notre côté », se disait, tout heureux, M. Clyde-Browne en redescendant vers le sud. Mais ce ne fut pas l'argument qu'il utilisa pour convaincre sa femme ; elle venait d'apprendre d'une de ses amies que c'était là le dernier endroit où elle aurait voulu mettre son fils.

« Lisbeth me dit que la brutalité y règne, que les élèves sont presque tous des fils de paysans et que l'enseignement y est horrible.

— De toute façon, c'est Groxbourne ou le collège du coin.

— Mais il doit bien y avoir d'autres écoles...

— Il y en a. Et même beaucoup, mais elles ne veulent pas de Pèlerin. Maintenant, si vous voulez exposer votre fils à la promiscuité d'un tas de nullités au collège local, vous n'avez qu'à le dire. »

Mme Clyde-Browne ne le dit pas. C'était une de ses croyances les plus enracinées que seuls les ouvriers mettaient leurs enfants au collège local et qu'on ne devait en aucun cas laisser Pèlerin contracter leurs sales habitudes.

« Ça semble quand même dommage qu'on ne puisse pas

s'offrir un précepteur », murmura-t-elle. Mais M. Clyde-Browne resta intraitable.

« Votre fils doit apprendre à marcher à son pas et faire face seul aux réalités de la vie. Il ne pourrait pas le faire en restant à la maison, couvé par vous et par un tuteur privé qui ne serait rien d'autre qu'un fat, poseur et inutile. »

Sa remarque en disait aussi long sur sa vision personnelle de la dure réalité des choses que sur la conviction où il se trouvait que Pèlerin avait passé les quinze premières années de sa vie à marcher sur les pieds des autres et qu'il était grand temps qu'il ait les siens sur terre.

« Je suis quand même pour, repartit Mme Clyde-Browne avec un certain courage.

— Pas moi, continua son mari, se préparant à appuyer sa défense sur la colère, sans votre insistance à le traiter comme une poupée en sucre, il ne serait pas le demeuré qu'il est aujourd'hui. Mais non, c'était toujours " Pèlerin fait ci, Pèlerin fait ça " et " Ne salis pas tes habits, Pèlerin ". Tout bien considéré, c'est un vrai miracle qu'il ait encore une moitié de sa tête à lui. »

Là, il était injuste. Ses bizarreries, Pèlerin les tenait tout autant de son père que de sa mère. La carrière de M. Clyde-Browne comme avocat et son expérience de la justice l'avaient amené à diviser le monde en deux : d'un côté les innocents sans reproches, de l'autre les coupables invétérés, sans aucun état intermédiaire, source d'incertitude. Pèlerin avait bu au biberon les idées strictes du bien et du mal, et sa mère n'avait fait que les renforcer. Les prétentions sociales de Mme Clyde-Browne l'empêchaient de penser du mal d'un membre quelconque de son entourage. Ils étaient, par définition, tous « comme il faut » puisque les Clyde-Browne les connaissaient. Quant aux autres, c'était tous des gens impossibles et même méchants. La télévision n'avait en rien élargi sa vision des choses. Ses parents avaient censuré sévèrement son choix en le limitant à des programmes qui montraient des cow-boys ou des policiers sous leur meilleur jour, et des Indiens et des suspects sous leur pire aspect, si bien qu'on lui avait épargné incertitudes et doute moral.

Etre brave, franc, honnête et prêt à tuer ceux qui ne l'étaient pas, voilà ce que c'était qu'être bon ; un rien en dessous et on était méchant.

Ce fut avec ces préjugés impeccables qu'il fut conduit jusqu'à Groxbourne et confié aux mains de M. Glodstone par ses parents. Ceux-ci firent preuve d'un stoïcisme tout britannique en se séparant de leur fils. Dans le cas de M. Clyde-Browne, point n'était besoin de maîtrise de soi, mais les sentiments de son épouse s'exprimèrent d'eux-mêmes dès qu'ils eurent passé la porte de l'école. Elle avait été particulièrement choquée par le responsable de groupe de son fils.

« Ce M. Glodstone m'a l'air plutôt bizarre, murmura-t-elle en essuyant ses larmes.

— Oui », dit M. Clyde-Browne avec brusquerie, et il se retint de faire remarquer que toute personne qui passait sa vie à tenter de combiner les devoirs d'un gardien de zoo, d'un surveillant de prison et d'un enseignant pour attardés mentaux avait toutes les chances de ne pas paraître normal.

Et elle ajouta :

« Pourquoi porte-t-il un monocle sur son œil de verre ?

— Probablement pour lui éviter de voir trop clairement de l'autre », répondit M. Clyde-Browne énigmatiquement, remarque qui donna à son épouse de quoi méditer jusqu'à la maison.

« J'espère que Pèlerin y sera heureux, dit-elle comme ils tournaient dans l'allée des Pins. Sinon, promettez-moi...

— Qu'il ira au collège d'à côté », ajouta M. Clyde-Browne, ce qui mit fin à leur discussion.

3

Mais les craintes de Mme Clyde-Browne n'étaient pas fondées. Pèlerin était parfaitement heureux. Contrairement à des enfants plus sensibles qui auraient trouvé que cette école ressemblait plutôt à l'enfer, lui y était dans son élément. C'était en grande partie dû à sa taille — à quinze ans, il mesurait presque un mètre quatre-vingts et pesait soixante-dix kilos — mais aussi à sa force physique. Il l'avait acquise grâce à un professeur de son école précédente qui lui faisait faire cent pompes tous les matins pour l'aider à comprendre la théorie de la gravité. Or, à Groxbourne, la taille et la force comptaient. Fondée dans la deuxième moitié du dix-neuvième siècle par un pasteur à l'optimisme sans limite qui voulait apporter à des fils de fermiers la ferveur anglicane, l'école était restée si obscure et si rétrograde que ses traditions étaient d'un autre âge. Ce n'était que corvées, coups de bâtons et brimades à gogo. On y voyait encore des préfets de classe, la chapelle matin et soir, des douches froides, des dortoirs ouverts à tout vent et une nourriture immangeable mais solide. En un mot, Groxbourne s'en tenait à la routine de son fondateur sans pour autant réaliser ses ambitions. Pour Pèlerin, ces considérations abstraites n'auraient eu aucun sens. Il était assez costaud pour que ses camarades ne le briment pas sans risque. Et d'entendre sonner la cloche de l'école qui rythmait la journée, indiquant que la leçon était finie ou que le repas allait commencer, sans jamais avoir à penser à ce qu'il devrait faire ensuite, suffisait à son bonheur. Le meilleur de tout, c'était que sa tendance à tout prendre au pied de la lettre était appréciée à Groxbourne. En aucun cas, le maître ne venait l'encourager à prendre son temps. C'était plutôt du genre : « Silence, et que ça saute, ou vous aurez affaire à moi. » Et tout ça plaisait tellement à Pèlerin que, pour la première fois de sa vie, il se retrouvait plus près du premier de la classe que du dernier.

Mais c'était sur le terrain de sport que sa faculté de prendre tout à la lettre était vraiment payante. Au rugby, il n'hésitait pas à foncer dans le tas, ce qui lui valut une place dans le quinze junior et l'admiration du capitaine de l'équipe, M. Evans, qui appréciait beaucoup cette tactique meurtrière.

« Je n'ai jamais vu quelqu'un comme lui ! » s'exclama-t-il après un match où Pèlerin avait suivi ses instructions à la lettre. Il avait pris l'avantage en talonnant la balle avec une telle furie qu'il donna l'impression qu'il voulait saisir d'un seul coup tout le pack adverse. Et il avait attaqué un demi d'ouverture si férocement que le pauvre bougre avait dû être évacué du terrain, plein de sang, alors que Pèlerin brandissait son short comme un trophée. C'était la même chose à la boxe. Pèlerin pratiquait ce sport avec une détermination qui terrorisait ses adversaires et alarmait son instructeur.

« Quand j'ai dit " Maintenant, voyons celui qui va faire avaler sa mâchoire à l'autre minable ", je ne voulais pas dire de le matraquer jusqu'à l'inconscience », expliqua-t-il à Pèlerin après un round particulièrement " engagé ". En effet, après avoir envoyé son adversaire au tapis, Pèlerin l'avait redressé et, le tenant d'une main dans les cordes, s'était acharné de l'autre à lui démolir le visage.

Il avait même réussi à impressionner le major Fetherington. La vantardise de M. Clyde-Browne affirmant que son fils était un bon tireur s'était révélée exacte. Pèlerin avait un œil infaillible. Sur les cibles du plus petit gabarit, ses balles manquaient rarement le centre. Au point que le major, qui suspectait que tous ses projectiles manquaient la cible sauf un, avait fait mettre un large écran de papier derrière et avait été surpris de constater que Pèlerin faisait mouche à tout coup. Le parcours du combattant, non plus, ne lui inspirait aucune terreur. Il escaladait le mur de brique avec une agilité remarquable, prenait plaisir à se laisser tomber dans le fossé boueux ou à se balancer au-dessus du ravin et frétillait dans le tunnel inondé. Seule la Pente de la mort lui avait posé quelques problèmes. Ce n'était pas parce qu'il trouva difficile de se laisser glisser en bas, cramponné à une corde, mais parce qu'il comprit de travers les instructions du major de revenir au point de départ et qu'il se mit en tête de remonter le câble en se hissant avec les mains. Avant qu'il ait pu atteindre la moitié de la hauteur, pendu à une quinzaine de mètres au-dessus des rochers, le major avait déjà fermé les yeux et priait.

« Est-ce que ça va, Monsieur ? » demanda Pèlerin quand il arriva au sommet.

Le major ouvrit les yeux et le regarda, mi-soulagé mi-furieux.

« Jeune homme, dit-il, vous êtes supposé suivre un cours d'assaut, pas une école de trapèze ou d'acrobaties de cirque. Est-ce que je me suis bien fait comprendre ?

— Oui Monsieur, dit Pèlerin.

— Alors, à l'avenir, vous ferez exactement ce qu'on vous dit.

— Oui, Monsieur. Mais vous avez dit de revenir au...

— Je sais ce que j'ai dit et c'est inutile de le répéter », hurla le major qui annula le reste de l'après-midi d'entraînement pour retrouver son calme. Deux jours plus tard, il devait regretter sa remarque. Il venait de rentrer de dix kilomètres de course à travers champs, sous la pluie, quand il découvrit que Pèlerin manquait à l'appel.

« Est-ce que l'un d'entre vous sait où il a pu aller ? » demanda-t-il au petit groupe de sous-doués suractifs épuisés, quand ils furent rentrés au vestiaire.

« Non, Monsieur. Il était avec nous quand on a atteint le fond des gorges de la Leighton. Vous vous souvenez, il vous a demandé quelque chose. »

Le major regarda dehors le ciel qui noircissait — il avait

23

commencé à neiger — et il lui sembla se souvenir de Pèlerin lui demandant s'il pouvait traverser à la nage au lieu de prendre le pont. Comme la question lui avait été posée à un moment où il venait de trébucher sur une pierre et de s'écorcher sur un tas de roches coupantes, le major ne se souvenait plus de sa réponse. Il savait simplement qu'elle avait été cassante.

« Oh, après tout, s'il n'est pas là dans une heure, il faudra envoyer une patrouille à sa recherche et alerter la police », murmura-t-il ; et il monta dans sa chambre pour se consoler avec un brandy en pensant que Clyde-Browne s'était probablement noyé dans la rivière. Douze heures plus tard, il s'avéra que ses espoirs et ses craintes n'étaient pas fondés. La police, grâce à ses chiens, avait retrouvé Pèlerin tout heureux, bien à l'abri dans une grange à vingt kilomètres de là.

« Mais, Monsieur, vous m'avez bien dit textuellement d'aller ailleurs voir si vous y étiez », expliqua-t-il quand on le ramena à l'école à cinq heures du matin.

Le major Fetherington s'étrangla.

« Mais ça ne voulait pas dire... commença-t-il.

— Et l'autre jour, vous m'avez bien dit que je devais faire exactement ce qu'on me disait, continua Pèlerin.

— Ah, n'en jetez plus, mon Dieu, dit le major.

— Amen », répondit Pèlerin en se dirigeant vers l'infirmerie.

Même si le major trouvait que son esprit obtus était insupportable, la popularité de Pèlerin restait élevée auprès de ses camarades. Non seulement Pèlerin n'avait jamais de brimades, mais il garantissait la sécurité des nouveaux arrivants qui pouvaient toujours l'appeler pour les défendre. Et, à cause de sa taille et de son faciès — ses tendances naturelles à la naissance ayant été encore aggravées par la boxe —, aucun des élèves des grandes classes ne l'avait trouvé à son goût, même le plus frustré. En bref, Pèlerin était aussi prodigieusement enfant-modèle au collège qu'il l'avait été à l'école primaire. Ce fut cette qualité extraordinaire qui attira sur lui dès le début l'attention de M. Glodstone et c'est ce qui détermina sa destinée.

Mme Clyde-Browne avait eu raison dans son jugement sur l'instructeur de son fils. Il était effectivement un peu bizarre. Son père, vice-amiral en retraite, avait des idées réactionnaires tellement affirmées qu'en plein blitz, à Londres, en 1940, il avait tenu à célébrer l'ouverture du Parlement en tirant un feu d'artifice selon la tradition. C'était ce jour-là que Gérald Glodstone avait perdu son œil gauche par la maladresse d'un artificier. Ce dernier, patriote à contre-temps, avait atteint le fils en visant le père avec une fusée. En perdant son œil, le jeune Gérald avait perdu aussi tout espoir de faire carrière dans la marine. Le vice-amiral Glodstone fut arrêté et interné à l'île de Man où il mourut deux ans plus tard. M. Glodstone fut forcé de travailler et il se mit à enseigner. « Développement mental interrompu trop tôt », avait été le verdict de son premier directeur et ce diagnostic s'était confirmé par la suite. La guerre ayant entraîné une pénurie de professeurs, on lui avait trouvé un poste à Groxbourne.

En dehors du fait que son défunt père avait été président du Conseil d'administration de Groxbourne, la première qualité de Glodstone comme enseignant était sa faculté de lire, d'écrire et de parler l'anglais d'une manière très distinguée. En outre, Glodstone donnait à l'école un certain vernis social en y enseignant l'escrime. Enfin il excellait à faire régner la discipline et il lui suffisait de faire passer son monocle de son œil de verre à son bon œil pour que s'abatte une divine terreur sur la classe la plus déchaînée. A la fin de la guerre, il était devenu un personnage qui faisait partie intégrante de l'école.

En général, il réussissait bien avec les garçons pour la raison simple qu'il partageait leurs sujets d'intérêt. Passionné de train électrique, il avait apporté son réseau, très élaboré, pour l'installer dans la cave du gymnase ; et là, entouré de ses « pairs », il vivait en miniature sans courir le risque des fatalités qui se seraient immanquablement abattues s'il avait vraiment réalisé ses ambitions.

Il en était de même pour ses passions intellectuelles. L'âge

25

mental de M. Glodstone, dans le domaine de la littérature, était d'environ quatorze ans. Il ne se lassait jamais de relire tous les classiques de l'aventure qu'il avait déjà lus et relus dans sa jeunesse. Et lui qui avait toujours cherché un modèle à imiter, plus orthodoxe que son père, il en trouvait autant qu'il en voulait parmi ses héros favoris. C'est ainsi qu'il était à tour de rôle d'Artagnan, Richard Hannay, Sherlock Holmes ou Le Mouron rouge (à qui il devait son monocle), sans oublier Bulldog Drummond (1) ; bref, tous ceux qui, dans le monde de la fiction, défendaient, avec courage et panache, le passé, la bonté et la vérité contre la nouveauté, la méchanceté et le mensonge, avaient son admiration. En termes psychologiques, on pouvait dire que M. Glodstone souffrait d'un problème chronique d'identité qu'il résolvait par littérature interposée. Là encore, il partageait ses enthousiasmes avec les garçons. Et si son cours de littérature anglaise les amenait cahin-caha au niveau du brevet mais pas au-delà, il avait non seulement le mérite de les passionner mais aussi d'être compris facilement même par les élèves les plus obtus. En fait, année après année, Groxbourne façonnait ses élèves et, à la sortie, ils étaient convaincus de manière irréversible que les problèmes du monde, et en particulier le déclin de l'Empire britannique, venaient d'une conspiration qui réunissait des Bolcheviks crasseux, des Juifs de la haute finance, des Noirs et des Allemands dégénérés à la paupière tombante, qui se tapotaient le genou du bout des doigts comme seule manifestation d'énervement. A leur point de vue et à celui de M. Glodstone, ce qu'il fallait c'était une bande résolue de jeunes en bonne santé, prêts à oublier le droit commun, au point de passer au fil de la baïonnette les politiciens de gauche jusque dans leurs prisons et, dans les cas les plus graves, en les plongeant dans un bain d'acide nitrique. Qu'ils n'aient pas mis les remèdes de Bulldog Drummond à exécution venait très largement d'un manque d'occasions

(1) Héros légendaire, défenseur de l'Empire britannique, antisémite, datant des années 1910-1920, mais connu de tous les Anglais.

propices et de ce qu'ils devaient se lever à l'aube pour traire les vaches et donc se coucher le soir avant que le monde du crime ne soit complètement éveillé. Mais, par-dessus tout, ce qui les sauvait, c'était leur manque personnel d'imagination et, par la suite, le bon sens de leurs épouses.

M. Glodstone, lui, était plus libre. Son imagination qui s'exacerbait avec l'âge pouvait amener le fait divers le plus anodin à prendre une signification mystérieuse et parer les infirmières successives de l'école de charmes qu'elles ne possédaient certainement pas. Seul le sens aigu qu'il avait de son propre niveau social le dissuadait alors de les aborder. D'ailleurs il se suffisait sexuellement. Se sentant coupable lorsque ses fantasmes s'exécutaient en partie, il faisait tous les efforts possibles pour les exorciser par un bain froid chaque matin, été comme hiver. Pendant les vacances, il rendait visite à l'un ou à l'autre des membres de sa famille qui étaient fort nombreux et dont certains étaient plutôt nantis. Et si des circonstances favorables le permettaient, il partait sur les traces de ses héros.

Ainsi, comme Richard Hannay dans *Les Trente-Neuf Marches*, mais sans toutefois qu'il y ait été poussé par un crime commis dans son appartement, il avait pris un beau matin le train pour l'Ecosse et y avait passé plusieurs nuits particulièrement inconfortables, essayant de dormir dans la bruyère. Pour finir, il avait décidé qu'il avait plus de chances d'attraper une pneumonie que de trouver l'aventure dans une partie du monde aussi morne et battue des vents et il était finalement rentré chez lui. L'été suivant, comme Richard Chandos, il était parti en Autriche en moto dans l'espoir de retrouver le Grand Puits de Wagensburg. S'étant aperçu finalement que Carinthia regorgeait de touristes, qui arrivaient par cars entiers, et d'agences de tourisme allemandes, M. Glodstone avait battu en retraite par les routes secondaires et les sentiers forestiers dans le vain espoir de rendre à cette région sa magie ancienne. Et ainsi, chaque été, faisait-il un nouveau pèlerinage aux sources d'un roman d'aventures et rentrait-il chez lui de plus en plus désappointé mais avec, dans l'œil, une lueur de plus en plus fanatique. Un jour viendrait où il imposerait au monde réel la réalité de son monde à lui, faite de seule littérature. En réalité, à l'époque où Pèlerin lui fut confié, il aurait été très difficile de savoir si son chef de groupe avait une idée quelconque de l'époque dans laquelle il vivait. Ses modèles réduits de trains de marchandises ou de voyageurs avec leurs wagons-lits Pullman, tractés par des locomotives à vapeur, suggéraient les années vingt mais rien n'était moins sûr.

Toutefois, ce qu'il possédait de plus glorieux à ses yeux, mais aussi de plus dangereux, et qu'il tenait d'un oncle décédé, c'était une Bentley d'un autre âge. Assis derrière son volant, emmenant à son bord quelques élèves privilégiés, il avait terrifié tous les usagers de la route en parcourant, à tombeau ouvert, les routes étroites et les villages des environs. Jusqu'au jour où le directeur lui avait demandé d'épargner aux élèves et aux habitants du coin les risques d'une tragédie avec de nombreuses victimes.

« Mais c'est construit pour la vitesse et pour dévorer les kilomètres, protesta Glodstone, et il n'y a pas une voiture qui la vaille sur les routes aujourd'hui.

— Ecoutez, dit le directeur, ça peut dévorer tout ce que ça veut comme kilomètres pendant les vacances, mais je ne veux pas avoir à transformer l'infirmerie en chapelle ardente.

— Comme vous voudrez, Monsieur le directeur », dit Glodstone ; et, de ce jour, la Bentley était restée au garage, conservée comme dans du coton, dans l'attente du jour où elle pourrait, comme il disait, redevenir elle-même.

Avec l'arrivée de Pèlerin Clyde-Browne à Groxbourne, ce jour semblait s'être rapproché. M. Glodstone avait trouvé en lui le parfait disciple doté du physique, du courage et des attributs d'un héros authentique. Dès l'instant où il avait surpris Pèlerin dans un coin de la cour de l'école, tabassant le chef de chambrée du petit Soskins parce qu'il voulait le forcer à faire une corvée à sa place, M. Glodstone avait su que son appel inconscient n'avait pas été perdu. Mais il agit avec discrétion car il avait vu ce qu'il était advenu de plusieurs maîtres dans le passé pour avoir montré trop vite de l'intérêt pour certains garçons. Il assura donc son impartialité en s'adressant aux préfets de classe.

« Je veux que vous me surveilliez Clyde-Browne, leur dit-il, on ne peut pas laisser cet énergumène péter plus haut que son cul. J'en ai connu bien trop qui ont mal tourné simplement parce qu'ils réussissaient bien en sport. La popularité leur monte à la tête et ils commencent à croire qu'ils sont sortis de la cuisse de Jupiter, pas vrai ! »

Jusqu'à la fin du trimestre, l'ambition supposée de Pèlerin à se croire issu d'un dieu grec fut combattue sans relâche. Quand il ne faisait pas mille lignes pour n'avoir pas ciré correctement les chaussures d'un des anciens, il devait présenter son dos au premier de la classe qui le lui marquait de coups de canne blanchie de craie sous le faux prétexte qu'il avait parlé au dortoir après l'extinction des feux, ou qu'il était resté trop longtemps sous la douche. En bref, Pèlerin était soumis à un baptême de punitions qui aurait fait fuir le premier garçon sensible venu ou lui aurait causé une dépression nerveuse. Pèlerin, lui, endura tout pour la simple raison qu'il ne lui vint jamais à l'idée qu'il était le seul à être soumis à ce traitement spécial. Ce fut seulement quand il fut accusé par l'infirmière d'un péché bestial et contre nature, parce qu'elle avait trouvé du sang sur son pantalon de pyjama, qu'il fut obligé de s'expliquer.

« C'est tout simplement parce que j'ai reçu douze coups de canne hier et huit la veille, dit-il, on ne peut tout de même pas s'empêcher de saigner.

— Tu prétends que tu as reçu vingt coups de bâton depuis mardi ? dit l'infirmière stupéfaite.

— Vous pouvez compter si vous voulez, dit Pèlerin ingénument, mais en fait j'en ai aussi seize de la semaine dernière qui se voient encore et c'est difficile de faire la distinction. »

Une demi-heure plus tard, après que son dos eut été examiné par l'infirmière et le docteur, Pèlerin était couché sur le ventre à l'infirmerie et le directeur avait envoyé chercher M. Glodstone. Comme il était plus progressiste que son prédécesseur et qu'il avait des vues arrêtées contre les punitions corporelles, il ne pouvait pas manquer l'occasion de s'en prendre à Glodstone. Aussi la réunion fut-elle orageuse.

« Est-ce que vous vous rendez compte qu'on pourrait nous poursuivre avec demande de dommages et intérêts après ce qu'a subi ce garçon ? lui demanda-t-il.

— Je ne vois pas comment, dit Glodstone en allumant sa pipe nonchalamment, Clyde-Browne ne s'est pas plaint, que je sache ?

— Non, il ne s'est pas plaint. Ce qui confirme la brutalité avec laquelle vous conduisez votre équipe. Il est clair que le pauvre bougre est trop terrorisé pour dire quoi que ce soit de peur d'en prendre encore davantage. »

M. Glodstone lâcha un rond de fumée.

« Est-ce bien là ce qu'il dit ?

— Non, il ne dit pas ça. C'est ce que je dis moi et ce que je veux dire...

— S'il ne le dit pas, je ne vois pas comment vous pouvez prétendre que c'est ce qu'il veut dire, dit M. Glodstone, vous devriez l'interroger.

— C'est ce que je vais faire tout de suite, dit le directeur, comme si on venait de le mordre, mais je ne veux pas que votre présence l'intimide. Je lui parlerai seul à seul et vous m'attendrez ici pendant ce temps-là. »

Et il se dirigea vers l'infirmerie, laissant là M. Glodstone qui se mit à parcourir sa correspondance personnelle avec une curiosité que le directeur aurait trouvée choquante de la part d'un de ses collègues. Quand il revint, Glodstone avait remis du bois dans le feu avec deux ou trois enveloppes encore cachetées pour faire bonne mesure. Le directeur dut faire amende honorable car Pèlerin avait refusé de se plaindre de mauvais traitements et, en dépit de l'insistance pressante du directeur, il avait ajouté qu'il était très heureux dans l'équipe de ce vieux Gloddie et que, de toute façon, il fallait bien que les élèves soient battus.

« Qu'est-ce que je vous avais dit ? fit Glodstone en

30

suçant bruyamment sa pipe. Les garçons apprécient une main ferme. Et Clyde-Browne est un produit de premier choix.

— Peut-être, dit le directeur d'un air sombre, mais qu'il soit ou non de premier choix, je ne veux plus qu'il soit battu ce trimestre. Il vaut mieux pour vous que vous sachiez que son père est un avocat de renom et qu'il a payé trois ans d'avance pour son fils. Un homme dans sa position pourrait nous faire un procès et ce serait la ruine de l'école.

— Comme vous voudrez, Monsieur le directeur », dit Glodstone en partant.

Le directeur retourna à sa correspondance saccagée en tentant d'imaginer ce qu'il pourrait bien faire pour se débarrasser de l'effroyable Glodstone. Avant de rentrer chez lui, M. Glodstone vida sa pipe à petits coups dans une corbeille de jacinthes, puis il regagna son bureau. Là, il choisit un de ses livres favoris, *Mr Standfast*, de John Buchan, et il se dirigea vers l'infirmerie.

« J'ai pensé que tu aimerais de la lecture, mon garçon, dit-il en s'adressant à la nuque de Pèlerin.

— Merci beaucoup, Monsieur, dit Pèlerin.

— Et un bon point pour toi de ne pas avoir craqué, continua M. Glodstone. Alors, quand tu auras fini celui-là, dis-le à l'infirmière et elle t'en apportera un autre. »

L'infection littéraire de Pèlerin avait commencé et elle n'était pas près de s'arrêter.

31

4

Au moment où il fut autorisé à quitter l'infirmerie, Pèlerin en avait fini avec toutes les aventures de Richard Hannay et connaissait une bonne partie de celles de Bulldog Drummond. Il rentra chez lui pour les vacances avec plusieurs bouquins de la bibliothèque de Glodstone. Il avait aussi une lettre du directeur qui expliquait son intention d'abolir sous peu les punitions corporelles tout en s'excusant pour le fait que Pèlerin en ait subi. Enfin il rapportait un bulletin trimestriel qui faisait état d'un excellent travail avec une annotation anormalement élogieuse de M. Glodstone. M. Clyde-Browne lut la lettre du directeur avec des sentiments mitigés et ne la montra pas à sa femme. A son avis, on aurait pu dire beaucoup de choses sur le fait de battre Pèlerin mais, en tous cas, cela semblait suggérer que cet abruti avait enfin fait entrer dans sa petite cervelle de ne pas faire exactement ce qu'on lui disait. Aux yeux de M. Clyde-Browne, c'était plutôt bon signe. Son point de vue sur l'excellent bulletin et l'annotation élogieuse de M. Glodstone était tout autre.

« Son travail a l'air de très bien marcher, dit Mme Clyde-Browne, il a Alpha dans pratiquement toutes les matières.

— On n'ose pas imaginer ce qu'il faut faire pour avoir Bêta, dit M. Clyde-Browne, tout étonné de découvrir que les maîtres de Groxbourne connaissaient assez de grec pour en utiliser l'alphabet.

— Et M. Glodstone écrit qu'il a montré une grande

force de caractère et qu'il fait honneur à son équipe.
— Exact, dit M. Clyde-Browne, mais il dit aussi que Pèlerin est né meneur d'hommes et ça, c'est le plus fieffé mensonge que j'aie jamais entendu.
— Vous n'avez absolument aucune confiance dans votre propre fils. »
M. Clyde-Browne hocha la tête.
« J'ai en lui toute la confiance du monde sauf quand on parle de commander. Mais, après tout, si son chef qui est mûr pour l'asile pense que... et puis ça n'a pas d'importance.
— Mais si, ça en a, ça en a même beaucoup et je suis heureuse de constater que Pèlerin a enfin trouvé quelqu'un qui apprécie ses dons véritables.
— Si c'est tout ce qu'il apprécie, dit M. Clyde-Browne, en soulignant sa remarque d'un ton plutôt malveillant.
— Qu'est-ce que vous voulez dire exactement ?
— Rien. Rien du tout.
— C'est faux. Sinon vous n'auriez pas dit ça.
— Je trouve cette lettre bizarre. Et je crois me souvenir que, vous-même, vous trouviez le bonhomme bizarre. »
Mme Clyde-Browne frémit.
« Si vous pensez ce que je pense que vous pensez, vous avez une tournure d'esprit encore plus abjecte que je ne l'aurais pensé.
— Allons, on savait bien que ça arriverait, dit M. Clyde-Browne qui comptait parmi ses clients quelques professeurs aux mœurs plutôt douteuses.
— Pas à Pèlerin », dit Mme Clyde-Browne d'un ton tranchant. Et, pour une fois, son mari lui donna raison.
Le lendemain, sous le prétexte de tondre la pelouse en décembre, il questionna Pèlerin sur le sujet et il fut clair qu'il avait une approche solide des problèmes de sexe.
« L'onanisme ? Qu'est-ce que c'est que ça ? » cria-t-il pour couvrir le bruit du moteur.
M. Clyde-Browne se racla la gorge.
« La masturbation, fit-il d'une voix rauque, ayant décidé que auto-érotisme rencontrerait le même regard vide.
— La masse de quoi ? » dit Pèlerin.

M. Clyde-Browne se creusa la tête pour trouver un mot que son fils comprendrait et se décida pour " abus de soi-même ".

« Se branler, dit-il finalement, la gorge serrée, dans un spasme. Est-ce qu'on se branle à ton école ?

— Oh, se branler, cria Pèlerin juste comme la tondeuse, en s'arrêtant, détruisait tout camouflage. Eh bien, dans l'équipe de Harrisson, c'est presque tous des vicieux. Chez Slyman, ils sont plutôt forts pour se palucher. Mais, chez Gloddie, nous...

— La ferme ! » hurla M. Clyde-Browne, conscient que plus de la moitié des voisins, dans l'allée des Pins, avait failli entendre ce qui se passait chez Gloddie.

« Je ne veux pas le savoir.

— Je ne vois pas alors pourquoi tu me le demandes, brailla Pèlerin, en retour, toujours sans comprendre que la tondeuse avait pour but de masquer la discussion. Tu m'as demandé si on se branlait à l'école et je te répondais... »

M. Clyde-Browne, livide, tira sur la corde du démarreur.

« De toute façon, chez Gloddie, on ne le fait pas, si c'est ça qui te tracasse, continua Pèlerin, inconscient de mettre son père au supplice, et quand l'infirmière a cru que je m'étais fait enfiler, je lui ai dit... »

M. Clyde-Browne relança violemment la tondeuse qui, en démarrant, noya le reste de l'explication. Ce fut seulement un peu plus tard, dans le garage, et après avoir prévenu son fils que, s'il s'avisait d'élever la voix, il passerait un sale quart d'heure, que Pèlerin établit son innocence. Il le fit dans un langage qui horrifia son père.

« Où as-tu appris le mot " se palucher " ? demanda-t-il.

— Je ne sais pas. Autour de Limace, tout le monde l'emploie.

— Je ne l'emploie pas, moi, dit M. Clyde-Browne, et qu'est-ce que vient faire une limace là-dedans. Non, ne me dis pas, je crois que je devine.

— Limace est un gluant », dit Pèlerin.

M. Clyde-Browne examina la phrase mentalement et fut intrigué par sa construction sinon par la crudité des termes.

34

« Je ne pense pas qu'il puisse en être autrement, dit-il finalement, mais je ne comprends rien à ce que tu me racontes. »

Pèlerin parut décontenancé.

« Tous les autres copains pensent que Limace mouille et qu'il fait de la lèche au dirlo. Il porte un nœud papillon.

— Qui ça ?

— Mais M. Slyman.

— M. Slyman ? Qui c'est ça, M. Slyman ?

— C'est le prof de géo et depuis toujours on s'est tapé sur la gueule entre son équipe et celle de Gloddie.

— Je vois, dit M. Clyde-Browne vaguement. De toute façon, je ne veux pas que ta mère t'entende dire des horreurs pareilles. Je ne dépense pas du bon argent pour t'envoyer dans une école telle que Groxbourne pour avoir le privilège de te voir revenir à la maison en t'exprimant aussi mal. »

Mais, au moins, M. Clyde-Browne avait eu la satisfaction de constater que l'extraordinaire enthousiasme de M. Glodstone pour son fils n'était, à l'évidence, pas fondé sur le sexe ; quant à sa véritable cause, il n'en avait aucune idée. Pèlerin semblait toujours aussi stupide qu'avant et aussi loin de pouvoir répondre à ses espoirs. Mais il semblait heureux et d'une santé solide. Même sa mère fut impressionnée par son impatience à vouloir retrouver l'école après les vacances et elle commença à réviser ses idées préconçues sur Groxbourne.

« Les choses ont dû changer avec le nouveau directeur », se dit-elle, et de même qu'elle ne voyait rien de mauvais dans leurs amis simplement parce qu'ils les fréquentaient, de même elle conféra dorénavant une certaine distinction à Groxbourne simplement parce que Pèlerin y faisait ses études. Même M. Clyde-Browne était satisfait. Comme prévu, Pèlerin y resta pour les vacances d'été. Il alla au Pays de Galles avec le major Fetherington avec, au programme, survie et marches forcées, ce qui permit à ses parents d'avoir des vacances de leur côté.

Par la suite, à la fin de chaque trimestre, le bulletin de Pèlerin fit état de bons résultats. La géographie, seule, laissait toujours à désirer et Pèlerin mit ça sur le dos de M. Slyman.

« Il sert toujours la même rengaine à ceux de chez Gloddie, dit-il à son père, tout le monde te le dira.

— Ce n'est pas la peine. Si tu continues à appeler ce pauvre type Limace, tu obtiendras ce que tu cherches. De toute façon, je ne vois pas comment, avec de si bonnes notes, tu continues à être systématiquement collé à ton brevet.

— Gloddie prétend que le brevet ça ne sert à rien. C'est ce qu'on fait après qui compte.

— Alors M. Glodstone a une notion de la réalité à corriger d'urgence, dit M. Clyde-Browne. Sans diplômes, tu ne feras rien après.

— Oh, je ne sais pas, dit Pèlerin, je suis dans la première équipe au cricket et au rugby. Et Gloddie prétend que, si on est bon en sport...

— Au diable Glodstone et ses conneries », dit M. Clyde-Browne en abandonnant la partie.

Ses sentiments à l'égard de Glodstone n'étaient que le pâle reflet de ceux de M. Slyman. Slyman détestait Glodstone. Dès le premier jour de son arrivée à Groxbourne, quinze ans plus tôt, Slyman l'avait haï. C'était une haine naturelle. M. Slyman avait été, dans sa jeunesse, un être sensible ; et, dès son arrivée, il s'était vu baptisé « Limace » par un fantoche borgne avec monocle et qui, de plus, prétendait ouvertement qu'un garçon battu était meilleur qu'un autre. Il y avait, pour le moins, de quoi réagir. Les vues de M. Slyman sur les punitions étaient humaines et raisonnables mais Glodstone et Groxbourne avaient changé tout ça. Avec le faux espoir de regagner un peu de respect et de dissuader sa classe de l'appeler Limace ouvertement, il avait établi des punitions qui ne prévoyaient pas de frapper les élèves. C'était soit courir dix fois aller et retour jusqu'à la grille d'entrée de l'école, une distance totale d'environ huit kilomètres, soit apprendre par cœur, en entier, *Prélude* de Wordsworth, soit enfin, dans les cas extrêmes, être privé de sport. A Groxbourne on n'était peut-être pas très bien noté

36

sur le plan académique mais, en rugby et en cricket, les petits gars se défendaient. Et, quand ceux qui étaient les meilleurs pour les passes ou comme piliers de mêlée commencèrent à se plaindre qu'ils ne pouvaient pas participer aux championnats scolaires parce que M. Slyman les avait puni, ce furent les autres maîtres qui se retournèrent contre lui.

« Mais je ne peux pas voir mon autorité bafouée par les surnoms qu'on m'envoie en pleine figure, plaida Slyman auprès des autres professeurs, réunis parce qu'il avait puni six membres de l'équipe première de cricket deux jours avant le match contre Bloxham.

— Et moi je refuse de faire entrer sur le terrain une équipe dont plus de la moitié des membres vient de l'équipe de réserve, protesta, furieux, le capitaine de l'équipe de cricket, M. Doran. Au train où vont les choses, Bloxham nous dominera sans problème. J'ai eu à l'entraînement ce trimestre moins de monde qu'avec l'épidémie d'oreillons en 1952, et encore, à l'époque, on s'en foutait ; on était en quarantaine et donc on ne pouvait pas jouer. Frapper les élèves n'a rien d'indécent, vous savez ; pourquoi est-ce que vous ne le faites pas ?

— Moi, je refuse, dit M. Slyman et je ne vois pas ce que la décence a à voir là-dedans. »

Le directeur intervint.

« Vous n'avez pas l'air de comprendre, Slyman, que recevoir un surnom est un phénomène normal dans la vie d'un enseignant. J'ai eu l'occasion d'apprendre que le mien est l'Ours parce que je m'appelle Brun.

— Je l'admets, dit M. Slyman, mais l'Ours est un nom plutôt gentil et ne mine en rien votre autorité. Limace, oui.

— Et, est-ce que vous croyez que j'aime me faire traiter d'Orang-outang ? demanda M. Doran, pas plus que Cyclope ne met en joie Glodstone ici présent. Quant à l'infirmière, elle n'est pas flattée d'être plus connue sous le nom de Miss Monde 1914.

— Non, dit M. Slyman, je ne pense pas qu'on puisse aimer ça. Mais ils ne vous jettent pas Orang-outang à la figure.

37

— C'est tout le problème, dit M. Glodstone. Le lascar qui serait assez fou pour m'appeler Cyclope en face sait que son dos lui en cuirait, et il s'abstient.

— Je pense que les châtiments corporels sont barbares, maintint M. Slyman. Non seulement ils abrutissent les garçons...

— Les garçons sont des brutes de toute façon. C'est dans la nature de la bête, dit Glodstone.

— Mais ils abrutissent aussi les maîtres qui les pratiquent. Glodstone en est l'exemple parfait.

— Je pense vraiment qu'il est inutile de se laisser aller à des attaques personnelles, dit le directeur, mais M. Glodstone avait déjà lancé sa contre-attaque avec un sourire mauvais.

— Encore faux, Slyman. Ça n'est pas moi qui frappe. Je connais mes limites et je laisse ça aux préfets de classe. Un jeune de dix-huit ans a beaucoup de force dans le bras droit.

— Et je suppose que l'infirmière a des garçons pour faire ses corvées à sa place quand on la traite de Miss Monde 14 », répliqua Slyman.

Le major Fetherington prit la parole.

« Elle n'en a pas besoin. Je me souviens d'un incident, il y a deux ou trois ans, avec le petit Hoskiss. Je crois me souvenir que pour lui rincer la bouche, après coup, elle utilisa du savon à lavement ; ou peut-être du liquide à vaisselle ? Je ne sais plus mais le gamin a été exempt de sport pendant quinze jours.

— Voilà qui nous ramène au point de départ et au cœur du débat, dit le directeur. Le match contre Bloxham est le point fort de notre saison sportive. Il a aussi un impact social important pour l'école. Un grand nombre de parents y assistent et nous nous ferions grand tort à leurs yeux si nous nous permettions de ne pas gagner ce jour-là. En conséquence, M. Slyman, je lève votre punition. Vous trouverez bien une méthode pour imposer votre autorité aux élèves. Arrangez-vous seulement pour que ça leur prenne moins de temps. Je vous fais confiance. De plus,

38

vous devez garder en mémoire que Groxbourne est d'abord et avant tout une école réputée pour ses sports d'équipe.

— Bien sûr, Monsieur le directeur, mais le but de notre éducation n'est-il pas de...

— Forger des caractères et de s'assurer de leur fibre morale. Vous trouverez tout ça dans les écrits de notre fondateur. »

Depuis cette défaite, M. Slyman avait subi bien d'autres humiliations. D'abord il avait essayé de trouver un poste dans d'autres écoles moins rétrogrades mais il avait vite appris qu'on le considérait comme inapte ailleurs, justement parce qu'il avait enseigné à Groxbourne. Il avait été forcé de rester et il avait été encore plus chahuté par ses élèves que par le passé. Enfin il était devenu la tête de turc de Glodstone qui ne parlait plus de lui en salle des professeurs que comme « notre précieux petit objecteur de conscience ». M. Slyman répliqua par une riposte plus subtile : il améliora le niveau de son enseignement en géographie et, au même moment, il exerça ses sarcasmes de manière si constante contre les élèves de Glodstone qu'ils furent tous collés à leur brevet alors que les autres étaient reçus.

Mais son véritable désir de revanche était réservé à Glodstone lui-même. D'année en année, ce désir s'était développé d'une manière presque aussi démente que l'obsession de Glodstone pour trouver l'Aventure. M. Slyman était très méthodique. Il observait scrupuleusement les habitudes de son ennemi, prenait des notes sur ses mouvements, le surveillait avec des jumelles, de sa chambre dans la tour, et conservait un dossier sur tous les garçons à qui Glodstone adressait le plus souvent la parole. Au départ, il avait espéré le surprendre en train d'abuser d'un jeune garçon. Slyman avait acheté un appareil photo avec un objectif télescopique pour enregistrer l'événement de manière indubitable. Mais le secret de la vie sexuelle de Glodstone était resté obstinément scellé. Il échoua de même en lui tendant comme appât plusieurs magazines pornographiques que M. Slyman avait commandés en son nom. Glodstone les avaient apportés immédiatement au directeur et avait même menacé d'appeler la police s'il en recevait d'autres. Le résultat fut que Slyman, comme toute l'école, eut à subir un sermon plus long que d'habitude sur les méfaits de la pornographie, les effets désastreux de la masturbation pour les sportifs, intitulée dans le sermon « bestialité », et finalement sur la lâcheté de ceux qui effectuent des envois anonymes. Le sermon se termina sur un ton particulièrement grave :

« Si ces choses-là se reproduisent, je serai forcé, bien qu'à mon corps défendant, d'en référer à la police et à la toute-puissance de la Loi. »

Pour la première fois de sa vie d'agnostique, M. Slyman se mit à prier Dieu pour que le propriétaire de la sex-shop de Soho, à qui il avait envoyé ses commandes, ne se mette pas à relancer Glodstone pour d'autres publications, et pour que le directeur n'aille pas jusqu'à mettre ses menaces à exécution. Ce fut aussi la crainte des garçons les jours suivants et leur vie sexuelle devint si réduite que la laverie de l'école dut faire des heures supplémentaires.

Cependant ce fut grâce à cet épisode que M. Slyman découvrit, enfin, le vrai point faible de M. Glodstone.

« Le salaud qui m'a envoyé ces cochonneries aurait dû savoir que je ne lis que des livres honnêtes et virils qui racontent de belles et bonnes histoires d'aventures, de celles qui se passent au bon vieux temps et qui n'ont rien à voir avec vos merdes puantes d'aujourd'hui, explosa Glodstone dans la salle des professeurs ce soir-là. Ce que je dis, c'est que ces cochons-là on devrait les châtrer. Un point, c'est tout !

— Votre opinion semble assez généralement partagée, dit le chapelain. Pas plus tard qu'hier, je lisais dans la presse le cas d'un homme qu'on a réellement opéré comme vous dites pour le transformer en femme. On finit par se demander... »

Mais Slyman n'écoutait déjà plus. Il reposa sa tasse et sortit avec l'impression bizarre qu'il venait de découvrir le secret du succès de Glodstone et de sa popularité auprès des jeunes. Glodstone était aussi jeune qu'eux, mais c'était un jeune bravache. Pendant quelques secondes merveilleuses, tout s'inversa dans l'esprit de Slyman : les garçons étaient les adultes et les professeurs les enfants, des enfants qui avaient grandi et qui exprimaient haut et fort leurs opinions et leur autorité mais qui étaient toujours petits et méchants dans leur for intérieur. C'était comme s'ils avaient été condamnés à l'adolescence à perpétuité, ce qui expliquait pourquoi ils étaient toujours à l'école sans affronter les risques et les dangers du monde extérieur. Comme il traversait la cour avec cette intuition remarquable, aussi curieuse dans la transposition de ses croyances précédentes que peut l'être un négatif que l'on découvre à la lampe dans une chambre noire, M. Slyman se sentit soudain soulagé. Il n'était plus désormais un professeur, ni un vieux de trente-huit ans, il en avait dix-huit, quinze même. Et il était autorisé à prétendre aux bouillonnements d'esprit et à l'âpreté insensible d'un garçon de quinze ans, mais avec la différence merveilleuse qu'il avait des années d'expérience et des connaissances d'adulte pour asseoir sa guerre contre Glodstone. Oui, il viendrait à bout de ce bravache. Ayant au cœur quelque chose qui ressemblait à de la gaîté, M. Slyman monta quatre à quatre l'escalier de sa tour et ajouta à son dossier sur Glodstone que cet individu ne lisait que des récits d'aventures.

D'en bas venait le bruit d'une bagarre au dortoir. M. Slyman se leva, descendit les escaliers et, dix minutes plus tard, il avait complètement changé de comportement après avoir frappé trois garçons sans sourciller.

5

« Vous avez entendu parler de la conversion de Limace ? »
demanda le major Fetherington, le lendemain, au petit
déjeuner. Glodstone lança un œil par-dessus le *Daily Express*.
« Ne me dites pas qu'il s'est converti. Que Dieu ait ses
fidèles en Sa Sainte garde.

— Il ne s'agit pas de ça. Non, le bonhomme s'est finalement résolu à traiter les élèves de la bonne manière. Il a
battu trois jeunes garnements la nuit dernière pour une
bataille de polochons. »

M. Goldstone reposa son journal et fixa le major du regard
perçant de son œil unique.

« Dites-moi que c'est une blague.

— Ah bon Dieu non ! C'était Cleaves, Milshott et Bedger-
son et j'ai vu leur dos ce matin quand ils se changeaient pour
l'entraînement. Vous n'auriez pas souhaité, vous-même, du
plus beau travail.

— Extraordinaire. Je n'aurais jamais pensé que ce con
oserait », dit Glodstone.

Et il se remit à son journal, avec tout de même une légère
perplexité. Mais quand M. Slyman lui-même arriva cinq
minutes plus tard, Glodstone sursauta pour de bon.

« Eh bien, Slyman, s'exclama-t-il bien haut, je n'aurais
jamais cru vivre assez vieux pour voir le jour où vous
daigneriez vous joindre à nous pour le petit déjeuner. »

Slyman se servit des œufs au bacon et lui sourit presque
cordialement.

« Je pensais que ça changerait pour une fois, dit-il, on finit par être prisonnier de ses habitudes. Je pense même à me mettre au jogging.

— Faites attention de ne pas trop forcer, dit Glodstone sur un ton désagréable, on ne saurait pas comment s'en sortir avec votre conscience si tatillonne. Mais j'ai cru comprendre que vous n'aviez plus aucun scrupule et que vous aviez, vous-même, frappé des élèves hier soir ?

— Ils l'ont bien cherché et ils n'ont eu que ce qu'ils méritaient, dit M. Slyman en ignorant le sarcasme.

— Rien de tel que de la suite dans les idées », dit Glodstone en quittant la salle à manger.

Ce matin-là, ses classes eurent à souffrir de son tempérament emporté et se virent imposer des devoirs écrits en classe tandis que Glodstone ruminait. Le changement d'attitude de Slyman était déconcertant. Si ce crétin était capable, tout à coup, de modifier ses habitudes et de se mettre à battre les élèves et à faire du jogging, cela donnait à Glodstone l'impression d'avoir été floué. Slyman avait toujours été, pour lui, le prototype même du mouilleur à partir duquel il pouvait assurer sa propre droiture et la virilité de son âme. Et la prochaine décision de ce bâtard de Slyman pourrait bien être de se marier. A cette seule idée, Glodstone, tout en regardant par la fenêtre, sentit une nouvelle vague d'amertume et de rancœur le submerger. L'Aventure l'avait abandonné, ses rêves romanesques aussi. Et il sentait qu'il se faisait vieux.

« Après tout, ça ne serait peut-être pas si bête que je me marie, moi aussi », murmura-t-il pour lui-même.

Mais, mise à part une vague cousine sans le sou, qui lui avait envoyé une fois une carte de Saint-Valentin, il ne voyait dans sa vie aucune femme qui, à son avis, pourrait convenir à son projet. Il y avait bien, c'est vrai, quelques mères d'élèves divorcées. Et leur présence en début de trimestre, ou à l'occasion des journées « Portes ouvertes », l'avait ému. Mais leurs visites étaient trop brèves pour qu'il ait jamais une chance de faire plus ample connaissance. De toute façon, ça n'était pas son genre. Glodstone allait les chasser de sa mémoire quand il se souvint de la comtesse de Montringlay. Il ne l'avait jamais rencontrée, mais Anthony Wanderby, son fils d'un premier mariage, était dans sa classe. Glodstone détestait ce jeune imbécile. C'était, à ses yeux, le type même de l'enfant gâté américain et un perpétuel tire-au-flanc. Mais il appréciait les enveloppes et le papier armoriés que la comtesse utilisait pour lui écrire de son château en France. Quand il parlait d'elle, dans les mentions fréquentes qu'il en faisait à la ronde, il tenait au terme français de « comtesse » et il l'avait dotée de toutes les qualités de beauté et de noblesse possibles. Quant au château, il existait avec certitude et Glodstone l'avait localisé sur la carte Michelin du Périgord. Il semblait surplomber la rivière La Boose, un affluent de la Dordogne. Une route étroite longeait la rivière et remontait les collines en face, où du vert sur la carte indiquait qu'elles étaient boisées. Il avait souvent eu envie de prendre la Bentley mais il avait toujours trouvé un prétexte pour y renoncer. Un jour, peut-être... De toute façon, c'était inutile de rêver. Elle avait sûrement déjà un foutu Monsieur le comte à son service. Mais ce soir-là, après une journée harassante, il regagna sa chambre plus tôt que d'habitude. Il s'assit en suçant sa pipe, pour étudier à nouveau la carte tout en contemplant les lettres de la comtesse étalées devant lui. Puis il les replia scrupuleusement et les remit dans la boîte à cigares qu'il conservait dans le tiroir de son bureau. Avant de se coucher, il alla jusqu'à la fenêtre pour vider sa pipe.

« Au diable Slyman ! » murmura-t-il un peu plus tard, en s'allongeant dans l'obscurité.

Il l'aurait encore bien plus envoyé au diable s'il l'avait vu quitter le toit de la chapelle en face — d'où il l'avait espionné — et descendre l'escalier en colimaçon. Il tenait son appareil photo précautionneusement de la main gauche tandis qu'il tâtait le mur de la main droite. En arrivant au rez-de-chaussée, il s'assura que la cour était déserte. Puis il la traversa vers la tour en cachant son appareil et son objectif 300 mm sous sa veste. Dix minutes plus tard, après

44

s'être enfermé dans sa salle de bains et avoir tiré les rideaux noirs, il avait chargé sa cuve à développement.

Pour Pèlerin, les mouvements d'humeur de Glodstone ou de Slyman avaient des causes qui lui échappaient. Il prenait les choses comme elles venaient en se fiant comme d'habitude aux apparences. Comme le visage de Glodstone, avec sa petite moustache, son monocle et son œil de verre, avait les apparences de la force et de l'autorité, il l'admirait. Par contre, comme chez Slyman il ne voyait rien de tout cela, il le méprisait. Il aimait les discussions d'homme à homme qu'il avait avec Glodstone depuis qu'il avait lu avec enthousiasme tous les livres de sa bibliothèque. Elles avaient lieu surtout au cours de ces dimanches après-midi pluvieux où il l'aidait à bichonner sa Bentley. Là, dans le garage, alors que la pluie battait la verrière au-dessus de leur tête (l'endroit avait servi jadis de remise et quelques brides pendaient encore aux murs), il s'imbibait du code d'honneur du parfait gentleman qui était la passion favorite de Glodstone. Il avait déjà intégré Richard Hannay, Bulldog Drummond et tous ses autres héros exceptionnels, y compris James Bond, en un seul personnage modelé par son esprit et il en projetait les vertus sur M. Glodstone. En fait, ses lectures étaient allées au-delà de celles de Gloddie. Et James Bond avait toute son admiration, bien qu'il n'inspirât pas grande confiance à Glodstone.

« Le problème avec Bond, dit-il une fois à Pèlerin, alors qu'ils avaient levé le capot de la Bentley et qu'ils briquaient son moteur magnifique, c'est qu'on ne pourrait pas l'avoir comme copain, un de ces copains de tous les jours à qui les aventures arrivent par hasard. Au contraire, c'est une sorte de fonctionnaire, payé par le gouvernement. Et puis, vis-à-vis des femmes, il est plutôt moche, on peut même dire sordide. Enfin, il se déplace toujours en avion, sans parler de tous ses jeux d'argent et de sa vie fastueuse. Non, ce n'est vraiment pas un gentleman.

— Vous avez raison, Monsieur », dit Pèlerin et, en conséquence, il le raya immédiatement de sa liste.

Glodstone s'assit sur le marchepied et alluma sa pipe.
« Ce que je veux dire, c'est que le crime est son métier. Ce
type est un professionnel. On lui dit ce qu'il doit faire, et ses
arrières sont assurés. Mais la véritable aventure ça ne se
produit pas comme ça. Ça doit vous arriver par hasard. On
est au volant de sa voiture et soudain, on a besoin de
s'arrêter. Alors on voit un crime se commettre et, naturellement, on se dit qu'on doit faire quelque chose. Et, bon Dieu,
on le fait. Pas comme un aventurier, qui vit hors-la-loi, et
qui, s'il se fait prendre, n'a que ce qu'il mérite. Non,
l'Aventure, la vraie, c'est franc comme l'air. Et puis, ça ne se
passe qu'en pleine campagne, une campagne que l'on
connaît comme sa poche. L'escroc professionnel, lui, il ne
connaît pas la campagne. C'est ça la vérité. »

Là, à côté de la Bentley, les sentiments de Pèlerin étaient
presque religieux. Les clichés employés par Glodstone lui
ouvraient un monde de rêve, un monde où les gens simples
prenaient des décisions simples, un monde où les escrocs
étaient des escrocs et où ils n'avaient que ce qu'ils méritaient. Tout ça correspondait exactement à ce que lui,
attendait de la vie. Un jour, lui aussi, il aurait assez de
chance pour voir un crime se commettre. Et alors il ferait ce
qu'il faudrait ! Mais à part ces visions occasionnelles sur
l'avenir, sa vie au jour le jour était plutôt monotone : ce
n'était que sports collectifs, cours de tir ou d'assaut, traversées de rivières glacées, escalades de rochers au Pays de
Galles pendant les vacances d'été. En un mot, on le prépa-
rait à la carrière décidée pour lui par son père : l'Armée. Par
contre, en classe, c'était toujours la catastrophe. Chaque
année, il présentait le brevet et chaque année il était recalé.
C'était la seule ombre dans un ciel sans nuages. Cependant,
ceux-ci montaient à l'horizon.

Le soir qui suivit son excursion sur le toit de la chapelle,
M. Slyman s'enferma à nouveau dans sa salle de bains. Il
sortit son agrandisseur et tira les négatifs. Les clichés
montrèrent Glodstone tenant une enveloppe et la rangeant
dans une boîte à cigares. Mais l'agrandissement 20 × 30

n'était pas suffisant. Pour avoir plus de détails, M. Slyman déplaça l'agrandisseur. Il empila plusieurs volumes sous l'appareil et mit au point sur le plancher. Cette fois, le cliché était tellement agrandi que le tirage ne retint que la main de Glodstone, le bas de son visage et l'enveloppe. Alors que les détails apparaissaient dans le bain de développement, Slyman les scruta avec impatience. Il y avait quelque chose au dos de l'enveloppe, il pouvait le voir maintenant. Mais ce fut seulement quand il eut fixé l'image et qu'il eut remis la pleine lumière, qu'il put reconnaître, en dépit du grain, la forme d'un écusson. Un écusson? Les pensées de Slyman se tournèrent vers les origines de Glodstone. L'individu étalait toujours sa famille avec prétention mais il n'avait jamais fait mention d'un blason. Et pourtant, Glodstone aurait été du genre à en faire tout un plat. Si ce n'était pas les siennes, qu'est-ce qu'il faisait avec ces enveloppes gravées? Et pourquoi les gardait-il précieusement dans une boîte à cigares?

De toute façon, il avait du nouveau à se mettre sous la dent. M. Slyman saisit la photo et s'apprêtait à la rincer quand son esprit précautionneux lui montra le danger encouru si on la trouvait. Il serait bien embarrassé s'il devait imaginer une raison plausible pour avoir photographié Glodstone du toit de la chapelle. Il valait mieux tout détruire tout de suite. Il déchira les photos en petits morceaux et les évacua par la cuvette des waters. Les négatifs suivirent le même chemin. Pendant qu'il nettoyait son matériel et qu'il rangeait tout, M. Slyman se mit à réfléchir à la suite qu'il devait donner à sa découverte. Il pouvait susciter une discussion avec Glodstone sur l'héraldisme, mais il devrait le faire en prenant les plus grandes précautions. Pour le moment, il n'avait rien d'autre à faire qu'à rester aux aguets.

Deux jours plus tard, alors qu'il passait devant une fenêtre, il entendit des garçons qui discutaient à l'intérieur.

« Tambon dit que c'est un sacré beau château dans le genre de ceux qu'on voit à la télé. Avec des tours, et tout! disait un garçon que Slyman reconnut comme étant Paitter.

— Je suis sûr qu'il a fait de la lèche à Wanderby pour se faire inviter, répondait Morbray, c'est ce qu'il fait toujours et Wanderby, qui n'est qu'un foutu snobinard, accepte. Simplement parce que sa mère est comtesse et qu'elle a du papier avec ses armes, il se croit bon pour épouser une princesse.

— De toute façon la comtesse n'est qu'une vieille chouette. Et, si l'on en croit Tambon, on en a froid dans le dos rien qu'en la voyant. Demande-lui voir un peu, tu verras. »

Un groupe qui dévalait les escaliers força Slyman à s'éloigner. Il se dirigea rapidement vers la salle des professeurs, tout en réfléchissant intensément. Etait-ce une simple coïncidence ? Glodstone gardait des enveloppes armoriées dans une boîte à cigares vide alors que l'un des garçons de son équipe avait une mère qui était comtesse et qui utilisait du papier à lettres à ses armes. Sinon, qu'est-ce que ça voulait dire ? Sans doute rien, mais ça valait la peine d'y regarder de plus près. Pendant un moment, il envisagea de parler de Wanderby en présence de Glodstone et d'observer sa réaction. Mais l'esprit de Slyman, aiguisé par tant d'années misérables d'insultes et d'antipathie, commençait à acquérir du mordant dans la ruse. Il devait agir sans éveiller les soupçons de Glodstone. D'ailleurs, il y avait un moyen simple de découvrir s'il existait une relation entre Glodstone et la mère de Wanderby. Il suffisait d'attendre le moment opportun pour vérifier sur place.

Ce moment se présenta aux vacances de la mi-trimestre.

« J'emmène un groupe de nos gamins au musée du Chemin de fer à York, annonça Glodstone un soir, je n'ai jamais aimé les voir traîner ici quand les parents ne viennent pas les chercher.

— On fait prendre l'air à la Bentley, dit le major, le dirlo n'aimera pas ça, mon vieux.

— Je n'ai pas l'intention de lui donner l'occasion de se plaindre. J'ai loué un bus à impériale découverte pour l'occasion.

— Un bus à impériale découverte, ça fait une paye que c'est démodé, dit le chapelain.

— Je m'en tiens aux vieilles habitudes, mon père, dit Glodstone, qui astiquait sa pipe sur l'aile de son nez pour lui donner du luisant. Plus elles sont vieilles, meilleures elles sont. »

M. Slyman nota le caractère rétrograde du personnage. C'était là une des facettes irritantes de Glodstone qui feignait d'ignorer que le monde changeait. Mais il était heureux d'apprendre l'absence de Glodstone à un moment où l'école serait quasi déserte. C'était une excellente nouvelle.

Et quand les parents furent partis et que le bus, avec Glodstone et ses fans de machines à vapeur, eut quitté l'école, M. Slyman se glissa furtivement le long du corridor qui reliait son bâtiment à celui de Gloddie, en vérifiant avec soin que chaque salle d'étude était vide et qu'il n'y avait personne dans les parages. Quand il arriva devant la porte de l'appartement de Glodstone, il hésita quelques instants, l'oreille aux aguets. Mais il n'entendit aucun des bruits habituels à la vie de l'école. Il savait bien qu'il n'y avait aucun danger mais il avait le cœur qui battait quand même, vite et fort. Il prit deux longues inspirations pour se calmer. Puis, d'un geste, il entra dans la pièce et referma la porte derrière lui. Il se dirigea vers le bureau. La boîte à cigares devait être dans un tiroir du côté gauche. Slyman essaya le premier en haut et trouva seulement des livres de classe et une pipe cassée. La boîte était dans le second. Se baissant au-dessous du niveau de la fenêtre, il se mit à genoux et l'ouvrit. Les enveloppes étaient à l'intérieur avec les lettres. Slyman prit celle du fond et la sortit. Il examina le blason imprimé au dos et nota que le timbre était français. Il la mit délicatement dans la poche intérieure de sa veste. Enfin il referma le tiroir et regagna rapidement sa chambre.

Là, il étala la lettre et la lut en détail avec une impression grandissante de déception. Le texte, assez court, était écrit à la main d'une écriture large et dégagée. Il informait M. Glodstone qu'Anthony serait en retard d'une semaine, à la rentrée, parce que son père, qui était de passage à Paris, ne reprendrait son avion pour les Etats-Unis que le 10 septembre. La lettre se terminait par « Sincères salutations, Deirdre de Montringlay ». M. Slyman resta assis là, le regard vide, essayant d'imaginer pour quelles raisons Glodstone conservait si précieusement une lettre aussi anodine, dans une vieille boîte à cigares, et pourquoi il la sortait avec une telle attitude de respect presque religieux, comme il avait pu le constater sur son visage, à travers l'objectif. Peut-être qu'il fallait lire les autres lettres de la boîte. Sans doute révéleraient-elles des relations plus intimes. C'est ce qu'il ferait quand il remettrait celle-ci, mais en attendant, il allait la prendre en photo. D'abord, il mesura l'enveloppe et nota ses dimensions exactes. Puis il ajusta une bonnette sur l'objectif de son Nikon et il photographia la lettre et l'enveloppe ; enfin il s'approcha à moins de quinze centimètres et photographia l'en-tête du papier à lettres, avec l'adresse, puis le blason au dos de l'enveloppe. Ceci fait, il remit la lettre et l'enveloppe dans sa poche et se glissa de nouveau jusqu'à l'appartement de Glodstone, toujours à l'affût du moindre bruit qui aurait pu indiquer une présence. Mais l'école était silencieuse et l'odeur de renfermé que Slyman avait toujours associée au vide des vacances semblait s'infiltrer partout.

Dans le bureau de Glodstone, il passa en revue toutes les lettres de la boîte à cigares et remit en place celle du fond de la boîte. Il n'était pas plus avancé. Pourquoi diable Glodstone avait-il sorti ces lettres et les avait-il manipulées comme si elles étaient sacrées ? Slyman inspecta la pièce et chercha du regard un indice. Il n'en trouva ni dans la photo du vice-amiral Glodstone sur la passerelle du cuirassé Ramilies ni dans l'aquarelle représentant une grande demeure victorienne que Slyman supposa être la maison de famille de Glodstone. Un râtelier à pipes, une autre photo représentant Glodstone au volant de sa Bentley, tout ça n'était que le bric-à-brac habituel d'un vieux garçon. Il y avait aussi des tas d'étagères couvertes de livres en nombre impressionnant. Slyman n'aurait jamais pensé que Glodstone fut un pareil lecteur. Il allait se diriger vers une étagère quand un bruit extérieur l'arrêta. Quelqu'un montait les escaliers.

Slyman réagit avec une rapidité compréhensible. Il passa la porte de la chambre de Glodstone et se glissa derrière contre le lavabo, juste comme quelqu'un entrait dans le bureau. Slyman retint son souffle et se sentit pris d'une horrible faiblesse. Quel pouvait bien être l'emmerdeur qui se trouvait là alors que l'école était déserte ? Et comment, au nom du ciel, allait-il expliquer sa présence dans cette chambre ? Pendant un moment, il imagina que c'était peut-être la femme de ménage venue pour faire le lit et nettoyer la chambre. Mais le lit était fait et quant au visiteur inattendu dans le bureau, il remettait un livre sur une étagère.

Plusieurs minutes passèrent. Il l'entendit sortir un autre livre. Après un silence, la porte s'ouvrit de nouveau puis se referma. Slyman s'appuya contre le mur avec soulagement, mais il attendit encore quatre ou cinq minutes avant de sortir de sa cachette.

Sur le bureau, il trouva une feuille de papier avec un message d'une écriture nette mais enfantine.

« Cher Monsieur, je vous ai rendu *Rogue Male*. C'était un bon livre, juste comme vous l'aviez dit. Je vous ai emprunté *Le Prisonnier de Zenda*. J'espère que vous n'y verrez pas d'inconvénient. Clyde-Browne. »

Slyman fixa le message, puis il laissa ses yeux vagabonder tout autour de la pièce. Il suivit un rayon entier de Henty et Westerman, Anthony Hope, Hew Masson et tout Buchan. Partout où il regardait, ce n'était qu'histoires d'aventures. Pas étonnant que cet imbécile se soit vanté de ne jamais lire autre chose que des livres honnêtes et virils. Prenant un livre sur une petite table basse, il l'ouvrit :

« Le château dans les bois était comme suspendu sur un éperon rocheux de ce versant de la montagne et on pouvait voir tous ses murs sauf celui qui faisait face au nord. »

C'était assez. Slyman avait trouvé dans les lectures de Glodstone le lien qui unissait son trésor (avec les lettres de la comtesse de Montringlay), sa Bentley et son archaïsme agressif. Il regagna sa chambre. Comme le soir tombait, ramenant le bruit des voitures et la voix des garçons, Slyman, assis dans l'obscurité, laissa son esprit vagabonder. Il cherchait un moyen de prendre appui sur la passion adolescente de Glodstone pour des aventures violentes et romanesques afin de mieux le piéger dans un marais de malentendus et d'indiscrétions. C'était une vision délicieuse.

6

Jusqu'à la fin du trimestre, Slyman se plongea dans la lecture de romans d'aventures. C'était un travail tout à fait déplaisant, mais il devait le faire s'il voulait que son plan réussisse. Il garda le secret et, pour entretenir l'illusion qu'il s'intéressait à tout autre chose, il se joignit aux chanteurs de madrigaux dirigés par le directeur. Ensuite, il acheta des disques de Tippett et de Benjamin Britten. Enfin, pour faire bonne mesure, il se rendit spécialement à Londres pour écouter Askhenazy jouer au Festival Hall.

« Limace essaie de faire son chemin dans les bonnes grâces du directeur avec ce qu'il appelle de la musique », commenta Glodstone ; mais les activités de Slyman à Londres n'avaient rien de musical. En évitant soigneusement les boutiques trop connues, il découvrit un imprimeur à Paddington qui était prêt à reproduire le papier à en-tête et les enveloppes armoriées de la comtesse de Montringlay.

« Il faudrait que je voie l'original si vous voulez que je fasse un travail précis, dit-il à Slyman qui lui avait montré des photos du blason et de l'adresse imprimée, et ça ne sera pas donné.

— Entendu », dit Slyman, pas tout à fait à son aise en supposant que cet homme le prenait pour un faussaire, un maître-chanteur ou les deux.

La semaine suivante, il trouva le moyen d'être là à l'arrivée du courrier, et il put ainsi subtiliser la lettre que Wanderby recevait de sa mère. Le samedi, sous prétexte de consulter un dentiste à Londres, il était de retour chez l'imprimeur avec l'enveloppe soigneusement ouverte à la vapeur. Il revint à Groxbourne avec une joue faussement enflée par du coton, ce qui était inconfortable, mais ne laissait aucun doute : il s'agissait bien d'un traitement dentaire.

« J'ai bien peur que vous n'ayez à vous passer de moi, expliqua-t-il au directeur d'une voix pâteuse. Le dentiste est formel, je ne dois pas chanter pour l'instant.

— Eh bien, mon cher, nous serons obligés de faire de notre mieux sans vous », dit le directeur qui ajouta plus tard à sa femme, en commentaire, que, de toute façon, ça ne pouvait pas être pire.

Le lendemain, la lettre perdue de Wanderby fut retrouvée, plutôt boueuse, dans le massif de fleurs sous la fenêtre du secrétariat et on mit ça sur le dos du facteur.

Vers la fin du trimestre, Slyman avait complété ses préliminaires. Il était allé chercher les enveloppes et le papier à lettres et il avait déposé provisoirement le tout dans un coffret métallique fermé, chez sa mère à Ramsgate. Il avait fait renouveler son passeport et s'était muni de chèques de voyage. Tandis que ses collègues partaient pour les vacances de Pâques, M. Slyman prit le ferry pour Boulogne et loua une voiture. De là, il traversa la frontière belge à un minuscule poste frontière près d'Armentières avant de se diriger vers le sud. L'endroit avait été choisi avec soin. Même Slyman avait entendu des anciens combattants beugler *Mademoiselle d'Armentières* en souvenir de leur période de joyeux carnage pendant la Première Guerre mondiale. Et ce nom devait faire naître la petite note d'émotion vieillotte qu'il recherchait chez Glodstone.

Slyman s'arrêta fréquemment pour consulter cartes et guides et trouver un itinéraire un peu pittoresque à travers cette grisaille industrielle, mais finalement il abandonna. De toute façon, ça ne ferait qu'ajouter au romantisme des routes et des vallées boisées plus au sud, et les terrils et les puits avaient l'avantage de donner à la route une réalité très convaincante. Si quelqu'un voulait entrer en France incognito, il avait là un bon moyen. Ainsi Slyman resta sur les routes secondaires, en évitant les autoroutes et les grandes villes, conduisant pendant la journée et n'entrant dans un hôtel ou dans une ville qu'à la nuit tombée. Pendant tout ce temps-là, il prit des notes et s'assura qu'il maintenait l'esprit des lectures de Glodstone sans le mettre trop en contact avec la réalité.

C'est pour cette raison qu'il contourna Rouen et traversa la Seine sur un pont plus au sud, mais il s'accorda la nationale 836 à travers le département de l'Eure avant de se replier sur Ivry-la-Bataille, où il nota un hôtel et son numéro de téléphone. Après quoi il fit une nouvelle digression par Houdan et Faverolles vers Nogent-le-Roi et Chartres. Pour Chartres, il était hésitant, mais un coup d'œil à la cathédrale le rassura. Oui, Chartres inspirerait Glodstone. Et pourquoi pas Château-Renault, juste à l'écart de la route de Tours ? Slyman l'élimina finalement au profit d'une petite route vers Meung-sur-Loire, plus discrètement clandestine. Il devait imposer à Glodstone l'idée d'un danger à traverser les rivières dans de grandes villes. Slyman nota sur son calepin « Pont qui vaut un coup d'œil » et continua. Cela lui prit dix jours pour établir l'itinéraire et, pour ne prendre aucun risque, il évita soigneusement les environs du château Carmagnac, à une seule exception près. Le soir du dixième jour, il alla en voiture jusqu'au petit village de Boosat et posta deux lettres dans deux boîtes différentes. Pour être précis, il posta deux enveloppes vides, chacune frappée d'un écusson au dos, avec sa propre adresse tapée à la machine sur une étiquette autocollante. Puis il reprit la route du Nord et remonta vers Boulogne, vérifiant chaque endroit marqué sur sa carte et les commentaires de son carnet, ajoutant même parfois des informations.

En regagnant Folkestone, M. Slyman était fier de son travail. Il y avait certains avantages à tirer d'un diplôme en géographie, après tout. Au retour, ses deux enveloppes l'attendaient chez sa mère. Avec d'infinies précautions, il détacha les étiquettes autocollantes et décolla à la vapeur les rabats légèrement encollés. Puis il attaqua le cachet de la poste avec un tampon encreur pour en faire disparaître la date tout en laissant Boosat bien visible. Pendant les trois jours qui suivirent, il s'absorba dans l'étude de la lettre de la comtesse à Glodstone et imita sans relâche son écriture large et fluide. Quand il revint à Groxbourne, la comtesse elle-même aurait eu des difficultés à dire qu'elle était sa lettre, sans lire le contenu. Les talents de M. Slyman avaient fait merveille.

On ne pouvait pas en dire autant de Pèlerin Clyde-Browne. La différence entre ses bulletins mirobolants et son impossibilité à atteindre la moyenne dans une matière quelconque au brevet — seules les maths, ne laissant aucun choix sauf vrai ou faux, lui avaient permis d'atteindre la moyenne —, tout cela avait finalement convaincu M. Clyde-Browne qu'envoyer son fils à Groxbourne avait eu l'avantage d'éloigner l'idiot de la maison presque toute l'année, mais sans lui donner plus de chances pour autant d'entrer dans l'armée. D'un autre côté, il avait payé trois ans d'avance, sans compter sa contribution au fonds de restauration de la chapelle, et ça le rendrait furieux s'il perdait son argent.

« Nous avons toutes les chances de nous retrouver avec notre crétin de fils sur les bras à la fin de l'année scolaire, grogna-t-il, et à ce train-là, il ne trouvera jamais de travail.

— Je pense que vous êtes très dur avec lui. Le docteur Andrews dit que son développement est en retard.

— Et quelle est l'importance de ce retard ? Il aura cinquante ans avant qu'il ait compris que le Pô est un fleuve dans le Nord de l'Italie et pas un ustensile pour pisser. Et j'aurai alors quatre-vingt-dix ans.

— Et vous serez retombé en enfance, rétorqua Mme Clyde-Browne.

— Absolument, dit son mari. Auquel cas vous aurez un double problème, car Pèlerin n'en sera pas sorti. Quoi qu'il en soit, si vous voulez passer votre vieillesse avec un adolescent d'âge mûr, moi pas.

— A partir du moment où je dois passer mon âge mûr avec un homme emporté et sans cœur...

— Je ne suis pas un homme sans cœur. Emporté peut-être, mais pas sans cœur. J'essaie de mon mieux de faire le maximum pour votre fils... oui, je sais, notre fils, pendant qu'il est encore temps.

— Mais ses bulletins sont... »

La patience de M. Clyde-Browne était à bout.

« Bulletins ? Bulletins ? Je croirais plus volontiers un seul mot de n'importe quel livre blanc émis par le gouvernement que je n'accorderais crédit à ces foutus bulletins. Ils ont été créés et mis en place simplement pour amener les parents de demeurés à continuer de verser du bel et bon argent. Ce que je veux, ce sont des résultats aux examens.

— Dans ce cas, vous auriez mieux fait de suivre mon conseil dès le début et de donner à Pèlerin un tuteur privé », insista Mme Clyde-Browne, non sans une certaine férocité.

M. Clyde-Browne s'effondra dans un fauteuil.

« Vous avez peut-être raison là-dessus, admit-il. Mais je n'arrive pas à imaginer qu'on aurait pu trouver un homme éduqué qui aurait supporté une telle épreuve. Pèlerin l'aurait envoyé à l'asile en un mois. Quoi qu'il en soit, ça vaut la peine d'essayer. Il doit bien y avoir quelque part un rabâcheur endurci capable de le programmer suffisamment pour qu'il passe son brevet. Je vais chercher. »

Suite à cette décision désespérée, Pèlerin passa ses vacances de Pâques avec le commandant Klaus Hardbolt, retraité des corps spéciaux de l'armée, spécialiste en éducation. Les références du commandant étaient des meilleures. Il avait dirigé le fils du duc de Durham vers Cambridge en dépit de tares héréditaires et pouvait faire état de son succès à enseigner du russe rudimentaire à dix-huit officiers de la garde sans qu'ils bégayent.

« Je crois pouvoir vous garantir que votre fils aura son brevet, dit-il à M. Clyde-Browne. Qu'on me donne n'importe qui pendant trois semaines sans interruption et vous verrez qu'il apprendra. »

M. Clyde-Browne dit simplement qu'il l'espérait et qu'il avait payé d'avance et généreusement.

« N'allez pas vous imaginer que je vous demande de penser, car ce n'est pas le cas, expliqua le commandant le premier matin. Vous êtes là pour obéir. Je vous demande de n'utiliser qu'une seule de vos facultés, la mémoire. Vous allez apprendre par cœur les réponses aux questions qui vous seront posées à l'examen. Ceux parmi vous qui n'arriveront pas à se souvenir des réponses seront mis au pain sec et à l'eau. Ceux qui répondront parfaitement mot pour mot auront de larges biftecks. Est-ce clair ? »

La classe acquiesça.

« Prenez la feuille devant vous et retournez-la. »

La classe s'exécuta.

« Ceci est la réponse à la première question de la fiche de mathématiques. Vous avez vingt minutes pour l'apprendre par cœur. »

A la fin des vingt minutes, Pèlerin pouvait se souvenir de la réponse. Toute la journée, le même processus continua. Il reprit même après dîner et c'est à minuit seulement que Pèlerin put aller au lit. Il fut réveillé à six heures le lendemain matin et on lui demanda de répéter les réponses qu'il avait apprises la veille devant un magnétophone.

« C'est pour renforcer vos connaissances, dit le commandant. Aujourd'hui, nous apprendrons les réponses aux questions de français. La mise en mémoire définitive aura lieu demain matin avant le petit déjeuner. »

Le lendemain, Pèlerin arriva au cours de géographie avec une faim de loup et, au dîner, fut récompensé par un bon steak. A la fin de la semaine, un seul élève était toujours incapable de se souvenir des réponses à toutes les questions d'histoire, géographie, maths, chimie, biologie et littérature anglaise.

Le commandant Hardbolt n'était nullement ébranlé.

« Allons, Monsieur », reprit-il quand le pauvre garçon, à moitié mort de faim, tomba de sa chaise pour la troisième fois. Le pauvre bougre s'arrangea pour se remettre dans une position assise.

« Mais je ne sais pas lire », geignit Parkinson.

Le commandant Hardbolt le regarda sévèrement.

« Pas lire ? Mensonge et billevesées, jeune homme. Tout garçon dont les parents peuvent se permettre d'accepter mes tarifs sait obligatoirement lire.

— Mais je suis dyslexique, Monsieur. »

Le commandant se raidit.

« Bien, dit-il. En conséquence, pour vous, il faudra demander que vous ne passiez que l'oral. Portez cette note à ma secrétaire. »

Quand Parkinson eut quitté la pièce en titubant, le commandant fit face à la classe.

« Y a-t-il un autre garçon dans cette pièce qui ne sache pas lire ? Et pas question de tergiverser. Si vous ne savez pas lire, dites-le et on vous traitera par l'hypnose. »

Mais personne n'avait besoin d'hypnose dans la classe.

La deuxième semaine fut consacrée à écrire au mot près les réponses aux questions. Pèlerin était à tout bout de champ réveillé au milieu de la nuit et interrogé.

« Quelle est la réponse à la question quatre de la fiche d'histoire ? » demandait le commandant.

Pèlerin fixait d'un œil vitreux la moustache féroce.

« En 1886, la loi de Gladstone pour l'Irlande dite " Home Rule " ne put être votée parce que Chamberlain, précédemment maire radical de Birmingham, fit éclater le parti libéral et...

— Bon chien », disait le commandant quand il avait fini, et il le récompensait d'un carré de chocolat.

Mais ce fut la troisième semaine que le renforcement devint le plus rigoureux.

« Un esprit fatigué est un esprit réceptif, annonça le commandant le dimanche soir. A partir de maintenant, vous n'aurez plus que quatre heures de sommeil par nuit et une heure de repos toutes les six heures. Avant d'aller au lit, vous rédigerez les réponses à une des épreuves de l'examen et, au réveil, vous les réécrirez à nouveau, avant de passer au sujet suivant. De cette façon, il vous sera impossible d'être recalé au brevet, même si vous le voulez. »

Après sept jours de mise en condition supplémentaire, Pèlerin revint à la maison épuisé et l'esprit tellement farci de réponses d'examen que ses parents voyaient leur sommeil interrompu par un aboiement soudain et la voix de Pèlerin qui récitait automatiquement les réponses aux ordres du commandant. Ils furent ensuite perturbés par l'insistance du commandant Hardbolt qui voulait empêcher que Pèlerin retourne à Groxbourne avant qu'il ait passé ses examens.

« C'est absolument essentiel qu'il ne soit pas exposé à d'autres méthodes d'enseignement qui créeraient la confusion, dit-il. Rien n'est plus dommageable à la capacité d'apprendre d'un animal que des stimuli contradictoires.

— Mais Pèlerin n'est pas un animal, protesta Mme Clyde-Browne. Il est délicat, sensible...

— Animal ! dit son mari dont les vues sur son fils coïncidaient entièrement avec celles du commandant.

— Exactement, dit le commandant Hardbolt. Aujourd'hui, là où la plupart des professeurs ont tort, c'est qu'ils ne veulent pas appliquer à l'enseignement d'une classe les méthodes utilisées dans le dressage des animaux. Si un phoque peut apprendre à mettre une balle en équilibre sur son nez, un garçon peut apprendre à passer des examens.

— Mais les questions sont sûrement différentes d'une année sur l'autre », dit Mme Clyde-Browne.

Le commandant Hardbolt la détrompa d'un signe de tête.

« Bien sûr que non. Si elles l'étaient, personne ne pourrait vraiment enseigner les réponses. Ce sont les règles du jeu.

— J'espère que vous dites vrai, dit Mme Clyde-Browne.

— C'est certain, Madame, dit le commandant, et la suite le prouvera. »

Du moins, pour Pèlerin, la suite le prouva. Il retourna à Groxbourne avec un mois de retard et avec des allures de somnambule, mais il passa les épreuves du brevet en donnant tous les signes cette fois qu'il l'aurait. Même le directeur fut impressionné en jetant un coup d'œil sur ses copies avant de les envoyer pour être corrigées ailleurs.

« Si je ne l'avais pas vu de mes yeux, je n'aurais pas cru

que c'était possible », murmura-t-il et il écrivit immédiatement aux Clyde-Browne pour leur donner l'assurance qu'ils
pouvaient envisager de faire entrer Pèlerin dans l'armée.

M. Clyde-Browne lut la lettre avec ravissement.

« Il l'a eu, bon Dieu, il l'a eu, lâcha-t-il joyeusement.

— Bien sûr qu'il l'a eu, dit Mme Clyde-Browne, j'avais
toujours su qu'il était doué. »

M. Clyde-Browne s'arrêta net.

« Pas lui... » commença-t-il et il décida finalement de se
taire.

61

7

Mais l'avenir de Pèlerin se décidait sous des influences plus subtiles que celles du commandant. M. Glodstone avait passé ses vacances à la recherche, comme il disait, « d'une foutue bonne femme à épouser ».

« La difficulté vient de ce que personne ne veut faire une mésalliance, confia-t-il au major Fetherington après plusieurs verres de whisky bus ensemble dans son appartement.

— Absolument, dit le major dont la femme était morte d'ennui dix ans plus tôt. Pourtant, s'il y a encore de la mine dans votre crayon, il faut que vous mettiez votre marque quelque part. »

Glodstone lui lança un regard choqué. La métaphore du major était trop crue pour son imagination romanesque.

« Peut-être, mais il faut bien qu'il y ait aussi de l'amour. Je veux dire, seul un mufle est capable d'épouser une fille qu'il n'aime pas. Ce n'est pas votre avis ?

— P'têt' bien, dit le major, appréciant trop le whisky pour risquer une discussion en mettant en avant sa propre expérience. Toutefois... J'ai connu un type, s'il avait pas quatre-vingts ans, il avait pas un jour ; bon joueur de tennis en son temps ; il épousa la femme qui se trouvait assise juste à côté de lui un jour de match au court central de Wimbledon — match splendide. Il mourut dans ses bras quinze jours plus tard éperdument amoureux. Tant qu'on n'essaie pas, on ne peut rien dire. »

Glodstone médita la morale de cette histoire et la trouva peu éclairante.

« Ce sont des choses qui ne m'arrivent jamais à moi, dit-il en rebouchant la bouteille de whisky.

— L'ennui avec vous, dit le major, c'est que votre goût vous porte au champagne, mais vos revenus ne vous permettent que la bière. A mon avis, vous devriez viser moins haut — seulement on ne sait jamais. La chance peut avoir de drôles de façons d'arranger les choses. »

Pour une fois, M. Slyman aurait partagé avec Glodstone sa désapprobation informulée : il laissait aussi peu de marge que possible à la chance. Ayant découvert l'appétit frénétique de Glodstone pour le romanesque, il était bien décidé à l'exploiter, mais il restait quelques problèmes à résoudre. Le premier concernait la journée sports de l'école. La comtesse de Montringlay pouvait y paraître, et s'il s'avérait que la sacrée bonne femme était aussi formidable que le suggérait la conversation qu'il avait surprise, tous ses préparatifs tombaient à l'eau. Glodstone n'irait sûrement pas au secours d'une femme qui était manifestement capable de s'en sortir toute seule. Non, il était vital que dans l'esprit de Glodstone, l'image soit celle d'une pauvre sylphide sans défense, ou plus exactement sans défense mais riche et d'une infinie candeur. Slyman vérifia dans son dossier et y trouva que Tambon avait dit : « La comtesse est une vieille guenon. » Cela le rassura. Il jeta aussi subrepticement un coup d'œil au livre de visite des parents dans le bureau du censeur, et ne trouva aucune trace d'une visite quelconque de la comtesse à l'école.

Mais, pour assurer tous ses arrières, il profita d'une leçon de géographie pour demander à tous ceux dont la mère venait pour la journée sports de lever la main — Wanderby n'en était pas. Ayant résolu ce problème, Slyman se concentra sur le suivant : comment rédiger sa lettre à Glodstone. Après réflexion, il décida d'utiliser l'approche directe. Cela devrait susciter la galanterie de Glodstone plus efficacement que quelque chose de trop subtil. D'autre part, il avait aussi des instructions plus précises à donner. Slyman écrivit la lettre, contrefaisant encore et encore l'écriture de la comtesse à titre d'exercice. Puis, pendant un week-end à Londres, il passa la nuit dans sa chambre d'hôtel à téléphoner en France par l'automatique. Quand il rentra à Groxbourne, il était prêt à donner ses instructions. Une seule incertitude restait : Glodstone avait peut-être déjà pris ses dispositions pour les vacances d'été. Dans ce cas, le choix du moment pour la lettre était vital. Et les voyages de Wanderby pendant ses vacances pouvaient aussi se révéler fâcheux. A nouveau, Slyman profita d'une leçon de géographie pour savoir où les élèves allaient passer leur été.

« Je vais à Washington pour être avec mon père et sa petite amie » annonça Wanderby d'un ton aigre. M. Slyman était enchanté et utilisa ses paroles dans la salle des professeurs, le soir même, à son avantage.

« Je dois dire qu'il y a des parents plutôt bizarres, dit-il tout haut. Je parlais de fuseaux horaires avec les secondes B ce matin, et tout à coup, le jeune Américain, Wanderbury, nous a dit que son père avait une maîtresse à Washington. »

Glodstone cessa de tirer sur sa pipe.

« Vous ne pouvez pas vous souvenir du nom exact de vos élèves ? demanda-t-il aigrement. Il s'appelle Wanderby. Et qu'est-ce que c'est que cette histoire que son père aurait une maîtresse ? »

Slyman fit semblant de remarquer la présence de Glodstone pour la première fois.

« Il est chez vous, pas vrai ? Produit typique d'un ménage brisé. De toute façon, je répète simplement ce qu'il a dit.

— C'est une habitude chez vous de fourrer votre nez dans la vie familiale de vos élèves pendant la classe ?

— Pas du tout. Comme je l'ai déjà dit, je parlais de fuseaux horaires et du décalage quand on voyage et Wandelby...

— Wanderby, bon Dieu ! aboya Glodstone.

— Bref, il prit l'initiative de dire qu'il allait à Washington à la fin du trimestre et que son père...

— Ça va, on a déjà entendu la première fois », dit Glodstone qui finit son café en vitesse et sortit. Plus tard dans la soirée, en traversant la cour, Slyman fut heureux de constater que Glodstone était assis à son bureau à côté de la fenêtre et qu'il avait la boîte à cigares à côté de lui. Sa sortie à propos de ménage brisé et de Wanderby dont le père avait une liaison devait avoir renforcé le romanesque dans l'image que Glodstone se faisait de la comtesse. Cette nuit-là, Slyman compléta la rédaction de ses instructions et enferma la lettre dans son classeur.

Elle devait rester là encore cinq semaines. Le dernier trimestre se traînait. La journée sports arriva et elle s'en fut, des matches de cricket furent gagnés, d'autres furent perdus et Glodstone devint de jour en jour plus sombre et plus mélancolique par contraste avec le beau temps et la vitalité de la jeunesse autour de lui. Il allait de plus en plus fréquemment briquer la Bentley et c'est là, dans la vieille remise, qu'un soir il demanda à Pèlerin ce qu'il allait faire en quittant l'école.

« Mon père voulait que j'aille dans l'armée. Mais maintenant que j'ai mon brevet, il parle de me faire entrer dans une banque de la City.

— Pas le genre de vie auquel j'aurais pensé : c'est d'un sinistre...

— Ben, c'est à cause de mes maths, dit Pèlerin. Et puis de ma mère. Elle a toujours été contre, que j'aille dans l'armée. De toute façon j'ai encore un mois de libre avant puisque je vais au cours du major au Pays de Galles. C'est vachement bien les marches de nuit et dormir dehors. »

Glodstone eut un soupir de regret en pensant à sa jeunesse et prit une décision soudaine.

« Merde au dirlo, fit-il tout bas. On prend la vieille branche et on la sort faire un tour. Après tout ce sont tes derniers mois ici et tu en as fait plus que ta part pour que tout soit parfait à bord et pour qu'elle rutile. Tu pars de ton côté jusqu'aux grilles de l'école et je te prends là dans dix minutes. »

Et c'est ainsi que pendant une heure ils roulèrent par

les petites routes de traverse, le vent dans le visage et le pot d'échappement ronronnant doucement derrière eux.

« Vous conduisez rudement bien, dit Pèlerin, comme il sortait d'un virage et qu'ils allaient vers un rideau de chênes, on roule comme dans un rêve. »

A ses côtés, Glodstone souriait.

« C'est ça la vie, hein ! Rien de mieux qu'une Bentley grand cru. C'est une cavale prête à s'élancer. »

Ils entraient dans un village et sur le même coup de tête qui les avait amenés jusque-là, Glodstone s'arrêta devant l'auberge. « Deux pintes de votre meilleure bière, Patron », dit Glodstone d'une voix forte, provoquant en retour la question sur les dix-huit ans révolus de Pèlerin.

« Non... dit Pèlerin, mais sa réponse se perdit dans l'explosion de voix de Glodstone.

— Bien sûr qu'il a dix-huit ans, Môssieu. Qu'est-ce que vous croyez ? Que je pourrais amener quelqu'un qui n'ait pas l'âge pour boire chez vous ?

— Je l'ai déjà vu faire, dit le bonhomme. Alors je vais vous servir une bière et une limonade. Et vous pourrez prendre vos verres et aller boire dehors, à la terrasse, si vous voulez ?

— On peut aussi faire mieux que ça et aller boire ailleurs, dit Glodstone en partant. L'ennui avec le foutu monde dans lequel on vit aujourd'hui, c'est que les gens ne se tiennent plus à leur place. Du temps de mon père, ce type-là aurait eu son bistrot fermé, et pas de discussion. De toute manière, avec un type comme ça, la bière ne pouvait pas valoir grand-chose. »

Ils roulèrent jusqu'au prochain village et essayèrent de nouveau. Cette fois, Glodstone le prit de moins haut et ils furent servis. Alors qu'ils buvaient dehors assis sur un banc, admirant leur image réfléchie dans la carrosserie rutilante de la magnifique voiture, et à la chaleur des commentaires que cela suscitait, le moral de Glodstone remonta.

« On peut dire ce qu'on veut mais rien ne vaut une pinte de la meilleure bière anglaise, dit-il.

— Oui, dit Pèlerin, qui avait à peine touché à son verre et qui n'aimait pas ça de toute façon.

— C'est quelque chose que l'on ne trouve dans aucun autre pays. Le Teuton engouffre une bière légère par gallons entiers, le Hollandais brasse une bière qui n'est pas mauvaise mais qui n'a pas de corps. Pour les Belges, c'est pareil et ils n'ont que de la bière en bouteille. De toute façon, c'est toujours mieux que la saleté qu'on boit en France. Je ne sais pas pourquoi, mais partout où on va dans le monde, on ne trouve que la bière française. Plutôt bizarre, quand on y pense, les pays qui boivent du vin n'ont jamais tenu devant ceux qui boivent de la bière quand ils en sont venus à se battre. Probable qu'il y a quelque chose de vrai quand on dit qu'avec le vin, on n'a ni l'estomac ni les tripes pour se battre. »

Pèlerin reprit un peu de bière pour marquer son allégeance tandis que Glodstone crachait ses préjugés. Et le monde entier en arrivait à n'être plus réduit qu'à un seul endroit vivable, et c'était là, assis par une soirée d'été dans un village anglais en buvant de la bière anglaise, en contemplant son image dans la carrosserie d'une voiture anglaise construite en 1927. Mais comme ils rentraient vers l'école, la mélancolie de Glodstone revint.

« Tu vas me manquer, dit-il. Tu es tout à fait mon genre de garçon, quelqu'un sur qui on peut compter. Alors, si jamais il y a quelque chose que je peux faire pour toi, tu n'as qu'à me le demander.

— Ça, c'est sensationnel de votre part, Monsieur, dit Pèlerin.

— Et puis, autre chose. On peut oublier le " Monsieur " à partir de maintenant ; je veux dire, c'est la fin des classes et tout ça. Quoi qu'il en soit, je pense que tu ferais mieux de descendre quand on arrivera au portail de l'école. Pas la peine de donner au dirlo des raisons de se plaindre, hein ? »

Donc, Pèlerin remonta à pied l'avenue de hêtres jusqu'à l'école tandis que Glodstone rentrait la Bentley et considérait son avenir morose.

« Toi et moi, on n'est plus dans le coup, vieille branche ! murmura-t-il, en caressant affectueusement le phare de la Bentley. Nous sommes nés dans un autre monde. »

Il monta dans sa chambre, se versa un whisky et s'assit, se demandant, dans le crépuscule qui tombait, ce qu'il allait faire de sa carcasse pendant les vacances. Si seulement il était plus jeune, il pourrait être tenté de se joindre au major Fetherington dans ses camps itinérants du Pays de Galles. Mais non, il aurait l'air d'une vieille bête maintenant et, de toute façon, le major n'aimait voir personne empiéter sur ses plates-bandes. C'était un Glodstone plutôt désespéré qui se mit finalement au lit et relut une fois de plus pendant une demi-heure *Les Trente-Neuf Marches*.

« Bon Dieu, pourquoi est-ce que moi je ne suis jamais mis en face du moindre défi ? » pensa-t-il en éteignant la lumière.

Le défi vint une semaine plus tard. Comme la dernière navette venait de partir pour la gare et que les voitures des parents s'en allaient, Slyman frappa. Il choisit le moment où le bureau du courrier était vide pour glisser l'enveloppe adressée à Monsieur G. P. Glodstone, professeur, dans un casier déjà surchargé de courrier négligé. Slyman avait bien calculé son coup. Glodstone était connu pour ne pas se soucier de son courrier tant que son casier n'était pas plein.

« Un tas de saloperies, avait-il déclaré une fois. Les gens doivent penser que je ne suis qu'un scribouillard, pas un professeur. »

Mais, avec la fin des classes, il faudrait bien qu'il s'occupe de son courrier. Même à l'approche des vacances, il attendit la dernière minute. Il se passa encore trois jours avant que Glodstone ne se décide à prendre le paquet de lettres dans sa chambre. Il le passa en revue rapidement et tomba sur l'enveloppe marquée du blason familial, un aigle déchirant les entrailles de ce qui semblait être un mouton. Pendant quelques instants, Glodstone regarda fixement le blason, comme en extase, avant d'ouvrir l'enveloppe avec un coupe-papier. A nouveau, il hésita. Les lettres de parents n'étaient très souvent que de simples listes de doléances sur la façon dont leur fils était traité. Glodstone retint son souffle en extrayant la feuille de l'enveloppe et en la déployant bien à plat sur son bureau. Mais ses craintes n'étaient pas fondées.

« Cher M. Glodstone, lut-il, je suis sûre que vous pardonnerez la liberté que je prends de vous écrire, mais je n'ai personne d'autre à qui m'adresser et, bien que nous n'ayons jamais eu l'occasion de faire connaissance, Anthony a montré une telle admiration pour vous (il soutient même que vous êtes, parmi les enseignants de Groxbourne, le seul à mériter le titre de gentleman) que je sens que c'est à vous seulement que je peux accorder ma confiance. » Glodstone relut la phrase. Il n'avait jamais soupçonné que le foutu Wanderby ait pu avoir une telle perspicacité, et il continua sa lecture dans un état d'excitation croissant.

« Je n'ose rien dire de très précis dans ma lettre de peur qu'elle ne soit interceptée. Sachez cependant que je cours les plus grands dangers et que j'ai besoin d'aide de toute urgence, étant dans une situation incertaine quoique honorable. Si vous vous sentez capable de m'apporter l'assistance dont j'ai si désespérément besoin, rendez-vous à la consigne de la gare Victoria où vous présenterez le ticket ci-joint. Je ne peux pas vous en dire davantage et je sais que vous comprendrez la nécessité de toutes ces précautions. »

La lettre se terminait par « Vôtre, en désespérance, Deirdre de Montringlay — PS — Brûlez la lettre et l'enveloppe à l'instant même. »

Glodstone restait assis, pétrifié. L'appel qu'il avait attendu pendant plus de trente ans était enfin arrivé. Il lut la lettre plusieurs fois de suite, puis, prenant le ticket de consigne et le mettant dans son portefeuille, il brûla religieusement la lettre dans son enveloppe et, précaution suprême, évacua les cendres par la cuvette des waters. Quelques secondes plus tard, il faisait sa valise et, dans la demi-heure qui suivit, la Bentley sortait de sa remise et prenait la route avec au volant un Glodstone tout rajeuni.

De la fenêtre de son appartement dans la tour, Slyman le regarda partir avec une émotion toute différente. L'affreux Glodstone avait mordu à l'appât. Alors, Slyman descendit lui aussi ses bagages dans sa voiture et quitta Groxbourne en moins grande hâte toutefois. Il savait qu'il aurait toujours une longueur d'avance sur son adversaire.

8

Il était tard dans l'après-midi quand Glodstone gara sa voiture dans une rue près de la gare Victoria. Il avait conduit jusqu'à Londres dans un état d'euphorie traversée par des lueurs occasionnelles de lucidité qui lui disaient que toute l'affaire était trop belle pour être vraie. Il devait y avoir une erreur. Il était certain qu'il s'était trompé du tout au tout sur Wanderby. Que disait la lettre ? « Parmi les enseignants de Groxbourne, il est le seul à mériter le titre de gentleman. » Ce qui était ma foi vrai. Mais il n'aurait jamais pensé que Wanderby aurait su le reconnaître. De toute façon, la mère du jeune homme était comtesse et il devait savoir reconnaître un gentleman quand il en voyait un.

Pour le reste, tout en conduisant, Glodstone s'était concentré pendant tout le trajet sur les moyens de se rendre au château Carmagnac aussi vite que possible. Cela dépendrait du message qu'il trouverait à la consigne, mais, s'il prenait le ferry de Weymouth à Cherbourg, il pouvait, en conduisant de nuit, être là-bas en vingt-quatre heures. Il avait son passeport sur lui et il s'était arrêté à sa banque à Bridgenorth pour retirer deux mille livres de son compte d'épargne et les transformer en chèques de voyage. C'étaient toutes ses économies, mais il avait de côté un petit héritage en cas de besoin. De toute façon, il était sur le point de s'engager dans l'expédition de ses rêves et l'argent ne devait pas constituer un obstacle. De plus, il partait seul. Arrivé à ce point de ses réflexions, il fut gagné par une sensation diffuse de désappointement. Dans ses fantasmes, il s'était toujours vu accompagné d'un ou deux amis dévoués, une petite compagnie de fidèles dont la seule devise était celle des Trois Mousquetaires : « Un pour tous et tous pour un. » Quand il était jeune, ça n'était pas indispensable, mais, avec la cinquantaine, Glodstone sentait le besoin d'une compagnie. Si seulement il avait pu emmener le jeune Clyde-Browne avec lui, il aurait été le plus heureux des hommes, mais il n'en avait plus le temps, il devait agir de toute urgence. Le message qui l'attendait à la consigne de la gare le fit changer d'opinion. Il avait d'abord été surpris de constater qu'il s'agissait en fait d'un véritable bagage, une petite valise brune.

« Etes-vous sûr qu'il s'agit bien de l'objet ? demanda-t-il au préposé assez inconsidérément.

— Ecoutez, mon vieux, faut savoir ce que vous voulez. Vous m'avez donné un bon avec un numéro et voilà le bagage qui correspond » répondit l'autre, et il se dirigea vers un autre client. Glodstone jeta un coup d'œil sur l'étiquette attachée à la poignée et il fut satisfait d'y voir son nom écrit impeccablement. Il revint à sa voiture avec un nouveau sens de la prudence et, par deux fois, il s'arrêta à un coin de rue pour vérifier s'il n'était pas suivi. Puis, la valise posée sur le siège à côté de lui, il conduisit jusqu'à l'appartement d'une vieille tante à Highgate où il logeait faute de mieux quand il était à Londres. Pour passer inaperçu, Glodstone aurait de beaucoup préféré son club, « Le Vieux Tacot », mais ils n'avaient pas de chambres.

« Non, pas possible ! Gérald ! dit la vieille dame d'une manière plutôt insolite quand Glodstone entra, et tu ne m'as même pas écrit que tu venais.

— Je n'ai pas eu le temps. Des affaires urgentes, lui répondit Glodstone.

— Tu as de la chance, ta chambre est encore faite, juste comme tu l'as laissée. Je vais tout de même être obligée de te donner une bouillotte pour réchauffer les draps. En attendant, tu t'assois au salon et je vais te faire une bonne tasse de thé. »

Mais Glodstone n'était pas d'humeur à apprécier ces détails domestiques. Leur caractère trop prosaïque le heurtait dans l'état de surexcitation où il était. Sa tante disparut dans la cuisine et il monta dans sa chambre pour ouvrir la valise. L'intérieur était bourré de journaux français et ce fut seulement quand il eut tout vidé qu'il trouva l'enveloppe. Il la déchira et en sortit plusieurs feuillets. Tous étaient marqués du blason et l'écriture était bien de la main de la comtesse ; ça ne faisait aucun doute. Il commença à lire :

« Cher M. Glodstone, un grand merci pour votre persévérance. On ne pouvait pas en espérer moins de vous. Aussi désespérée que soit ma situation et quel que soit mon désir que vous veniez à mon secours, je crains fort que vous n'évaluiez pas à leur juste valeur les dangers qui vous attendent. En venant à mon secours, vous mettez votre vie en danger. Ceux qui m'entourent sont des criminels dangereux et sans scrupules. Ils sont rusés, et vous, vous ne l'êtes pas. C'est peut-être à votre avantage, mais pour votre sécurité et pour la mienne, vous devez être sur vos gardes. Enfin, si vous le pouvez, venez armé car il s'agit d'une question de vie ou de mort, et un crime a déjà été commis. »

« Ton thé est prêt, mon grand, appela la vieille dame revenue dans son salon bourré de meubles.

— Oui. Je descends dans une minute », répondit Glodstone sur un ton énervé. Il était là, prêt à s'engager dans une affaire à la vie à la mort où un crime était déjà commis, et sa vieille tante l'appelait mon grand et lui servait du thé. Elle pouvait bien aller au diable. Il continua sa lecture.

« Vous trouverez ci-joint l'itinéraire que vous devez suivre. Les ports sont surveillés et, en aucun cas, vous ne devez avoir l'air d'autre chose que d'un touriste anglais qui visite la France. Il est donc absolument vital que vous preniez votre temps et que vous ne fassiez confiance à personne. Vos adversaires ont des antennes dans la gendarmerie et sont eux-mêmes au-dessus de tout soupçon. Je ne peux pas donner ici plus de détails, ni sur leurs crimes ni sur leurs complices. »

Cette fois, la lettre se terminait par « Vôtre, en gratitude

— Deirdre de Montringlay » et, comme la fois précédente, le post-scriptum lui intimait l'ordre de brûler enveloppe et lettre immédiatement. Glodstone examina la page suivante. Elle était tapée à la machine et lui disait de traverser de Douvres à Ostende au premier ferry du matin le 28 juillet et d'aller jusqu'à Ypres avant de passer la frontière française le lendemain seulement. Puis son itinéraire comportait la liste des hôtels où « une chambre lui était réservée ». Glodstone lut toute la liste avec un étonnement croissant. Si l'on considérait les dangers terribles auxquels, à l'évidence, la comtesse était confrontée, ses instructions étaient extraordinairement explicites. Ce fut seulement en tournant la page qu'il eut l'explication. De sa propre main, elle avait écrit : « Si j'avais besoin de communiquer avec vous, vous trouveriez mes messages le soir dans votre chambre. Et maintenant que je vous ai écrit tout ça à la main, recopiez-le et brûlez-le. »

Glodstone chercha son stylo dans sa poche, mais il fut une fois de plus interrompu par sa tante.

« Ton thé refroidit, mon grand.

— Merde », dit Glodstone, mais il descendit tout de même au salon. Il y passa une demi-heure en bouillant d'impatience à écouter les derniers potins de la famille. Quand Tante Lucie eut bien passé en revue toutes les maladies dont avaient souffert tous ses neveux et nièces, Glodstone était devenu enragé.

« Excuse-moi, mais j'ai des affaires extrêmement pressantes qui m'attendent, dit-il, alors qu'elle se lançait dans une description clinique des symptômes de la maladie que son cousin Michaël avait contractée ou, pour être plus précis, dilatée, et que l'on appelle les oreillons.

— De vraies balles, continua la tante Lucie imperturbable.

— Vous dites ? fit Glodstone, dont l'attention était restée concentrée sur les instructions de la comtesse.

— Je disais simplement que ses...

— Il faut que j'y aille, dit Glodstone en quittant la pièce plutôt grossièrement.

— Quel drôle de garçon que ce Gérald », marmonna la vieille dame en débarrassant le service à thé. Son opinion se confirma quarante minutes plus tard quand elle découvrit la fumée qui envahissait le hall.

« Sainte Mère de Dieu, qu'est-ce que tu fais là-dedans ? demanda-t-elle face à la porte des toilettes qui semblaient la source du feu.

— Rien », dit Glodstone qui suffoquait et se demandait pourquoi, bon Dieu, il avait mis tant de conscience à suivre les instructions de la comtesse qui lui disait de brûler tous les indices. La lettre et l'itinéraire étaient partis sans trop de peine, mais sa tentative de froisser l'enveloppe en boule et de l'éliminer d'un coup de chasse d'eau avait échoué lamentablement. L'enveloppe s'obstinait à flotter avec son écusson visible en plein. Et la chasse d'eau non plus n'aidait en rien. Construite pour une époque plus nonchalante, elle se remplissait lentement et se vidait de même. Finalement, Glodstone avait eu recours aux journaux français. C'était aussi des pièces à conviction et, en les chiffonnant pour les mettre autour de l'enveloppe détrempée, il pourrait peut-être brûler la lettre avec. Il s'était avéré qu'il avait eu raison, mais à quel prix ! Les journaux avaient été aussi brûlants que leurs éditoriaux. Comme les flammes s'échappaient de la cuvette, Glodstone avait rabattu le couvercle d'un coup sec et tiré la chaîne pour éteindre ce qui prenait l'allure d'un feu de joie domestique. C'est à ce moment-là que sa tante était intervenue.

« Comment rien ? s'écria-t-elle à travers la porte, tu as fumé là-dedans et ça a pris feu.

— Oui » haleta Glodstone, trouvant finalement que c'était une explication plausible. Personne ne pourrait dire s'il avait fumé ou non. Cette saloperie s'échappait tout autour du couvercle d'une façon plutôt alarmante. Il saisit une serviette accrochée derrière la porte et essaya d'étouffer la fumée, avant de suffoquer lui-même.

« Si tu ne sors pas de là tout de suite, je serai forcée d'appeler les pompiers » menaça-t-elle, mais Glodstone avait son compte. Déverrouillant la porte, il sortit en trombe dans le hall, cherchant sa respiration.

La tante aperçut la fumée qui sortait toujours de sous le siège.

« Qu'est-ce que tu pouvais bien fabriquer ? » dit-elle, en éteignant promptement, d'une bassine d'eau prise à la cuisine, les restes d'un numéro du *Monde* qui brûlait encore. Puis, elle examina ce qui restait, l'œil soupçonneux.

« Tu es resté trop longtemps célibataire, déclara-t-elle enfin. Ton oncle Martin a été trouvé mort dans les toilettes avec un exemplaire de *La Vie parisienne* et il est clair que tu es son digne successeur. Ce qui te manque, c'est une façon raisonnable de satisfaire tes instincts les plus bas. »

Glodstone ne répondit pas. Si sa tante avait opté pour une conclusion aussi crue, cela valait beaucoup mieux que de suspecter la véritable nature de son entreprise. Quoi qu'il en soit, l'incident avait établi à sa juste mesure toute la puissance magique de cette situation.

« Je vais dîner dehors » dit-il en le prenant de haut, et il passa la soirée à son club, établissant des plans pour la suite.

Ce qui compliquait les choses, c'était la date du 28 où sa traversée était réservée. Il avait cinq jours à attendre. Venait alors le problème de se procurer des armes. La lettre était claire sur ce point. « Venez armé », mais c'était plus facile à dire qu'à faire. C'est vrai qu'il avait bien un fusil de chasse chez un cousin dans une ferme du Devon, mais un fusil de chasse ne pouvait être classé dans la catégorie des armes à proprement parler. Il lui fallait un revolver, quelque chose de facile à dissimuler dans la Bentley, mais il pouvait difficilement entrer chez un armurier à Londres et demander un Smith et Wesson calibre 38 avec cent cartouches. La chose à faire était de s'adresser à quelqu'un du milieu. Il devait y avoir des tas de gens qui vendaient des armes à Londres. Glodstone n'en connaissait pas et n'avait pas la moindre idée de l'endroit où l'on pouvait les trouver. Tout cela était très déconcertant et il allait abandonner l'idée de partir armé quand il se souvint de l'armurerie du major Fetherington à l'école, où il y avait revolvers et munitions.

En fait, c'était plutôt des vieux modèles, mais il savait où le major mettait les clés de l'armurerie. Il s'agissait simplement d'un emprunt et il pouvait les remettre avant le début des classes. Son moral était revenu. Il se commanda un brandy avant de rentrer chez sa tante. Le lendemain matin, il avait repris la route et, à midi, il se trouvait de nouveau à Groxbourne.

« C'est marrant que vous soyez de retour si vite, lui dit la secrétaire. Le major fonceur est revenu lui aussi, mais seulement il ne fonce plus autant. Dans le voyage, il s'est fait une entorse.

— Saloperie, dit Glodstone, empoisonné par ce mauvais coup porté à son plan. Je veux dire, pauvre vieux. Où est-il ?

— Là-haut dans sa chambre. »

Glodstone monta les escaliers jusqu'à la porte du major et frappa.

« Entrez », cria le major. Il était assis dans un fauteuil, une jambe allongée sur un tabouret.

« Ah, Gloddie, mon vieux, ça fait plaisir de vous voir. Je vous croyais parti ?

— J'ai dû revenir. Qu'est-ce qui vous est arrivé ? Dévalé une pente au Pays de Galles ?

— Même pas arrivé dans ce foutu patelin. J'ai glissé sur une merde de chien dans Shrewsbury et je me suis cassé la gueule, je peux vous le dire. Tout ce que j'ai pu faire, c'est ramener le minibus jusqu'ici. J'ai annulé mon stage d'été et je me retrouve avec le jeune Pèly sur les bras.

— Pèlerin Clyde-Browne ? fit Glodstone avec une lueur d'espoir.

— Ses parents sont quelque part en Italie. Ils ne seront pas de retour avant trois semaines. Il a bien essayé d'appeler un oncle, mais le bonhomme n'est jamais là. Je veux bien être pendu si je sais quoi faire de ce gamin.

— Pour votre cheville, ça va prendre combien de temps ? demanda Glodstone, découvrant tout à coup qu'il venait peut-être de trouver juste les deux personnes qu'il aurait choisies pour être avec lui dans un coup dur.

77

— J'ai un rendez-vous avec Quack demain pour une radio. Il a l'air de croire que je me suis cassé le coccyx.

— Le coccyx ? Je croyais que vous aviez parlé d'une entorse !

— Ecoutez, mon vieux, dit le major confidentiellement, ça, c'est pour amuser la galerie. Je ne peux pas laisser raconter partout que je me suis fait avoir là où le vieux singe a caché ses noix. Ça ne ferait pas sérieux, pas vrai ? Je veux dire, vous auriez confiance, vous, dans un cours de survie qui serait donné par un type qui n'est pas foutu de repérer une merde de chien qu'il a juste sous les yeux ?

— Bah, d'une certaine manière, je ne... » commença Glodstone.

Le major lui coupa la parole tout en déplaçant son postérieur sur un objet indéfini qui n'était autre qu'une brassière de sauvetage en plastique, gonflée à moitié.

« Ah, autre chose : le dirlo ne sait rien, alors motus et bouche cousue. Le salaud ne serait que trop heureux de trouver une excuse pour supprimer mon cours et je ne peux pas me permettre de perdre mon job.

— Faites-moi confiance, dit Glodstone, et si je peux faire quelque chose pour vous... »

Le major acquiesça.

« Deux bouteilles de whisky. Je ne peux pas demander ça à l'infirmière. C'est déjà assez emmerdant qu'elle doive m'aider pour aller aux chiottes et qu'elle soit là à attendre devant la porte pour savoir si j'ai besoin d'aide. Je vais vous dire, mon vieux, tout ce qu'on raconte, que c'est comme si on vous passait des lames de rasoir, c'est vrai.

— Je m'occupe du whisky » dit Glodstone, qui ne souhaitait pas poursuivre davantage ce genre de conversation. Il était évident que le major était hors circuit pour ce qui était de la grande aventure. Il redescendit pour chercher Pèlerin. Il n'eut aucun problème pour le retrouver. Le bruit des coups de feu d'une arme de petit calibre lui indiqua où il était. Glodstone le trouva en train de perforer le centre d'une cible avec du calibre 22. Pendant un moment, il l'observa avec plaisir, puis il s'avança.

« C'est vachement chouette de vous revoir, Monsieur, dit Pèlerin avec enthousiasme en se mettant debout. Je croyais que vous étiez parti ? »

Glodstone scruta les alentours avant de répondre.

« L'appel de l'aventure, dit-il solennellement. Je ne peux te donner aucun détail maintenant, excepté que c'est une question de vie ou de mort.

— Ah la vache ! Vous voulez dire, Monsieur...

— Disons seulement qu'on m'a appelé à l'aide. Maintenant, si je comprends bien, tes parents sont en Italie et tu n'as rien de prévu ? »

Pendant un moment, l'esprit littéral de Pèlerin se battit avec la phrase avant de lui trouver un sens.

« Non, Monsieur, j'ai essayé de joindre mon oncle au téléphone, mais sans succès.

— Alors, dans ce cas, tu ne manques à personne. C'est le premier point. Le deuxième, c'est que l'on a trois semaines pour réussir. As-tu un passeport ? »

Pèlerin nia de la tête. Glodstone essuya son monocle pour réfléchir.

« Dans ce cas, il va falloir qu'on imagine quelque chose.

— Vous voulez dire qu'on va à l'étranger ?

— En France, dit Glodstone, enfin, si tu es de la partie. Avant de répondre, tu dois savoir que l'on va agir en dehors de la légalité et en prenant des risques. Je veux dire, ce ne sera pas une partie de plaisir. »

Mais Pèlerin était déjà conquis.

« Bien sûr, que je suis de la partie. Comptez-moi dans l'équipe.

— Bon pour le service, fit Glodstone en lui tapant sur l'épaule. Maintenant, pour le passeport, j'ai une idée. Est-ce que M. Massey, le prof de français, n'a pas emmené la cinquième l'année dernière à Boulogne ?

— Oui, Monsieur.

— Et Barnes avait la grippe et n'a pas pu y aller. Si je ne m'abuse, le censeur a dit qu'il avait gardé son passeport de visiteur temporaire dans son tiroir. Peut-être qu'il l'a toujours.

— Mais je ne ressemble pas du tout à Barnes. »
Glodstone sourit.

« Quand tu seras sur le bateau, tu lui ressembleras, dit-il, on va t'arranger ça. Et maintenant, les armes. Tu n'aurais pas par hasard la clé de l'armurerie ?

— Si Monsieur. Le major m'a dit que je pouvais m'en servir sauf si c'était pour me faire sauter la cervelle.

— Dans ce cas on va se payer une visite à l'armurerie, on doit partir armés et s'il manque deux revolvers ça ne se verra pas.

— Oh que si, Monsieur, dit Pèlerin, le major vérifie toujours toutes les armes.

— Je ne le vois pas le faire dans son état, dit Glodstone, mais je ne veux rien laisser au hasard. »

Pour une fois Pèlerin eut la réplique.

« Il y a un magasin terrible pour les copies d'armes à Birmingham, Monsieur, je veux dire si l'on...

— Parfait, dit Glodstone, le major veut du whisky, on peut faire d'une pierre deux coups. »

Le soir, la substitution était effectuée et deux Webleys calibre 38 et plusieurs centaines de cartouches étaient cachés dans des boîtes en carton sous le siège de la Bentley. Et le problème du passeport était résolu lui aussi. Glodstone avait trouvé le passeport de Barnes dans le bureau du censeur.

« Il nous reste maintenant à convaincre le major que tu pars chez ton oncle. Dis-lui que tu prends le train de dix heures et je te prends à l'arrêt d'autobus dans le village. On ne doit pas nous voir quitter l'école ensemble. Alors, tu passes en vitesse chez lui et après, au lit. C'est une longue journée qui nous attend demain. »

Glodstone monta chez lui et, assis dans la douce lumière du crépuscule, il étudia son itinéraire sur la carte tout en sirotant du gin. Il était neuf heures quand il se souvint du whisky du major et il lui porta les deux bouteilles.

« Dieu vous bénisse, vieux frère, dit le major, vous

trouverez les verres dans le buffet. Vous me sauvez la vie. Et Pèly qui part chez son oncle demain.

— C'est vrai ? dit Glodstone. De toute façon, à votre santé.

— Je vais en avoir besoin par les temps qui courent ; c'est un sacré sale coup d'être cloîtré ici avec personne à qui parler. Vous serez parti longtemps ? »

Glodstone hésita. Il aimait beaucoup le major et le whisky, venant après ses gins répétés, ajoutait à la griserie qu'il ressentait à l'approche de son aventure.

« Strictement entre ces quatre murs, dit-il, et je dis bien strictement, la chose la plus extraordinaire m'est arrivée et... »

Il hésita. La comtesse avait demandé le secret le plus absolu, mais il n'y avait pas d'inconvénient à le dire au major et si les choses tournaient mal, il valait mieux que quelqu'un soit au courant.

« J'ai reçu un appel urgent de la comtesse de Montringlay, la mère de Wanderby. Apparemment, elle est dans un pétrin terrible et elle a besoin de moi...

— Faut qu'elle le soit », dit le major étonné, mais Glodstone était trop ivre pour saisir le message. Quand il eut fini, le major Fetherington avait descendu plusieurs whiskies bien tassés à un rythme accéléré et il le regardait bizarrement.

« Allons Glodstone, vous ne parlez pas sérieusement. Vous devez avoir rêvé tout ça.

— Non, je vous le jure, dit Glodstone, c'est ce que j'ai attendu toute ma vie. Et maintenant, c'est arrivé. Je savais que ça arriverait. C'est la destinée.

— Oh, après tout, c'est votre affaire. Qu'est-ce que vous voulez que je fasse ?

— Rien, je sais dans quel état vous êtes. Mais souvenez-vous, vous avez juré le secret. Personne, absolument personne ne doit savoir. Donnez-moi la main en signe d'accord.

— Puisque vous le demandez, dit le major, je vous donne la patte. Pas de noms, pas d'histoires, je sais ce que c'est. De toute façon... Passez-moi la bouteille. Alors, vous traversez par Ostende ?

— Oui, dit Glodstone qui se leva en chancelant, vaut mieux que je roupille un peu. »

Il tituba jusqu'à la porte et descendit. Sur son chemin, il croisa l'infirmière, mais il ne la vit pas. Elle n'avait plus d'attraits pour lui maintenant. La comtesse de Montringlay faisait appel à lui et la grande aventure de sa vie avait commencé. Il traversa la cour. Une lumière brillait dans le dortoir de Pèlerin, mais Glodstone ne la remarqua pas.

« Me voilà baisé, manque de chance » dit le major, juste au moment où l'infirmière entrait.

Pèlerin referma son livre et éteignit la lumière. Il venait de finir *Le Jour du Jackal.*

9

A Ramsgate, Slyman dormit très peu. Loin de Groxbourne et dans l'atmosphère plus saine de la maison de sa mère, Slyman découvrait les faiblesses considérables de son plan. Pour commencer, il avait fabriqué deux fausses lettres de la comtesse et, si Glodstone n'avait pas suivi ses instructions de brûler ces pièces à conviction et qu'il les lui montre, les choses pourraient devenir embarrassantes. Cette femme pourrait faire venir la police et ils pourraient probablement trouver ses empreintes sur les lettres. Du moins Slyman supposait qu'ils le pouvaient avec les méthodes modernes de science policière, et même sans ça, il restait toujours la question des réservations d'hôtel. A y regarder de plus près, c'était une erreur grossière. Il n'aurait jamais dû les faire d'Angleterre. Si la police retrouvait les appels et commençait à chercher les mobiles, cela la conduirait à ses pérégrinations en France pendant les vacances de Pâques...

Slyman préférait ne pas songer aux conséquences. Il perdrait sa place à l'école et Glodstone en ferait des gorges chaudes. En fait, il pouvait voir maintenant que l'ensemble de l'opération n'était qu'une connerie monumentale, une aberration complète qui pouvait ruiner sa carrière. Aussi, le lendemain, alors que Glodstone et Pèlerin se dirigeaient vers Londres et y louaient des chambres dont une avec salle de bains, Slyman se concentrait sur les moyens d'arrêter la machine qu'il avait si brillamment mise en route. Il était peut-être encore possible d'envoyer un télégramme à l'école comme s'il venait de la comtesse et annulant ses instructions. Slyman abandonna cette idée. D'abord, parce que l'on téléphonait toujours un télégramme avant de le poster et que ce serait la secrétaire qui prendrait l'appel ; et ensuite parce que Glodstone n'avait probablement pas laissé d'adresse où faire suivre son courrier. Pour en avoir le cœur net, Slyman profita de ce que sa mère était sortie faire des courses, pour téléphoner à l'école en se mettant un gros tampon de coton dans la bouche, ce qui déguisait sa voix. Comme il le pensait, ce fut la secrétaire qui répondit :

« Non, M. Slyman, répondit-elle à sa grande horreur, vous venez juste de le manquer. Plus exactement, il était là jusqu'à hier, mais il est parti maintenant et, de toute façon, vous connaissez ses habitudes question courrier. Je veux dire qu'il le laisse dans son casier même pendant l'année et il ne laisse jamais d'adresse où faire suivre ses lettres. Dois-je lui donner un message au cas où il reviendrait ?

— Non, dit Slyman, et mon nom n'est pas Slyman, c'est... c'est... c'est... euh, Forescue. Dites que M. Forescue a téléphoné.

— Comme vous voudrez, M. Forescue, mais votre voix ressemble tout à fait à celle d'un professeur d'ici. Il a eu tellement mal aux dents il y a six mois et... »

Slyman avait raccroché et ôté le coton de sa bouche. Il y avait sûrement un moyen de stopper Glodstone. Peut-être que s'il donnait un coup de fil anonyme aux douanes françaises que Glodstone passait de la drogue en contrebande, ils le reconduiraient à la frontière ? Non, il n'était pas question de téléphoner et, de toute façon, il n'y avait pas de raison de supposer que les services de douanes françaises le croiraient. Pire encore, cela pourrait amener Glodstone à une action encore plus héroïque comme de passer la frontière à pied et de louer une voiture quand il serait bien en sûreté en France pour aller tout droit au château. Ayant ouvert la boîte à Pandore qu'était l'imagination adolescente de Glodstone, il s'avérait qu'il était extrêmement difficile de refermer le sacré truc. Et tout dépendait de savoir si Glodstone avait ou non brûlé ces lettres si compromettantes.

Pourquoi n'avait-il pas envisagé la possibilité qu'il ait pu les garder comme preuve de sa bonne foi ? Simplement parce que Glodstone était un type complètement cinglé. Mais l'était-il vraiment ? Les doutes de Slyman ne cessaient d'augmenter. A supposer qu'il ait été Glodstone, il aurait sûrement gardé les lettres au cas où toute l'affaire n'aurait été qu'une mystification. Encore une fois, maintenant qu'il y repensait, les instructions de brûler chacune des lettres étaient vraiment louches et pouvaient très bien avoir éveillé les soupçons de Glodstone. Comme ses doutes et son inquiétude augmentaient, Slyman se décida à agir.

Il fit sa valise, sortit son passeport, prit le dossier qui contenait les photos des lettres de la comtesse et plusieurs feuilles de papier à lettres et des enveloppes à blason, et il était prêt quand sa mère rentra.

« Mais je croyais que tu avais dit que tu restais à la maison cet été ? dit-elle ; après tout, tu es allé sur le continent à Pâques et tu n'as pas les moyens de courir ainsi à droite et à gauche.

— Je serai de retour dans quelques jours, dit Slyman, et je ne suis pas le séducteur que tu crois. J'y vais pour des choses sérieuses. »

Il quitta la maison en hâte et passa à la banque pour reprendre des chèques de voyage. Ce même après-midi, il était à Douvres dans la queue des voitures qui attendaient pour traverser quand il fut horrifié d'apercevoir, parquée devant la barrière le long du guichet, la Bentley de Glodstone au vert tapageur.

Il n'y avait aucun doute, la plaque portait bien le numéro GUY 444. Le bâtard enfreignait les instructions de la comtesse et faisait la traversée plus tôt qu'il n'aurait dû. Traverser à Calais et envoyer un télégramme venant de la comtesse adressé à Glodstone par le biais du bureau du ferry d'Ostende était hors de question. Et lui, Slyman, avait pris son billet pour le bateau de Calais. Au fur et à mesure que la file de voitures avançait pour passer la douane et l'immigration et pour descendre la rampe qui menait au bateau, l'agonie de Slyman ne faisait qu'augmenter. Pourquoi ce con n'avait-il pas fait ce qu'on lui avait dit de faire ? Et il était évident que cela impliquait des tas d'autres choses effrayantes. Les doutes de Glodstone avaient été éveillés et, alors qu'il était toujours engagé dans « l'aventure », il suivait son propre itinéraire. Plus inquiétant encore, il allait traverser sur le même bateau et il pouvait très bien reconnaître la Cortina de Slyman dans la cale. Cédant à l'affolement, Slyman disparut dans les toilettes du bateau où il fut malade plusieurs fois avant même que le bateau ne se soit mis en route. Après le départ, il sortit furtivement et il monta sur le pont. Il scruta le quai qui s'éloignait dans l'espoir d'y voir encore la Bentley. Elle n'y était plus. Slyman en tira la conclusion qu'elle était à bord et passa le reste du voyage assis dans un coin, faisant semblant de lire le *Guardian* pour mieux se cacher derrière. Dans ces conditions, il ne lui était donc pas possible de remarquer un jeune homme aux cheveux d'un noir pas naturel, accoté à la main courante du bateau et qui voyageait avec un passeport temporaire établi au nom de William Barnes.

A la fin, n'y tenant plus, Slyman se glissa dans la cale dès que les côtes françaises furent en vue et fit un inventaire rapide des voitures. La Bentley de Glodstone n'y était pas. Et quand il sortit du bateau à Calais et qu'il suivit le signe « Toutes directions », sa perplexité n'avait fait qu'augmenter. Peut-être Glodstone allait-il prendre le prochain bateau. Ou peut-être passerait-il par Boulogne ou même suivrait-il ses premières instructions par Ostende ? Slyman prit une rue transversale et se gara au pied d'un immeuble. Ayant considéré toutes les permutations d'horaires et de destinations des traversées, il décida qu'il y avait une seule façon d'en avoir le cœur net. Avec le sentiment de succomber à la fatalité, Slyman revint au bureau pour demander à l'employé surchargé de travail, dans un français abominable, s'il pouvait retrouver la trace de Monsieur Glodstone. L'employé leva les yeux et répondit dans un anglais parfait.

« Un M. Glodstone ? Vous me demandez sérieusement si

86

je peux vous dire si un M. Glodstone a traversé ou doit traverser de Douvres à Calais, de Douvres à Boulogne ou de Douvres à Ostende ?

— Oui, dit Slyman, se cantonnant à son identité supposée française, j'ai souis.

— Vous pouvez oublier le " j'essuie ", dit l'employé toujours en anglais. J'ai là environ huit cents voitures qui traversent toutes les heures et des milliers de passagers et si vous pensez...

— Son femme, il ai morte, insista Slyman toujours en français, c'est très impotente.

— Sa femme est morte ? Alors bien sûr, c'est une autre affaire. Je vais passer un message général à tous les bateaux.

— Non, pas ça ! » commença Slyman, mais l'homme avait déjà disparu dans un bureau derrière et, à l'évidence, il faisait diffuser cette triste nouvelle. Slyman fit demi-tour et disparut. Dieu seul savait comment Glodstone réagirait à la nouvelle qu'il était veuf désormais...

Avec un sens aigu du désespoir, Slyman regagna sa voiture en hâte et fonça hors de Calais avec une seule idée en tête. Que Glodstone arrive à Calais, à Boulogne ou à Ostende, il devrait toujours aller vers le sud pour atteindre le château Carmagnac et, avec un peu de chance, il s'en tiendrait à l'itinéraire indiqué. Au moins Slyman y croyait-il de toutes ses forces, et comme de toute façon c'était son seul espoir, il devait s'y accrocher. Il pouvait même éventuellement précéder ce salaud et pour cela le meilleur lieu était Ivry-la-Bataille. Cet endroit avait une sorte de charme romanesque dans le nom qui ne pouvait manquer d'attirer Glodstone, et l'hôtel où sa chambre était réservée était « Hautement recommandé » par le Guide gastronomique. Comme il roulait dans la nuit, Slyman priait pour que l'estomac de Glodstone soit son allié. Il n'aurait jamais dû être aussi inquiet. Glodstone était toujours en Angleterre et il avait ses propres inquiétudes. Elles concernaient surtout Pèlerin et la différence qu'il y avait entre son apparence, modifiée par la teinture de ses cheveux en noir de jais, et celle de William Barnes telle que décrite sur son passeport.

La transformation avait eu lieu à l'hôtel de Londres. Glodstone avait envoyé Pèlerin avec ordre de se procurer la teinture au bazar le plus proche et de se débrouiller avec. Il s'avérait qu'il avait commis là une grave erreur. Pèlerin, qui était entré à l'hôtel d'un blond remarquable, était sorti seize heures et dix serviettes plus tard avec une allure telle que, de l'avis de Glodstone, aucun officier d'immigration un peu scrupuleux ne pourrait le laisser quitter le pays, encore moins y entrer.

« Je ne t'avais pas dit de prendre un bain avec cette saleté, dit Glodstone en contemplant la mixture infâme dans la baignoire et les serviettes tachées. Je t'avais dit de te teindre les cheveux.

— Je sais, Monsieur, mais il n'y avait rien pour les cheveux sur la notice.

— Qu'est-ce que tu me chantes ? dit Glodstone qui regrettait maintenant de ne pas s'en être occupé lui-même au lieu de protéger sa réputation d'adulte intègre en buvant son thé au salon. Qu'est-ce qui était écrit sur la bouteille ?

— C'était une poudre, Monsieur, et j'ai suivi les instructions pour la laine.

— La laine ? »

Pèlerin chercha à tâtons un papier tout imbibé et pratiquement illisible.

« J'ai cherché cheveux, mais tout ce qu'il y avait c'était polyester et coton mélangés, nylon, acétate, rayonne et laine, alors j'ai choisi laine. Je veux dire, ça paraissait plus sûr. Tous les autres disaient de faire bouillir dix minutes.

— Seigneur Dieu ! » dit Glodstone en attrapant le papier ; il portait en gros titre " TEINTOUT : Teinture indélébile pour toute matière ".

Quand il eut déchiffré les instructions, il jeta à nouveau un regard désespéré sur toute la chambre. " Indélébile pour toute matière " était exact. Même le tapis de bain était marqué de traces de pas d'une manière indélébile.

« Je t'ai dit de la teinture pour les cheveux, pas pour les cravates ! C'est un miracle que tu sois encore en vie. Cette saloperie est faite pour teindre dans une machine à laver.

— Mais dans la boutique il n'y avait que du truc pour le rinçage des cheveux et ça ne me paraissait pas suffisant, alors j'ai...

— Je sais, j'ai compris, dit Glodstone, il s'agit maintenant de savoir comment expliquer les serviettes... Bon Dieu ! Il y en a même sur le rideau de douche et il est en plastique. Je n'aurais pas cru que c'était possible. Et comment ça a pu monter au mur comme ça ? Il faut croire que tu as aspergé toute la pièce.

— C'est quand j'ai pris une douche après, Monsieur, ils disaient de rincer soigneusement, alors je l'ai fait avec la douche et j'en ai mis un peu dans ma bouche. Ça avait un goût tellement dégueulasse que j'ai tout recraché.

— Ça sent aussi plutôt mauvais, dit Glodstone d'un air sombre. Si tu veux mon avis, tu vas vider la baignoire et essayer d'enlever les taches de l'émail avec du Vim, et puis tu prendras un bain d'eau propre. »

Et il fit retraite vers le bar pour plusieurs gins, tandis que Pèlerin faisait ce qu'il pouvait pour avoir un peu moins l'air de quelqu'un que le bureau des échanges raciaux n'aurait pas su qualifier. En la circonstance, TEINTOUT ne tint pas ses promesses et Pèlerin put descendre dîner méconnaissable, mais sans trop de taches excepté celles que faisaient sa tignasse et ses sourcils.

« Ah, j'aime mieux ça, fit Glodstone, de toute façon, je pense qu'il vaut mieux que je te mette sur le ferry le plus chargé demain et dans la foule tu devrais passer inaperçu. Je vais dire au patron de l'hôtel que tu as eu des ennuis avec une bouteille d'encre.

— Oui, Monsieur, et qu'est-ce que je fais quand j'arrive en France ? demanda Pèlerin.

— Tu vas voir un docteur si tu ne te sens pas bien, dit Glodstone.

— Non, mais je veux dire où est-ce que je vais ?

— On va te prendre un billet de train jusqu'à Armentières et là tu vas à l'hôtel le plus proche de la gare. Tu n'en sortiras pas, sauf pour retourner à la gare toutes les deux heures. Je vais essayer de traverser la Belgique aussi vite

89

que possible. Et souviens-toi, si on t'arrête à Calais, mon nom ne doit pas être mentionné. Invente une histoire comme quoi tu aurais toujours voulu aller en France et que tu aurais piqué toi-même le passeport.

— Vous dites que je dois mentir, Monsieur. »

La fourchette de Glodstone, arrivée à mi-chemin de sa bouche, hésita et retomba. Le talent particulier de Pèlerin pour prendre à la lettre tout ce qu'on lui disait commençait à l'exaspérer.

« Si tu veux présenter les choses comme ça, oui, dit-il en se forçant à la patience. Et cesse de me dire Monsieur. On n'est plus à l'école. Que ta langue fourche et nous sommes découverts. A partir de maintenant, je t'appellerai Bill et toi tu m'appelleras, euh... bah... Patton.

— Oui, Mons... Patton » dit Pèlerin.

Malgré tout, ce fut un Glodstone inquiet qui se mit au lit ce soir-là et qui, après une discussion orageuse avec le patron de l'hôtel à propos des serviettes, prit la route de Douvres le lendemain matin avec Pèlerin à côté de lui. Avec une hâte compréhensible, il prit un billet de bateau au nom de William Barnes et un billet de train pour Armentières et s'éclipsa rapidement avant le départ du bateau. Pendant le reste de la journée, il surveilla le terminal du haut de la falaise, scrutant avec des jumelles les passagers qui en sortaient en espérant que Pèlerin ne serait pas parmi eux. Entre-temps, il vérifia ses réserves de conserves, la poêle et le réchaud à gaz, le panier à pique-nique, la tente et les deux sacs de couchage. Finalement, il attacha les revolvers aux ressorts sous les sièges et cacha les munitions dans les piquets de tente en en dévissant les deux bouts. Et comme il faisait beau et qu'il ne voyait toujours pas Pèlerin rejeté à terre par les officiers d'immigration, son moral remonta.

« Après tout, qui ne risque rien n'a rien » fit-il, épuisé, à une mouette qui criait au-dessus de sa tête. Dans la clarté de l'air d'été, il distinguait faiblement à l'horizon les côtes de France. Demain il serait là-bas.

Et ce soir-là, tandis que Pèlerin bataillait avec la réception de l'hôtel d'Armentières pour expliquer qu'il voulait une chambre, et que Slyman, désespéré, roulait vers Ivry-la-Bataille, Glodstone dînait dans une auberge campagnarde et descendait ensuite au terminal du ferry pour confirmer sa réservation pour Ostende le lendemain matin.

« Vous m'avez bien dit, Monsieur, que votre nom était Glodstone ? demanda l'employé.

— Exact » dit Glodstone, qui s'inquiéta en le voyant s'excuser et disparaître dans une autre pièce avec un air bizarre. Un employé plus âgé, à l'allure plus officielle, sortit bientôt avec un air encore plus bizarre.

« Si vous voulez me suivre, M. Glodstone, dit-il, l'air macabre, en ouvrant la porte d'un petit bureau.

— Pour quoi faire ? demanda Glodstone, sérieusement alarmé cette fois.

— J'ai bien peur d'avoir à vous apprendre des nouvelles qui vont vous faire un choc, Monsieur. Si vous voulez vous asseoir.

— Que voulez-vous dire par : " qui vont vous faire un choc " ? dit Glodstone qui savait pertinemment pourquoi il était là.

— Cela concerne votre femme, Monsieur.

— Ma femme ?

— Oui, M. Glodstone, je suis désolé d'avoir à vous dire...

— Je n'ai pas de femme, dit Glodstone, en fixant son interlocuteur avec son monocle.

— Ah, donc vous savez déjà, dit cet homme, vous avez ma plus profonde sympathie. J'ai moi-même perdu la mienne il y a un an. Je sais parfaitement ce que vous pouvez ressentir.

— J'en doute fort, dit Glodstone, dont les sentiments évoluaient tous azimuts, j'irai même jusqu'à dire que vous n'en avez aucune idée. »

Mais l'homme tenait à sa compassion. Les années qu'il avait passées derrière un guichet l'avaient amené à savoir consoler les gens.

« Peut-être, murmura-t-il ; comme on dit, les mariages sont scellés au ciel et nous devons tous faire la traversée dont aucun voyageur ne revient. »

91

Il regarda la mer l'œil humide, mais Glodstone n'était pas d'humeur à écouter davantage ces formules déplacées.

« Ecoutez-moi bien, dit-il, je ne sais pas où vous êtes allé pêcher l'idée que j'étais marié, parce que je ne suis pas marié. En conséquence de quoi je serais heureux d'apprendre comment je peux avoir perdu ma femme.

— Mais vous êtes bien G. P. Glodstone, avec une place réservée demain matin pour Ostende ?

— Oui, et de plus, il n'y a pas de Mme Glodstone et il n'y en a jamais eu.

— C'est bizarre, dit l'employé, nous avons reçu un message de Calais à l'instant pour un M. Glodstone, disant que sa femme était morte et vous êtes le seul M. Glodstone dans toutes nos listes. Je suis profondément désolé de vous avoir inquiété.

— Oui, mais puisque c'est fait, dit Glodstone qui commençait à trouver ce message plus sinistre que s'il avait perdu un être cher, j'aimerais savoir qui l'a envoyé. »

L'employé repartit dans son bureau et téléphona à Calais.

« Apparemment un homme, qui parlait français avec un accent anglais très prononcé, désirait savoir sur quel bateau vous aviez fait la traversée, dit-il, il ne voulait pas parler anglais et l'employé là-bas ne voulait pas lui dire où vous alliez débarquer. Alors il a dit de vous dire que votre femme était morte.

— Est-ce que l'employé vous a décrit cet homme ?

— Je ne lui ai pas demandé et, franchement, à partir du moment... » Mais le monocle de Glodstone fit son effet et l'homme retourna au téléphone. Il revint pour lui dire que l'homme avait disparu dès qu'il avait pu délivrer son message.

Glodstone avait pris sa décision.

« Je crois que je vais changer mes plans, dit-il, est-ce qu'il y a de la place sur un bateau cette nuit ?

— Il y en a sur le bateau de minuit, mais...

— Très bien. J'en prends une, dit Glodstone, accentuant son autorité, et en aucun cas cet individu ne doit savoir quoi que ce soit sur ce que je fais.

— Nous n'avons pas l'habitude de donner ce genre d'information, dit l'employé, je suis très peiné que vous ayez pu penser...

— Et moi, je suis très peiné que vous ayez pu me dire qu'une femme que je n'ai pas venait de mourir », dit Glodstone.

A minuit, il s'embarqua et il était en Belgique avant l'aube. Comme sa voiture quittait les docks, Glodstone s'efforça de voir s'il était surveillé par de mystérieux individus ; mais l'endroit était sombre et désert. Cependant, pour Glodstone une chose était certaine. La comtesse n'avait pas exagéré l'intelligence criminelle brillante à laquelle il était confronté. Qu'ils aient pu savoir qu'il arrivait, en était une preuve suffisante. Il y avait aussi la terrible éventualité que ce message fût une mise en garde.

« Qu'ils ne s'avisent pas de toucher un de ses cheveux », murmura Glodstone férocement, et il ajusta ses lunettes dans le vent de la Bentley, alors qu'elle avalait les kilomètres qui la séparaient d'Ypres et du discret poste frontière voisin.

10

« J' suis vachement content de vous revoir, Monsieur... Je veux dire Patton, Monsieur », dit Pèlerin quand la Bentley se rangea devant la gare ce matin-là. Glodstone plissa les paupières pour le regarder de derrière ses lunettes de route à un œil et dut admettre que lui aussi était plutôt content de voir Pèlerin. Il était terriblement fatigué, n'avait pas dormi depuis vingt-quatre heures et le poste frontière que Slyman lui avait choisi était si discret qu'il avait mis plusieurs heures à le trouver.

« Je vais prendre mon petit déjeuner pendant que tu vas chercher tes affaires à l'hôtel, dit-il, je ne veux pas rester ici trop longtemps. Alors, dépêche-toi. Tu sais, ils savent que j'arrive, mais que tu es avec moi, ça ils ne le savent pas. »

Et sur cette remarque étrangement sibylline, Glodstone quitta la gare et entra dans un café où, à son corps défendant, il fut obligé d'ingurgiter un café au lait et des croissants. Une demi-heure plus tard, ils avaient repris la route. Auparavant, la Bentley avait rassemblé autour d'elle un nombre incroyable de fans des vieux tacots.

« On a une longueur d'avance sur eux jusqu'à présent, dit Glodstone, mais là-dessus il n'y a aucun doute, ils savent que la comtesse s'est adressée à moi. Ce qui tend à démontrer qu'elle a été trahie. Et donc, à partir de maintenant, nous devons être sur nos gardes et avoir toujours l'œil ouvert pour découvrir tout élément suspect. »

Et il lui raconta l'histoire de l'homme qui était venu au

guichet de Calais et avait laissé un message pour le mettre en garde.

« Ce qui veut dire qu'ils peuvent la prendre en otage pour nous empêcher de venir.

— Votre femme ? demanda Pèlerin, je ne savais pas que vous étiez marié. »

Pendant un instant, Glodstone cessa de regarder la route pour jeter un œil vers lui. Quand il y revint, il était grand temps de freiner pour éviter d'écraser un troupeau de vaches qui bloquait le passage.

« La comtesse, imbécile ! hurla-t-il, comme la voiture s'arrêtait dans un crissement de pneus.

— Oh, elle ! dit Pèlerin. Dans ce cas, pourquoi ont-ils dit que votre femme était morte ? »

Pour éviter de s'énerver davantage, Glodstone klaxonna sans réussir pour autant à perturber la marche nonchalante des vaches devant eux.

« Parce que, fit Glodstone qui réussissait tout juste à garder son calme, même le salaud le plus gonflé ne peut pas s'adresser à un employé au guichet en disant " Dites à M. Glodstone que s'il continue à progresser, la comtesse mourra ". Ils ne veulent en aucun cas que la police intervienne.

— Oui, je suppose que non, mais...

— Et autre chose, continua Glodstone avant que la stupidité de Pèlerin ne fasse monter encore sa pression artérielle, le type a demandé quel bateau je prenais, ce qui nous indique qu'il ne savait pas que je traversais à Ostende. Du moins, il ne le savait pas hier soir et ça lui prendra du temps pour le découvrir. Pendant ce temps-là, nous devons avoir atteint le château. C'est la surprise qui compte. Alors, avançons en vitesse.

— Quand les vaches auront quitté la route, dit Pèlerin, est-ce que vous pensez qu'elles bloquent le passage exprès ? »

Pendant quelques secondes, Glodstone le fixa d'un œil incrédule.

« Non, dit-il enfin, je ne le pense pas. »

A ce moment-là, la route se dégagea. Comme ils repartaient, Glodstone se mit à réfléchir au problème des hôtels. La comtesse avait fait les réservations pour lui permettre à elle de communiquer avec lui pendant le voyage et, s'il les évitait et poussait en avant, il y avait un risque qu'il puisse manquer un message vital. A la fin, Glodstone se décida pour un compromis et, quand ils arrivèrent à Gisors, il envoya Pèlerin pour décommander la chambre.

« Explique-leur que je suis tombé malade et que je ne peux pas venir, dit-il, et s'il y a un message pour moi, tu le prends. »

Il se gara hors de vue de l'hôtel pendant que Pèlerin s'adressait à la réception. Il était de retour cinq minutes plus tard.

« Le patron parlait anglais, dit-il.

— C'est la moindre des choses. Après tout, c'est nous qui les avons sauvés des Boches dans deux guerres mondiales et on a même eu des tas de remerciements pour ça. Des montagnes de beurre, des lacs de pinard et le foutu Marché commun, dit Glodstone qui avait espéré faire une petite sieste. Et pas de message ou de lettre pour moi ? »

Pèlerin fit non de la tête et Glodstone redémarra la Bentley. Au fur et à mesure que la journée s'écoulait, la magnifique voiture engouffrait les kilomètres et une énorme quantité d'essence, mais Glodstone continuait à suivre les petites routes de l'itinéraire tortueux tracé par Slyman. L'après-midi était bien entamé quand ils atteignirent Ivry-la-Bataille, et c'est un Glodstone titubant qui entra dans l'hôtel en enlevant ses lunettes de route.

« Je quoi vouzavé une chambre pour môa. Mon nom ai Glodstone, fit-il dans un français à peine moins atroce que celui de Slyman, mais infiniment plus intelligible que celui de Pèlerin.

— Bien sûr, Monsieur, le numéro quatre. »

Glodstone prit sa clé et fit une pause.

« Avez-vous des messedges pour moa ? »

L'employé passa en revue une pile d'enveloppes pour arriver à l'écusson familier.

96

« Elle est arrivée cet après-midi, Monsieur. »

Glodstone prit la lettre et déchira l'enveloppe. Cinq minutes plus tard, la clé de sa chambre était revenue au tableau et Glodstone était parti.

« Tu peux cesser de sortir les bagages, dit-il à Pèlerin. La comtesse a envoyé un message.

— Un message ? dit Pèlerin quand ils furent sortis de la petite ville.

— Lis ça attentivement, dit Glodstone en lui tendant la lettre.

— Ça vient de la comtesse qui a peur pour sa vie si on atteint le château, dit-il quand il eut fini sa lecture.

— Dans ce cas, pourquoi est-ce que ça a été apporté par un homme qui a l'accent anglais, mais qui refuse de parler anglais ? En un mot, notre ami, celui qui m'a laissé le fameux message à Calais. Et autre chose, il suffit de comparer cette écriture-là avec celle des lettres précédentes pour voir que les salauds l'ont torturée pour qu'elle l'écrive.

— Merde, commença Pèlerin, vous voulez dire... »

Mais l'esprit de Glodstone avait déjà fabriqué un tas de nouvelles conclusions.

« Simplement qu'ils connaissent notre route, et là où l'on doit aller coucher, ce qui est peut-être à leur convenance, mais ne cadre pas avec l'histoire que je leur réserve.

— Quelle histoire ? » demanda Pèlerin, passant en revue mentalement toute une bibliothèque depuis *Les Trente-Neuf Marches* jusqu'au *Jour du Jackal*, ayant ainsi plus de perspicacité qu'il n'aurait pu le croire sur le travail mental de Glodstone.

Glodstone ignora la question. Il était trop occupé à préparer une nouvelle stratégie.

« Il faut essayer de se mettre à la place de notre adversaire, dit-il. Je suis sûr qu'il nous observe et qu'il nous attend au tournant. Et il sait que nous avons reçu ce message et que pourtant nous continuons. Et ça va lui donner à réfléchir. Tu vois, on a été prévenu deux fois. Je pense qu'il est temps de jouer leur jeu. Nous allons faire demi-tour à Anet et nous nous dirigerons vers Mantes, où nous passerons la nuit. Demain, repos et visite des environs. Demain soir, départ à la nuit tombée et cap sur Carmagnac.

— A mon avis, ça va les emmerder », dit Pèlerin, comme la Bentley tournait à gauche pour passer l'Eure et remonter vers le nord.

Mais Slyman l'était déjà, « emmerdé ». Ayant conduit toute la nuit pour atteindre Ivry-la-Bataille, il n'avait pas voulu y rester et il avait gagné Dreux. Là, dans un hôtel, il avait rédigé la lettre de la comtesse et il avait dormi rapidement avant de retourner à l'hôtel déposer son sinistre message pour que Glodstone le trouve. Ensuite, il avait surveillé la route et il avait vu la Bentley passer. Tout en marmonnant un chapelet d'injures, il avait démarré sa Cortina et avait suivi discrètement la Bentley à distance. Il était arrivé juste à temps pour la voir passer le pont et prendre un peu plus loin la route de Mantes. Pendant quelques minutes, Slyman se réjouit jusqu'à ce que la lumière se fasse dans son esprit : si Glodstone avait l'intention d'abandonner l'expédition, il n'y avait aucune raison pour lui de quitter l'hôtel et de prendre d'abord la route vers le sud. Il aurait dû normalement passer la nuit à Ivry-la-Bataille et retourner directement à Calais le lendemain matin. Mais Glodstone n'avait pas fait ça et, de plus, pour compliquer les choses, il n'était pas seul. Il y avait un passager dans la Bentley. Slyman n'avait pas pu apercevoir son visage, mais, à l'évidence, Glodstone avait persuadé un autre cinglé de l'accompagner dans son aventure rocambolesque. Et ça, ça n'arrangeait rien. Avec un sentiment nouveau d'exaspération, il suivit la Bentley en se demandant quoi faire ensuite. Heureusement, la grosse voiture était facile à repérer ; en fait, elle était extrêmement voyante tandis que sa propre Cortina était relativement anonyme et pouvait facilement gagner la Bentley de vitesse.

Comme ils approchaient de Mantes, Slyman imagina un nouveau plan. Si Glodstone quittait la ville en continuant vers le nord, tout allait bien, mais s'il repartait vers le sud, Slyman gagnerait le château et serait prêt à agir avant que

Glodstone puisse rencontrer la comtesse. Comment ? Il n'en avait aucune idée, mais il lui faudrait trouver quelque chose. En l'occurrence, il fut forcé de penser à autre chose. Au lieu de quitter Mantes, la Bentley quitta la route pour gagner un hôtel. Slyman se cacha dans une petite rue. Cinq minutes plus tard, la Bentley était déchargée et rangée dans le garage de l'hôtel. Slyman frémit. Evidemment, Glodstone allait y passer la nuit, mais il n'y avait pas d'indication sur l'heure de son départ le matin suivant, et l'idée de rester éveillé, pour le cas où le méchant con déciderait de partir à l'aube, n'avait rien d'encourageant. Slyman avait oublié la petite rue où il était. Glodstone pouvait et, en accord avec les lois de la nature, devait être épuisé, mais il était encore capable de faire une petite promenade autour de l'hôtel avant de se coucher et, s'il l'apercevait, il reconnaîtrait immédiatement la Cortina. Slyman démarra sa voiture et refit à l'envers le chemin qui l'avait amené là, tout en réfléchissant à la marche à suivre maintenant. Il ne pouvait tout de même pas envoyer encore une fois un message venant de la comtesse. A moins que la vieille guenon ne possédât un don de double vue, elle ne pouvait pas connaître l'endroit où Glodstone était actuellement et, de toute façon, les lettres ne voyageaient pas à plusieurs centaines de kilomètres en moins de deux heures.

Slyman consulta la carte et n'y trouva aucun réconfort. Toutes les routes mènent à Rome, dit-on, mais Mantes était un carrefour de discorde quand on en venait aux routes qui en partaient. Il y avait même une autoroute qui conduisait à Paris, sous laquelle ils étaient passés alors qu'ils entraient en ville. Slyman l'élimina. Glodstone détestait les autoroutes et, s'il repartait vers le sud, son penchant naturel serait de suivre les routes secondaires. En surveillant le grand carrefour à la sortie de la ville, il serait en position pour le suivre quand il choisirait sa direction. Mais l'incertitude n'était pas du goût de Slyman et, de toute façon, suivre ne suffisait pas. Il fallait empêcher l'autre abruti d'atteindre le château avec ces sacrées lettres. Slyman continua à conduire jusqu'à ce qu'il trouve un café et il passa l'heure suivante, l'air sombre, devant son dîner, maudissant le jour qui l'avait amené à Groxbourne et plus encore celui où il avait établi ce plan absurde.

« J'ai dû avoir un coup de folie » se murmura-t-il à lui-même en sifflant son deuxième cognac. Puis, ayant payé, il revint à sa voiture pour consulter la carte à nouveau. Il s'intéressa cette fois à la zone autour du château. Si Glodstone continuait dans sa mission infernale, il devrait obligatoirement passer par Limoges et Brive, ou alors il devrait trouver quelques routes tortueuses pour les éviter. A nouveau, Slyman prit en compte la psychologie particulière de Glodstone et opta pour la deuxième solution comme étant la plus probable, ce qui éliminait l'obligation de précéder l'imbécile. Il avait juste à trouver un moyen pour être sûr de le suivre.

Mais pour l'instant, il avait besoin de sommeil. Une heure plus tard, il le cherchait encore dans une chambre minuscule au-dessus du café. Mais le bruit du billard électrique et l'idée lancinante que Glodstone avait quitté son hôtel et qu'il était peut-être déjà en route dans la nuit, pied au plancher, vers Carmagnac, tout cela le tenait éveillé. A six heures du matin, il se retrouva debout, vacillant sur ses jambes. Après avoir bu plusieurs cafés noirs, il retourna en ville à pied et il fut rassuré en voyant la Bentley que nettoyait un jeune garçon aux cheveux noirs, mais à la silhouette étrangement familière. Slyman, changeant de trottoir, ne s'attarda pas, mais entra dans le premier magasin de vêtements qu'il put trouver. Il en ressortit portant béret et blouse bleue ; ce qui, à ce qu'il supposait, lui donnait l'allure du paysan français typique. Slyman passa le reste de la journée en planque au coin de la rue, dans les cafés qui donnaient sur l'hôtel ou dans les entrées de magasins un peu plus bas dans la rue, mais Glodstone ne se montra pas.

Il avait en fait à faire face au même dilemme que Slyman. Ayant conduit vingt-quatre heures sans dormir, il était épuisé et il avait mal dormi, ayant mangé trop de champignons avec son steak, la veille au soir. En bref, il n'était pas

100

en état de faire du tourisme et, de plus, il réfléchissait à nouveau sur la lettre de la comtesse.

« C'est clair que les salauds l'ont forcée à écrire, dit-il à Pèlerin, cependant, comment savaient-ils que nous nous arrêterions à Ivry-la-Bataille ?

— Ils l'ont probablement torturée jusqu'à ce qu'elle parle, dit Pèlerin. Je veux dire, ils sont capables de tout.

— Mais pas elle, dit Glodstone, refusant de croire qu'une héroïne sans défense, et de plus une comtesse, aurait pu céder à la torture, même la plus diabolique. Il y a là un message pour nous si nous savons le lire. »

Pèlerin regarda la lettre à nouveau.

« Mais on l'a déjà lue. Elle dit...

— Je sais ce qu'elle semble dire, répliqua Glodstone d'un ton sec, ce que je voudrais savoir, c'est ce qu'elle essaie de nous dire.

— De retourner en Angleterre ou sinon elle sera...

— Bill, mon bonhomme, interrompit Glodstone à travers ses dents serrées, ce que tu ne sembles pas capable de faire entrer dans ta foutue tête de bois, c'est que les choses sont rarement en fait telles qu'elles paraissent être. Regarde, par exemple, son écriture.

— Elle ne m'a pas l'air mal, dit Pèlerin, c'est un peu tremblé mais c'est normal quand on vient de vous torturer. Pas vrai ? Je veux dire, quand on vous tord les pouces ou qu'on vous brûle au fer rouge.

— Bon Dieu, dit Glodstone, ce que j'essaie de te dire, c'est que la comtesse peut avoir tremblé son écriture avec l'intention de nous dire qu'elle est toujours dans les ennuis.

— Oui, dit Pèlerin, et elle y est, pas vrai ? Ils vont sûrement la tuer si on ne retourne pas à Douvres. C'est ce qu'elle dit.

— Mais est-ce que c'est ce qu'elle veut dire ? Et ne dis pas oui. Et puis, ça n'a pas d'importance. Elle a écrit cette lettre sous la contrainte. De ça, je suis sûr. De plus, s'ils sont capables de la tuer dans l'impunité, pourquoi ne l'ont-ils pas déjà fait ? Il y a une autre différence. Dans tous ses messages précédents, la comtesse me disait de brûler la lettre, mais pas cette fois-ci. Et c'est là, la clé. Elle nous dit par là de continuer. A l'attaque et attirons leurs jeux. Nous partirons dès qu'il fera sombre et nous prendrons la route que nous aurions prise, comme si nous n'avions jamais reçu cette lettre. »

Glodstone se leva et descendit le corridor jusqu'à la salle de bains avec une boîte d'allumettes. Il revint dans la chambre porté par une vague nouvelle d'euphorie, pour trouver Pèlerin en arrêt à la fenêtre, regardant dehors.

« Dites, Patton, chuchota-t-il, je suis sûr qu'on nous observe. Il y a un Français au coin de la rue et je jugerais que je l'ai déjà vu quelque part !

— Où ça ? demanda Glodstone en scrutant la rue.

— Je ne sais pas. Il a juste l'allure de quelqu'un que je connais.

— C'est pas ça que je veux dire, dit Glodstone, je te demande où il est maintenant ?

— Il est parti, dit Pèlerin, mais il nous a collé au train toute la journée.

— Très bien, fit Glodstone avec un méchant sourire. A ce jeu-là, on sera deux. Cette nuit, nous serons suivis, donc nous partons armés. J'aimerais bien entendre ce que notre ange gardien a à nous dire. Et si tu le vois à nouveau, préviens-moi. »

Mais Slyman ne réapparut pas. Il avait eu une journée épouvantable et ses sentiments sur les auteurs d'histoires d'épouvante étaient particulièrement violents. Ces crétins devraient bien essayer eux-mêmes de rôder furtivement dans une ville française en se faisant passer pour un paysan tout en surveillant un hôtel, avant d'en parler aussi généreusement dans leurs bouquins. Il avait mal aux pieds, sur ces trottoirs trop durs, par ces températures caniculaires, et il avait bu plus de café qu'il n'était raisonnable pour son système nerveux. Il avait été chassé par de nombreux commerçants qui n'aimaient pas qu'un énergumène, portant béret et lunettes noires, les fixe pendant une demi-heure d'affilée. Il avait eu aussi le problème d'éviter de passer dans la rue devant l'hôtel, et cela voulait dire qu'il avait dû descendre une venelle, remonter une autre rue, puis emprunter une troisième voie pour varier les angles de son observation. L'un dans l'autre, Slyman avait calculé grossièrement qu'en piétinant sur place, il avait quand même parcouru vingt bons kilomètres dans sa journée. Et pour paiement de toutes ses peines, il n'avait rien appris sinon que Glodstone n'avait pas quitté l'hôtel, ou du moins pas avec la Bentley.

Et c'est la Bentley qui intéressait le plus Slyman. Pendant qu'il déambulait dans les rues ou qu'il menaçait du regard de braves commerçants, son esprit sollicité par l'abus de caféine essayait d'imaginer des moyens de suivre la voiture sans être obligé de la voir. Dans les livres c'était très simple, mais dans la réalité c'était une autre affaire, surtout quand on avait affaire à des gamins. D'un autre côté, s'il pouvait seulement amener la Bentley à tomber en panne dans un endroit désert, Glodstone devrait abandonner la voiture pour chercher du secours. Slyman se remémorait une fois où, à Groxbourne, un jeune garçon de quatorze ans plutôt gonflé avait bouché le pot d'échappement du professeur d'art avec une pomme de terre, tant et si bien qu'on avait remorqué la voiture et ouvert le moteur avant de trouver ce qui n'allait pas. Et on racontait aussi qu'un autre professeur, avant guerre, avait vu sa voiture mise hors d'usage par du sucre dissous dans le réservoir d'essence. Inspiré par ces souvenirs, Slyman entra dans un café. Sous l'influence d'un premier puis d'un deuxième calvados, il inversa l'ordre de ses priorités. Si Glodstone repartait vers le sud, Slyman pourrait garder une longueur d'avance sur lui en empruntant les routes principales. Mais pas dans sa Cortina. Un seul coup d'œil au numéro sur sa plaque et le jeu serait découvert.

Slyman sortit du café pour chercher un garage où il pourrait louer une voiture. Ayant trouvé, il transféra ses bagages de la Cortina dans une Citroën, acheta deux kilos de sucre, un kilo de clous, plusieurs bidons d'huile dans différents garages, et se gara à proximité de l'hôtel. Si

Glodstone partait cette nuit, il allait avoir une bien désagréable surprise. Avec lassitude, il regarda sa montre. Il était neuf heures. Il donnait à Glodstone jusqu'à minuit. Mais à neuf heures et demie, la Bentley sortit prudemment son nez du garage, fit un moment de pause et puis vira plein sud. Slyman le laissa partir et dès qu'il eut tourné le coin de la rue, il démarra à sa suite. Cinq minutes plus tard, il le vit prendre la route d'Anet. Slyman mit le pied au plancher, fonçant à cent trente sur la N 183, et avant que Glodstone ait atteint la forêt de Dreux, la Citroën l'y avait précédé d'une bonne longueur.

11

En l'occurrence, Slyman n'aurait pas eu besoin de se presser. Glodstone prenait son temps. Par deux fois, il avait bifurqué sur une route secondaire et éteint ses lumières.

« C'est, dit-il, parce que je veux leur donner une chance de nous dépasser. Ils ont attendu pour voir ce que nous allions faire et ils vont nous suivre. Mais ils ne sauront pas quelle route nous aurons prise et ils devront surveiller.

— Oui, mais quand ils ne nous trouveront pas, est-ce qu'ils ne vont pas surveiller les routes plus loin ? » demanda Pèlerin qui s'amusait de son côté à détacher les revolvers de l'endroit où ils étaient cachés sous les sièges.

Glodstone nia de la tête.

« Peut-être plus tard, mais pour l'instant, ils penseront que nous fonçons. Je veux dire, c'est ce qu'ils feraient s'ils étaient à notre place. Mais nous allons avancer lentement. Et la France est un vaste pays. Si on les sème par ici, ça leur donnera plus de mille routes à couvrir plus haut. Et tiens, à mon avis, les voilà.

— Comment le savez-vous ? » chuchota Pèlerin comme une Jaguar passait en trombe au bout de leur petite route. Glodstone démarra la Bentley.

« Parce que les phares des voitures françaises sont jaunes et que ceux-là étaient blancs, dit-il, et si je ne m'abuse, notre Anglais de Calais est l'homme-clé. Il est probablement aussi au-dessus de tout soupçon. Quelque riche membre d'un Jockey-club comme on en rencontre

105

dans les endroits les plus chics. Et puis une Jag, c'est peut-être un peu voyant à Londres, mais en France, c'est parfait pour la vitesse. »

Et avec cette invention à son goût, Glodstone fit reprendre tranquillement la route à la Bentley à la suite des feux arrière qui s'éloignaient.

Dans la forêt de Dreux, Slyman achevait ses préparatifs. Il avait choisi pour son embuscade une longue ligne droite terminée par un virage brusque. Il avait garé sa voiture dans une allée après le virage, tout à fait hors de vue, et il était prêt à répandre un bidon d'huile sur la route dès qu'il apercevrait les phares de la Bentley. C'était une mesure désespérée, mais Slyman était un homme désespéré et à moitié ivre. Enfin, le souvenir de s'être fait appeler Limace l'animait d'une détermination farouche. Glodstone devait être stoppé et vite. Pendant son attente, Slyman faisait de plus amples calculs. La Bentley ralentirait avant le virage, s'engagerait sur la nappe d'huile et déraperait. Slyman envisagea la suite et décida qu'un obstacle sur la route l'aiderait à réussir son plan. Il découvrit une branche tombée et il venait de la mettre en place quand les phares apparurent. Slyman vida le bidon d'huile et traversa la route. Il se mit à l'affût dans la forêt pour attendre son homme. En l'occurrence, il avait tort. Ce n'était pas un homme qui arrivait, mais toute une famille. M. et Mme Blowther, de Cleethorpes, et leurs deux enfants profitaient du privilège que leur offrait une route droite française pour rouler à plus de cent soixante kilomètres à l'heure dans leur Jaguar toute neuve. Quand ils s'engagèrent sur la nappe d'huile, la voiture continua pendant quelques instants sur sa lancée. Ce fut un bref répit. Une seconde plus tard, la voiture se mettait en travers. M. Blowther, sous la fausse impression que ses deux pneus avant avaient éclaté, écrasa la pédale de frein. La Jaguar se mit à tourner sur elle-même comme une toupie avant de rencontrer la branche. Elle fit alors un tonneau qui l'envoya dans les airs. Comme elle atterrissait sur le toit et que, dans un crescendo de verre brisé et de tôles froissées, elle s'écrasait sens dessus dessous après le virage, Slyman sut qu'il avait été la victime d'une horrible méprise et il s'enfuit vers sa voiture. Du moins c'est ce qu'il tenta. Après l'éclat des phares qui étaient maintenant brisés et éteints, la forêt était d'un noir de suie et pleine de quantités de trous, de buissons barbelés et d'arbres invisibles. Comme il passait à l'aplomb de la voiture accidentée, les Blowther, miraculeusement épargnés, s'extrayaient par le pare-brise et donnaient libre cours à leur colère scandalisée. M. Blowther, convaincu que la branche tombée était cause de la catastrophe, vitupérait véhémentement contre ces foutus forestiers français et leurs forêts en flammes, et s'arrêta seulement quand Mme Blowther, plus maternellement, commença à se lamenter sur ses enfants, heureusement épargnés.

« Epargner ? Epargner ? cria son mari, encore trop assourdi pour entendre tout à fait clairement. Bien sûr qu'il nous faudra épargner. Ça me prendra dix ans pour épargner de quoi acheter une autre Jag. Vous ne pensez pas que cet assemblage astucieux ainsi assassiné était assuré à cent pour cent ! Tout ce qu'on avait était une assurance au tiers, et si vous voulez tout savoir, le seul tiers identifié est cette bûche de bois brisée. »

Dans les buissons, l'authentique tiers identifiable frissonna. Non seulement il n'avait pas démoli la bonne voiture, mais il venait juste de se souvenir des bidons d'huile. Il les avait abandonnés dans le bois et ils portaient ses empreintes. Sous le couvert des allitérations démentes de M. Blowther, Slyman se glissa à nouveau dans la forêt avec plus de succès maintenant que ses yeux s'étaient accoutumés à l'obscurité. Et il avait atteint les bidons quand la Bentley apparut. Slyman se glissa sous les branches et pria pour qu'elle imite la Jaguar. Mais ses espoirs furent déçus car M. Blowther courait dans le virage. Il s'apprêtait à alerter la Bentley quand il découvrit la tache d'huile. Pendant quelques instants, il agita franchement les bras avant de perdre pied et de glisser de tout son long sur la route. Après s'être remis sur pied quatre fois après avoir disparu trois fois dans le fossé, il n'avait pas l'allure à inspirer confiance. Même Slyman pouvait voir ça. Glodstone, bien sûr, vit davantage. Il arrêta la Bentley et examina M. Blowther avec suspicion.

« Pas un geste, cria-t-il, comme vous pouvez le voir, nous vous couvrons. »

M. Blowther prit la mouche.

« Pas un geste ? Vous devez être complètement cinglé. Je ne peux même pas déplacer le pied sans me retrouver cul par-dessus tête dans le fossé. Et, quant à me couvrir, je ne sais pas ce que vous en pensez, mais, à mon avis, je me prendrais plutôt pour un arbre de Noël. Vous savez, mon beau sapin...!

— Ça suffit comme ça » hurla Glodstone, pour qui son accent du Nord de l'Angleterre n'était qu'une preuve de plus qu'il s'agissait bien d'un gangster et que tout ça n'était qu'un piège monté de toutes pièces.

« Maintenant, les mains sur la tête et marchez à reculons. Et souvenez-vous, un faux pas et vous êtes un homme mort. »

M. Blowther fixa l'obscurité derrière les grands phares avec incrédulité.

« Ecoutez, mon vieux, dit-il, si vous pensez que je vais me coller les mains en l'air et essayer de marcher n'importe où dans cette foutue poêle à frire pour ne pas être tué, vous vous foutez le doigt dans l'œil.

— Je compte jusqu'à dix, fit Glodstone grinçant. Un, deux... »

Mais M. Blowther avait eu son compte. Il avait échappé à un terrible accident de voiture et il se trouvait maintenant au milieu d'un second cauchemar encore plus inexplicable. Il bougea. Pour être précis, il glissa de côté et atterrit sur l'épaule avant de rouler à nouveau dans le fossé. Au moment où il disparaissait, la Bentley commença à démarrer sur la plaque d'huile et, glissant d'un côté, puis de l'autre, elle disparut après le tournant. Grâce à ce virage et aux mouvements erratiques de ses phares, il fut épargné à Glodstone de voir la Jaguar écrasée contre les arbres et d'apercevoir

Mme Blowther cherchant désespérément dans les débris son sac à main et un mouchoir pour un de ses rejetons. Toute son énergie était concentrée à maintenir la Bentley sur la route. « Bon Dieu, dit-il quand la voiture reprit finalement la route, ça a été moins une. Tout ça montre bien le type de salauds à qui nous avons affaire.

— Est-ce que vous pensez qu'ils vont nous poursuivre? demanda Pèlerin avec de l'espoir dans la voix tout en jouant avec un revolver.

— Pour sûr, dit Glodstone, mais je vais les faire courir et ils en auront pour leur argent. Il y a un carrefour un peu plus loin et je vais y tourner à gauche. A partir de maintenant, on fonce toute la nuit. »

Derrière eux, Slyman se battait avec deux bidons d'huile et avec sa conscience. Partant des véhémentes récriminations de M. Blowther et des plaintes de Mme Blowther quant au langage insensé auquel les enfants étaient exposés, il arrivait à la conclusion que, bien qu'il ait été responsable de la destruction d'une très belle voiture, les occupants ne s'en étaient finalement pas trop mal sortis. Mais c'était une bien piètre consolation. La police serait appelée tôt ou tard sur les lieux, et il lui serait alors très difficile d'expliquer sa présence en ces lieux avec des bidons d'huile, deux kilos de sucre et une grande quantité de clous. Pire encore, il avait dans sa valise le papier à lettres à blason et les notes qu'il avait prises qui prouvaient la préméditation. En la circonstance, il lui sembla particulièrement avisé de déguerpir au plus vite.

Sous le couvert de l'acrimonie des Blowther, il regagna la Citroën en trébuchant et mit les bidons dans le coffre. Puis, il conduisit sans lumières, en se repérant, pour suivre la route, à la zone claire de ciel entre les arbres. Quinze kilomètres plus loin, il essuya les bidons pour faire disparaître ses empreintes et les jeta par-dessus le parapet d'un pont dans une rivière. Puis il enterra son mouchoir dans un fossé. Pour faire bonne mesure, il vida aussi le sucre dans la rivière et fit encore un kilomètre avant de se débarrasser des clous. Finalement, il brûla le reste du papier à lettres et des enveloppes et retourna à Mantes en méditant sur les accords d'extradition. Pour la première fois de sa vie, Slyman était contre de tels accords. Il était aussi contre la prolongation, même brève, de son séjour en France. Quoique puisse trouver Glodstone en arrivant au château, et même s'il avait encore les fausses lettres en sa possession, Slyman n'avait aucune intention de séjourner dans une prison française pour destruction de voiture et atteinte à la vie d'autrui. La meilleure solution lui semblait de laisser la Citroën au garage et de foncer pied au plancher sur Calais dans sa Cortina. Avec de la chance, il aurait passé la Manche et se retrouverait en sécurité à Ramsgate avant que la police ait fait le moindre progrès dans son enquête.

Et donc, Slyman conduisit calmement jusqu'à Mantes et passa le reste de la nuit à chercher le sommeil, dans sa voiture, devant le garage de location. A huit heures ce matin-là, il était en route pour Calais.

Beaucoup plus au sud, la Bentley continuait à avaler des kilomètres. Finalement, Glodstone prit une toute petite route de côté et s'arrêta.

« J'ai l'impression qu'on les a perdus, dit Pèlerin qui avait passé la nuit à surveiller la route par la lunette arrière de la voiture dans l'espoir de faire un carton sur leurs poursuivants.

— C'est pas seulement eux qu'on a perdus, dit Glodstone sombrement en regardant la carte. J'espère qu'on trouvera où on est en arrivant à la prochaine ville. De toute façon, on n'est pas sortis de l'auberge.

— Quelle auberge ? dit Pèlerin.

— Je veux dire, on voit à des kilomètres à la ronde et ils ne savent pas où nous sommes. »

Glodstone se bourra une pipe et l'alluma.

« Mais ils savent où nous allons, et si j'étais à leur place, je concentrerais mes forces sur les routes qui mènent au château. Je veux dire, je ne perdrais pas mon temps plus longtemps au loin quand notre destination est aussi évidente. »

Il étala la carte sur l'herbe et l'examina à genoux.

« Tiens, voilà le château et le diable lui-même ne l'aurait pas mieux placé. Cinq routes conduisent à Boosat, mais une seulement mène au château. Le coup qu'ils attendent doit venir de cette route et, à l'aspect du terrain, je parierais que ça monte. Mais d'abord, il faut passer la rivière, ce qui veut dire un pont. Tout ceci montre qu'ils n'ont à surveiller que la route qui va de Boosat vers le nord et de Frisson vers le sud, et à garder le pont pour nous cueillir doucement dans leur piège. En bref, si nous allons par là, nous marchons à la mort. Donc, pas question. Au contraire, nous arriverons vers le sud par cette route jusqu'à Floriac ; c'est à plus de trente kilomètres en terrain découvert sans liaison avec Boosat. Si on peut s'aménager une base quelque part, on peut avancer à pied jusqu'à ces hauteurs qui dominent le château. Elles peuvent être gardées, mais j'en doute. De toute façon, nous devrons avancer avec prudence en prenant notre temps. Et maintenant, petit déjeuner. Et après, repos pour la journée. »

Pèlerin remonta dans la Bentley et sortit le réchaud de camping et le panier à pique-nique et, quand ils eurent pris leur petit déjeuner, Glodstone déroula son sac de couchage.

« On surveillera à tour de rôle, dit-il, et souviens-toi, si quelqu'un s'arrête, réveille-moi. Et cesse de jouer avec ces sacrés revolvers. Range-les. La dernière chose à faire serait de nous faire repérer. »

Tandis que Glodstone, allongé à l'abri de la Bentley, dormait, Pèlerin resta vigilant. Mais la route était à peine mieux qu'un chemin et la campagne alentour était plate et tranquille ; et rien ne s'arrêta. Assis sur le marchepied, Pèlerin lézardait au soleil du matin et se sentait intensément heureux. Pour une personne moins directe, l'idée aurait pu l'effleurer que ses rêves étaient devenus réalité. Mais pour Pèlerin, les rêves étaient la réalité depuis sa plus tendre enfance et il n'avait pas à combler ce fossé. De toute façon, il était excité au point de meubler la campagne alentour des dangers qu'elle ne renfermait pas. Contrairement à Glodstone dont les héros étaient romanesques et nés de sa nostalgie, Pèlerin était plus moderne. Assis sur le marche-pied, il n'était pas Bulldog Drummond et Richard Hannay, il était Bond et le Jackal : un tueur à gages. Même une vache qui le contemplait par-dessus sa barrière semblait avoir senti le danger et faisait prudemment retraite à l'écart dans son champ. C'est ainsi que se passa la matinée, Glodstone ronflant dans son sac de couchage et Pèlerin surveillant le monde, à l'affût des fatalités du destin. L'après-midi, ce fut le tour de Glodstone. Appuyé à la barrière et tirant sur sa pipe, il faisait ses plans de campagne. Quand ils auraient trouvé leur base, ils auraient besoin de réserves de nourriture suffisantes pour éviter les routes et se tenir hors des villes pendant plusieurs semaines si nécessaire. Il sortit un carnet et établit une liste ; puis, décidant que leurs achats devraient être faits aussi loin que possible du château, il réveilla Pèlerin et ils poussèrent jusqu'à la ville la plus proche. Quand ils la quittèrent, l'arrière de la Bentley était plein de conserves, de bouteilles d'Evian. Il y avait aussi une trousse de premier secours et une corde en nylon d'une bonne longueur.

« Et maintenant que nous sommes bien préparés, dit Glodstone, en s'arrêtant d'étudier, une fois de plus, la carte, nous allons faire un détour si large au sud que personne ne pourra soupçonner notre destination. Si on nous pose la question, nous partons faire de la montagne dans les Pyrénées pour nos vacances.

— Avec autant de lampes-torches et de bougies, j'aurais pensé que la spéléologie était plus vraisemblable, dit Pèlerin.

— Oui, je crois qu'on ferait mieux de les planquer. Quoi d'autre ? Il nous faudra une bonne réserve d'essence pour qu'on nous voie là et puis ailleurs sans avoir besoin de refaire le plein. Ça veut donc dire deux jerrycanes de réserve. »

Cette nuit-là, ils reprirent la route, mais cette fois leur itinéraire allait plus vers l'est et à travers une région plus ouverte et plus pelée que tout ce qu'ils avaient vu jusqu'alors. Vers quatre heures du matin, Glodstone jugea qu'ils avaient fait un assez grand détour. Et il se dirigea à nouveau vers le château.

« Ils vont surveiller les routes nord-sud, dit-il, mais nous arrivons par l'est et, incidemment, la route de Floriac est hors des sentiers battus. »

C'était vrai. Au lever du soleil, ils passèrent une colline et leur regard plongea dans un vallon peu profond et boisé au-delà duquel se dressait en crête découpée une panoplie de chênes et de vieux hêtres avant le prochain vallon. Glodstone arrêta la Bentley et sortit les jumelles. Mais il n'y avait aucun signe de vie sur la route au-dessous d'eux et pas d'habitation décelable au pied des arbres.

« Bon, maintenant on a un endroit sûr pour entrer et sortir, et si je ne m'abuse, il y a un chemin là-bas qui pourrait nous être utile. »

Il enclencha une vitesse et la Bentley glissa en avant presque silencieusement. Quand ils arrivèrent au croisement, Glodstone s'arrêta.

« Descends et va jeter un coup d'œil dans ce chemin, dit-il, et regarde si on l'a emprunté récemment et jusqu'où il mène dans les bois. Si je ne me suis pas trompé, il se dirige vers le château Carmagnac. »

Pèlerin descendit, traversa la route et s'avança sous bois avec l'expérience silencieuse qu'il avait apprise du major Fetherington dans ses cours de survie au Pays de Galles. Il revint et rendit compte que le chemin était presque partout en friche et finissait dans une clairière.

« Il y a là une ancienne scierie, mais c'est tout en ruine et personne n'est passé par là depuis longtemps, ou alors c'était à pied.

— Comment le sais-tu ? demanda Glodstone.

— Eh bien, dit Pèlerin, il y a deux troncs tombés en travers du chemin et ils auraient dû les déplacer pour passer. Ça n'est pas que c'est difficile, car ils ne sont pas lourds. Mais je jurerais qu'ils sont là depuis au moins deux ans.

— Splendide. Et pour faire demi-tour ?

— Tout ce qu'on veut à la scierie. Il y a un vieux camion

113

qui rouille à l'extérieur et derrière il y a un abri où on peut garer la Bentley.

— Ça m'a l'air de faire l'affaire pour le moment », dit Glodstone.

Un peu plus tard, la Bentley se faufilait dans le chemin. Comme l'avait dit Pèlerin, l'herbe y était haute et les deux arbres tombés étaient suffisamment légers pour les déplacer et les remettre. Quand ils atteignirent la scierie abandonnée, Glodstone était rassuré. Une atmosphère de long abandon régnait sur les bâtiments en ruine et les machines rouillées.

« Maintenant que nous sommes là, nous utiliserons le chemin aussi peu que possible et, pour le reste, nous irons à pied. C'est comme ça que nous marquerons des points. La bande de salopards que nous combattons ne me paraît pas habituée à crapahuter et ils n'aiment pas quitter leur voiture. De toute façon, nous sommes arrivés ici incognito et, pour le moment, ils sont occupés à surveiller les routes pour trouver une Bentley. Je pense qu'ils vont faire ça un jour ou deux, puis ils recommenceront à gamberger. A ce moment-là, nous nous serons assurés du terrain et nous serons prêts à entrer en action. Quelle sera cette action, je ne le sais pas encore mais, à la tombée de la nuit, je veux être en position pour observer le château. »

Tandis que Pèlerin déchargeait leurs réserves du coffre de la Bentley et les rangeait en piles régulières dans ce qui, à l'évidence, avait été le bureau, Glodstone inspectait les autres bâtiments et constatait par lui-même avec satisfaction que l'endroit était aussi désert qu'il y paraissait. Et il n'y avait aucune indication qu'il ait pu revoir âme qui vive depuis sa fermeture.

Même les fenêtres du bureau étaient intactes et un calendrier pendait au mur, avec le portrait d'un chat sans doute mort depuis longtemps et un vase de fleurs fanées, le tout daté d'août 1949.

« Ce qui suggère, dit Glodstone, que même les paysans du coin ne viennent pas jusqu'ici. »

Ce qui couronnait le tout, c'était le grand abri derrière le vieux camion. Ses portes en tôle ondulée étaient rouillées sur leurs gonds, mais en les forçant, la Bentley put être mise à l'abri, et, portes refermées, il n'y avait rien qui décelât que la place était de nouveau habitée.

« De toute façon, il vaut mieux que l'un de nous couche près de la voiture, dit Glodstone, et à partir de maintenant nous circulerons armés. Je doute fort que l'on nous dérange, mais nous sommes en pays ennemi et il serait absurde de se laisser surprendre. »

Sur cette sobre remarque, il déroula son sac de couchage dans le bureau tandis que Pèlerin s'installait près de la Bentley avec son revolver dont l'aspect réconfortant était souligné par un rayon de soleil filtrant à travers une fente de la porte.

12

Au milieu de l'après-midi, Glodstone fut prêt à partir pour le château.

« Nous devons être prêts à toute éventualité, ce qui veut dire que nous ne devons rien laisser au hasard, dit-il, et si pour une raison quelconque nous sommes forcés de nous séparer, nous devons transporter chacun assez de boîtes de conserves en fer-blanc pour tenir une semaine.

— Je vois pourquoi vous dites conserves en fer », fit Pèlerin, alors que Glodstone bourrait son sac à dos de cinq boîtes supplémentaires.

Glodstone ne comprit pas la remarque. Ce fut seulement quand il eut fini et qu'il essaya de soulever son propre sac qu'il en comprit le sens. A ce moment-là, chaque sac contenait dix boîtes de conserves variées, une lampe flash avec deux jeux de piles de secours, des chemises et des chaussettes de rechange, un réchaud à gaz de camping, des munitions pour les revolvers, un couteau de l'armée suisse avec des lames pour tout, y compris pour l'extraction d'une pierre du sabot d'un cheval et, ce qui était plus utile, pour décapsuler les bouteilles. A l'extérieur, il y avait un sac de couchage et son tapis de sol, et dessous pendaient un quart, une gourde, une boussole et une carte de la région dans une poche en plastique. Enfin, les poches étaient pleines de nécessaires d'urgence : pour Pèlerin, quatre tablettes de chocolat, pour Glodstone une bouteille de cognac et plusieurs boîtes en fer contenant du tabac.

« Je pense que c'est tout » dit-il avant de se souvenir de la Bentley. Il disparut dans le garage et en revint dix minutes plus tard avec les bougies de la voiture.

« Ça devrait suffire pour qu'on ne la vole pas. Non pas qu'elle soit susceptible d'être découverte, mais nous ne pouvons prendre aucun risque.

— Je ne suis pas sûr qu'on puisse prendre tout ça, dit Pèlerin qui venait juste de réussir à mettre son sac sur son dos et devait se charger en plus d'un long rouleau de cordage autour de la taille.

— Absurde! Nous pouvons être partis pas mal de temps et nous devons prendre ce qu'il faut », dit Glodstone qui le regretta immédiatement. Son sac à dos était incroyablement lourd et ce fut seulement en le posant sur un vieux tonneau à huile rouillé qu'il fut capable de le hisser sur son dos. Ainsi chargé, il ne marchait pas, il titubait, propulsé en avant contre son gré par cette masse et par la conviction qu'il ne devait pas être le premier à se dégonfler. Une demi-heure plus tard, il avait changé d'avis et il s'était déjà arrêté deux fois, sortant ostensiblement sa boussole pour consulter la carte.

« J'ai l'impression que nous sommes à environ vingt kilomètre au sud-est, dit-il misérablement ; à ce train-là, nous aurons de la chance si nous arrivons avant la nuit. »

Mais Pèlerin voyait les choses d'une manière plus optimiste.

« Je peux toujours jouer les éclaireurs pour trouver une meilleure route. Je veux dire, vingt kilomètres, ce n'est pas vraiment loin. »

Glodstone garda ses réflexions pour lui. A son avis, vingt kilomètres, en portant une demi-tonne d'un tas de trucs de première nécessité à travers bois et vallons, équivalaient à cinquante en terrain plat. Quant à leur recherche restée vaine d'un quelconque sentier, si elle le rassurait d'un côté, de l'autre elle rendait les choses diablement plus difficiles. Et l'aisance évidente de Pèlerin et la facilité avec laquelle il escaladait les pentes même raides et se frayait un passage à travers bois, tout cela n'aidait en rien. Haletant et pantelant,

Glodstone continua sa progression laborieuse, griffé et giflé par les branches des arbres, et dut à plusieurs reprises être remis sur ses pieds. Ce qui aggravait les choses, c'est qu'en tant que chef de l'expédition, il sentait qu'il ne devait pas se plaindre ; mais en marchant devant, il pouvait au moins s'assurer que ce n'était pas Pèlerin qui imposait son pas. Même cet avantage avait ses revers sous la forme du revolver de Pèlerin.

« Range-moi ce foutu truc, explosa Glodstone en tombant pour la deuxième fois. Manquerait plus que je me fasse tirer dans le dos.

— Mais je le tiens prêt pour le cas où l'on tomberait dans une embuscade. Je veux dire, vous avez dit d'être prêts à faire face à toute éventualité.

— Je reconnais que je l'ai dit, mais puisque personne ne sait que nous sommes là et qu'il n'y a même pas l'ombre d'un chemin, je pense que nous pouvons admettre, en toute sécurité, que nous n'avons aucune chance de tomber dans une embuscade », dit Glodstone en se remettant laborieusement sur ses jambes. Vingt minutes plus tard et quatre cents mètres de pente boisée plus avant, ils avaient atteint le haut d'une crête et débouchaient sur un plateau sec et rocailleux.

« Le causse de Boosat, fit Glodstone, prenant à nouveau cette occasion de consulter la carte pour s'asseoir sur un rocher. Et maintenant, si nous rencontrons quelqu'un, nous devrons prétendre que nous sommes des randonneurs et que nous nous dirigeons sur Frisson.

— Mais Frisson est par là, dit Pèlerin en pointant vers le sud.

— Je le sais parfaitement, mais nous prétendrons que nous nous sommes perdus.

— Un peu bizarre si l'on considère que nous avons cartes et boussoles, dit Pèlerin, mais si vous le dites.

— Affirmatif », fit Glodstone, sombre, en se remettant lourdement debout. Pendant l'heure qui suivit, ils avancèrent péniblement à travers le plateau pierreux et Glodstone devint de plus en plus irritable. Il faisait extrêmement chaud et ses pieds commençaient à lui faire mal. Pourtant, il se força à continuer et ce fut seulement quand ils atteignirent un ravin aux pentes abruptes qu'il se décida à réviser sa tactique.

« C'est pas la bonne méthode d'essayer d'atteindre le château ce soir, dit-il, et de toute façon cet endroit me paraît convenable pour planquer notre nourriture. Nous allons laisser la moitié de nos boîtes ici. Nous pouvons revenir les chercher plus tard en cas de besoin. »

Et, déchargeant son sac, il se baissa et commença à défaire ses lacets.

« Je ne ferais pas ça, dit Pèlerin.

— Pourquoi pas ?

— Le major Fetherington dit toujours que se déchausser pendant une marche ne peut que faire enfler les pieds.

— Il dit ça ? fit Glodstone, qui commençait à se froisser de l'intrusion constante du major Fetherington, même par procuration. Mais de toute façon, il se trouve que j'étais seulement en train de remonter mes chaussettes ; elles se sont roulées dans les chaussures et la dernière chose que je veux attraper, ce sont des ampoules. »

Néanmoins, il ne quitta pas ses chaussures. En échange, il détacha son sac de couchage, ouvrit son sac à dos et sortit six boîtes.

« Maintenant, nous allons creuser un trou et enterrer nos réserves de secours ici. »

Tandis que Pèlerin creusait une cache dans un coin du ravin, Glodstone alluma sa pipe et vérifia la carte à nouveau. A son avis, ils n'avaient pas couvert plus de huit kilomètres et il leur en restait encore douze. Et douze kilomètres de plus à travers une zone si terriblement rocailleuse lui donnaient froid dans le dos.

« Nous allons continuer une heure ou deux, dit-il quand Pèlerin eut fini de mettre les boîtes dans le trou et de les recouvrir de terre. Demain matin, nous partirons tôt et, avant que quiconque soit levé et prêt, nous serons en bonne position pour espionner les abords du château. »

Pendant deux heures, ils continuèrent à marcher sur le causse, ne faisant aucune mauvaise rencontre si ce n'est celle de quelques moutons sur lesquels Pèlerin proposa de faire un carton.

« Ça nous éviterait de manger nos boîtes et je ne pense pas qu'un mouton qui manque à l'appel puisse se remarquer, dit-il ; le major nous dit toujours de vivre sur le pays.

— S'il était avec nous maintenant, je suis sûr qu'il ne te laisserait pas aller à droite ou à gauche pour descendre des moutons, dit Glodstone, les coups de feu seraient entendus à des kilomètres.

— Je peux toujours l'égorger, dit Pèlerin, personne n'entendra rien.

— Sauf un mouton qui gueule, dit Glodstone, et de toute façon, il n'en est pas question. Il faudrait encore le faire cuire et la fumée nous ferait repérer. »

Mais Pèlerin n'était pas convaincu.

« On pourrait en rôtir quelques morceaux sur le camping-gaz, et alors...

— Ecoute, dit Glodstone, on est là pour sauver la comtesse, pas pour débiter du mouton. Alors, ne perdons plus notre temps à en discuter. »

Finalement, ils atteignirent une petite combe toute remplie de buissons d'épineux et Glodstone décida de s'y arrêter pour la nuit.

« On ne peut pas être à plus de quatre kilomètres de la rivière et, de là, on pourra voir le château », dit-il pendant qu'ils déroulaient les sacs et qu'ils mettaient de l'eau à chauffer. Au-dessus d'eux, le crépuscule gagnait le ciel et des étoiles apparaissaient. Ils mangèrent quelques sardines et ouvrirent une boîte de fayots. Puis ils se firent du café et Glodstone, ayant arrosé le sien avec du brandy, commença à se sentir mieux.

« Rien de tel que la vie au grand air, dit-il comme il s'enfilait dans son sac de couchage et qu'il mettait son dentier dans son quart.

— Est-ce que l'un de nous ne ferait pas mieux de monter la garde ? demanda Pèlerin ; je veux dire, on ne veut pas se faire prendre par surprise. »

Glodstone chercha ses fausses dents à tâtons.

« En premier lieu, personne ne sait où nous sommes, dit-il quand il eut réussi à les trouver et à les remettre en place, et ensuite, on a couvert une sacrée distance aujourd'hui et on aura besoin de toutes nos forces quand on arrivera au château.

— Oh, je ne sais pas, dit Pèlerin, on a seulement fait quinze kilomètres et ça n'est pas tant que ça, ça ne me fait rien de prendre la première veille et je vous réveillerai à minuit.

— Si j'étais toi, j'éviterais » dit Glodstone en remettant ses dents dans la tasse. Il s'allongea et essaya de s'installer confortablement. Ça n'était pas facile. Le sol dans la petite combe était inégal, et il eut à s'asseoir de nouveau pour ôter plusieurs pierres qui s'étaient logées sous son sac de couchage. Même après tout ça, il était incapable de s'endormir et, allongé, il avait l'impression que sa hanche reposait sur un petit monticule. Il glissa sur le côté et résolut la question, mais au détriment de son épaule droite. Il se retourna et sentit une pierre sous son épaule gauche. Une fois de plus, il se mit assis et poussa la pierre de côté, renversant son quart au passage.

« Merde », murmura-t-il, et il tâtonna dans le noir pour chercher ses dents.

Pendant qu'il cherchait, Pèlerin, qui avait scruté avec suspicion par-dessus le bord du trou, se laissa glisser près de lui.

« Ne bouge plus, lui fit Glodstone instinctivement.

— Pourquoi ?

— Parce que j'ai perdu ma saloperie de dentier », baragouina Glodstone, conscient que son autorité venait d'être atteinte par l'aveu de ce défaut physique, et terrifié à l'idée que Pèlerin puisse écraser le foutu truc. Il finit par retrouver le haut de l'appareil tombé sur quelque chose qu'il soupçonnait être une crotte de mouton. Glodstone le fourra rapidement dans la tasse en enregistrant mentalement qu'il devait le nettoyer soigneusement le lendemain avant le petit déjeuner. Mais le bas de l'appareil manquait toujours ; il allongea le bras pour prendre sa torche et il s'apprêtait à l'allumer quand Pèlerin, une fois de plus, fit la démonstration de sa formation supérieure en campagne et de sa vision nocturne en lui murmurant de ne pas allumer.

« Et pourquoi pas, bon Dieu ! demanda Glodstone.

— Parce qu'on a bougé quelque part autour de nous.

— Sans doute un de ces crétins de moutons.

— Est-ce que je sors pour voir ? Je veux dire, si c'est un des salauds et qu'on l'attrape, on pourra lui faire dire comment entrer dans le château et qu'est-ce qui s'y passe. »

Glodstone soupira. C'était un long et profond soupir, celui d'un homme dont le dentier du bas était toujours manquant alors que celui du haut était, selon toute probabilité, entièrement imprégné de merde de mouton, et qui devait faire face à de longues explications comme quoi c'était très improbable qu'un des salauds (un terme qu'il regrettait d'avoir employé si librement auparavant) soit en train d'arpenter un plateau désert en plein milieu de la nuit.

« Ecoute, siffla-t-il à travers ses gencives sans dents, même si c'en était un, qu'est-ce que tu penses qu'ils vont penser quand le... euh, le pauvre crétin ne sera pas là demain matin ?

— Je suppose qu'ils penseront...

— Que nous sommes dans le coin, que nous le tenons et qu'il nous a dit ce qu'il savait. Donc, ils seront doublement sur le qui-vive et...

— Sur le quoi ?

— Sur leurs gardes, nom de Dieu ! Et tout ce que nous faisons en ce moment, c'est pour les prendre par surprise.

— Je ne sais pas comment on va y arriver, dit Pèlerin, et de toute façon ils savent qu'on va venir. Le piège à huile dans la forêt...

— Ça leur a fait croire que nous venions par la route, pas à travers champs. Maintenant, tais-toi et va dormir. »

Mais Pèlerin avait rampé doucement de nouveau au bord du trou et il scrutait intensément la nuit. Glodstone reprit la recherche de ses dents et il les trouva toutes couvertes de sable. Il les rangea dans son quart et transféra le tout dans un endroit plus sûr à l'intérieur de son sac à dos. Puis il se glissa à nouveau dans son sac de couchage et pria pour que Pèlerin le laisse prendre un peu de repos. Mais ça lui prit quand même pas mal de temps pour s'endormir. L'impression confuse qu'il avait eu tort d'amener Pèlerin avec lui, lui trottait par la tête. Il n'était plus de la première jeunesse et il y avait quelque chose dans la santé de Pèlerin et dans sa sacrée aptitude en campagne qui le mettait hors de lui. Demain matin au réveil, il devrait montrer clairement qui commandait.

En fait, ce fut moins d'une heure plus tard qu'il fut réveillé. Le temps avait changé et il avait commencé à bruinasser. Glodstone écarquilla tristement son œil unique dans la grisaille et frissonna. Il était raide, gelé et doublement furieux en voyant que Pèlerin s'était fait une couverture de son tapis de sol et que des flaques s'étaient formées dans les plis. Dans son cas, l'eau avait traversé son couchage et il avait déjà les pieds mouillés.

« Si je reste là-dedans plus longtemps, je vais attraper la crève », se murmura-t-il à lui-même et, sortant en rampant, il enfila un tricot, se fit une cape de son tapis de sol et alluma le réchaud à gaz. Avec une tasse de café arrosé de brandy, il se réchaufferait. Encore à moitié endormi, il remplit d'eau son quart et il avait remis le haut de son dentier en place quand, dans sa bouche, un goût de terre et d'autre chose lui rappela où il l'avait ramassé. Glodstone recracha l'appareil et lava le tout comme il put. Un peu plus tard, pelotonné sous son tapis de sol, il sirotait son café et se forçait à calmer son esprit inquiet en mettant au point une stratégie pour atteindre le château. C'était finalement plus difficile qu'il ne l'avait prévu. Tout s'était bien passé pour traverser la France en évitant ses poursuivants, mais maintenant qu'ils étaient si près du but, il commençait à voir les embûches. Ils ne pouvaient pas sonner à la grande porte et demander à voir la comtesse. D'une manière ou d'une autre, ils devraient lui faire savoir qu'ils étaient dans les parages et qu'ils attendaient ses instructions. Et ils devraient le faire sans mettre personne d'autre en jeu.

En jeu ? Dans le passé, il avait toujours pensé à la grande

aventure comme à un jeu, mais maintenant, dans l'aube froide et humide, tapi dans un trou au fin fond de la France, la réalité prenait un tour nouveau et plutôt déroutant, incluant même une possibilité réelle de se faire tuer, d'être torturé ou de subir des tas de choses tout aussi désagréables. Pendant un court instant, Glodstone sentit intuitivement l'invraisemblance qu'il y avait à ce qu'on lui demande de sortir une comtesse qu'il n'avait jamais vue des pattes de scélérats qui occupaient son propre château. Mais une goutte de pluie coulant de son nez dans son café mit fin à sa lucidité. Il était là dans ce trou, il avait reçu les lettres et, par deux fois, à Douvres et de nouveau dans la forêt de Dreux, on avait tenté de l'empêcher de venir. Ça, c'étaient des faits indéniables et qui contredisaient ses doutes sur l'invraisemblance de sa mission.

« Ils ne m'auront pas », murmura-t-il en se levant. Pardessus le rebord du trou, des vagues de bruine balayaient le plateau, obscurcissant l'horizon et donnant au terrain inégal l'allure d'un no man's land comme on le voyait sur les photos prises pendant la Grande Guerre. Il se retourna et secoua Pèlerin.

« C'est l'heure de bouger, dit-il, mais il recula d'un bond en se trouvant nez à nez avec le canon d'un revolver.

— Oh c'est vous ! dit Pèlerin, qui avait de toute évidence le sommeil léger et le réveil instantané, j'avais cru...

— Je me fous pas mal de ce que tu as cru, aboya Glodstone. Est-ce qu'il faut vraiment que tu couches avec ce sacré truc ? Tu aurais pu me tuer. »

Pèlerin s'extirpa à quatre pattes.

« Il n'était pas armé, dit-il sans tenter de s'excuser, c'était juste au cas où quelqu'un nous aurait attaqués cette nuit.

— Eh bien, il n'y a eu personne, dit Glodstone ; ça aurait été un tant soit peu plus utile de me prévenir qu'il pleuvait : j'ai été trempé.

— Mais vous m'avez défendu de vous réveiller. Vous avez dit...

— Je sais ce que j'ai dit, mais il y a une différence entre

124

déconner en prenant des moutons pour des gens et me faire attraper la crève.

— En fait c'était un sanglier, dit Pèlerin. Quand vous avez commencé à ronfler, il s'est avancé vers nous et j'ai pensé qu'il valait mieux sortir et le faire partir.

— D'accord. On ferait mieux de déjeuner, dit Glodstone. Une bonne chose avec ce crachin, c'est qu'on va pouvoir s'approcher du château sans être vus, surtout si on démarre le plus tôt possible. »

Mais trouver un endroit pour s'approcher du château était plus facile à dire qu'à faire. Ils avaient marché environ trois kilomètres quand le plateau s'arrêta au bord d'un ravin profond dont les flancs étaient couverts d'aubépines basses. Glodstone le traversa du regard et hésita. Il n'était pas question de se frayer un chemin au travers.

« Je pense qu'on ferait mieux de le contourner par le nord, dit-il, mais Pèlerin consultait la carte.

— Si je ne m'abuse, dit-il, adoptant une expression que Glodstone considérait comme sienne, ce qui le froissa, nous sommes déjà trop au nord, et le château se trouve à cinq kilomètres sud-sud-ouest d'où nous sommes.

— Comment en es-tu si sûr ? dit Glodstone, sentant une fois de plus que Pèlerin prenait l'avantage.

— J'ai compté mes pas.

— Tes pas ?

— Nous avons fait environ trois mille mètres et, si nous étions allés dans la bonne direction, nous devrions être maintenant dans ces bois.

— Quels bois ? fit Glodstone, regardant autour de lui d'un air las.

— Ceux qui sont sur la carte, dit Pèlerin, ils sont marqués en vert et la rivière est juste derrière. »

Glodstone examina la carte et fut obligé d'admettre qu'il y avait des bois en face du château.

« Ça doit être ma boussole qui fait des siennes, dit Glodstone. D'accord, tu prends la tête mais, bon Dieu, fais attention et ne va pas trop vite. Il ne faut prendre aucun risque d'être repérés maintenant. »

125

Et, ayant tenté de s'assurer que Pèlerin ne marcherait pas à un train d'enfer, il le suivit laborieusement. Cette fois-ci, ils ne se trompèrent pas et une heure plus tard ils entraient dans les bois marqués sur la carte. Le plateau finissait en pente douce, puis remontait vers une crête.

« La rivière doit être derrière, dit Pèlerin, il nous suffit d'atteindre le sommet et nous serons face au château.

— Rien que ça », murmura Glodstone en dégageant son pantalon détrempé des épines d'un buisson. Mais Pèlerin allait déjà de l'avant, traçant sa route dans la végétation basse à la manière d'un félin souple et furtif que Glodstone ne pouvait imiter. Avant qu'ils aient atteint la crête, il avait dû rechercher deux fois son monocle dans les buissons et une autre fois, alors que Pèlerin s'était soudain immobilisé en lui faisant signe d'en faire autant, il avait dû se tenir inconfortablement avec un pied en équilibre sur un tas de branchettes.

« Mais, nom de Dieu, qu'est-ce qu'on attend ? demanda-t-il dans un chuchotement rauque, je ne peux pas rester là comme un héron sur une seule patte.

— Je jurerais que j'ai entendu quelque chose, dit Pèlerin.

— Encore un de ces sacrés moutons, je parie », murmura Glodstone ; mais Pèlerin était insensible aux sarcasmes.

« Il n'y a pas de moutons dans les bois. Ce sont des ruminants. Ils mangent de l'herbe et...

— Ils ont de foutus estomacs. Je sais tout ça. Je ne suis pas venu jusqu'ici pour entendre un cours sur la physiologie animale. Allez, avance !

— Mais vous avez dit... »

Glodstone reposa le pied par terre pour clore la discussion et, forçant le passage pour doubler Pèlerin, il fonça tête baissée à l'assaut de la colline. En atteignant le sommet, il fit une pause pour reprendre son souffle, juste pour qu'il lui soit coupé de nouveau par la vue qu'il découvrit.

Comme un sanctuaire sacré qu'enfin il atteignait, le château Carmagnac se dressait sur un socle de rochers à moins d'un kilomètre de l'autre côté des gorges du Boose. Même pour Glodstone, le château répondait au-delà de toute espérance à une vie de dévotion à l'irréel. Les tours et les tourelles coiffées de toits pointus étaient réparties autour d'une cour ouverte qui semblait suspendue au bord de la rivière. Une balustrade de pierre ajourée terminait le haut de la falaise et, vers le sud, au pied de la plus grosse tour, il y avait un passage voûté fermé d'une grille massive à deux vantaux.

Puis, réalisant qu'il pouvait être vu des fenêtres, il se laissa tomber dans l'herbe. Et il examina les lieux avec ses jumelles dans une extase mêlée de crainte, comme si le château était un mirage qui pouvait à tout moment disparaître. Mais le grossissement de sa joie était à la mesure de celui des jumelles. Tous les détails du château étaient parfaits. Des jardinières de géraniums agrémentaient le premier étage qui possédait un balcon de pierre. Un tout petit belvédère était perché sur un promontoire au sommet de la falaise, des orangers en bac flanquaient de chaque côté les marches qui sortaient d'une tour ronde, dont le mur percé à intervalles réguliers indiquait le passage à l'intérieur d'un escalier en colimaçon. En bref, tout était exactement comme si Glodstone l'avait conçu lui-même. Et, pendant qu'il regardait, le soleil sortit des nuages et les toits pointus et les étendards de la cour d'honneur luirent comme de l'argent à sa lumière.

Glodstone reposa les jumelles et étudia le paysage aux alentours. Il faisait un contraste déplaisant avec le château lui-même; il émanait de celui-ci un air de fête, mais on ne pouvait pas dire la même chose de son environnement. Pour dire les choses carrément, la campagne alentour était aussi déserte et aride que le château était ouvragé. Quelques noyers plutôt desséchés avaient été plantés, sans probablement avoir été arrosés depuis, pour faire une allée de la route aux grilles d'entrée; mais pour le reste, le château était entouré d'une campagne ouverte qui n'offrait aucun abri. Et la route d'accès elle-même était redoutable. Taillée dans le roc, elle se frayait une voie par de multiples détours de haut en bas de la falaise dans une série de lacets extraordinaires qui suggéraient comme un désir maniaque du spectaculaire. Finalement, pour renforcer encore la sécurité de l'approche par la route, un pont de bois sans garde-fou enjambait la rivière.

« Un truc vraiment futé, murmura Glodstone, il n'y a aucun moyen de traverser ce pont sans signaler son arrivée. »

Comme pour prouver qu'il avait raison dans son observation, une camionnette quitta la route au-dessous d'eux et traversa doucement le pont en faisant sonner les planches avant de s'attaquer en première à la côte abrupte en faisant chanter son moteur. Glodstone la regarda monter, atteindre l'allée de noyers et disparaître vers l'arrière du château. Puis il se tourna vers le nord avec l'espoir de trouver une voie d'accès plus facile. C'est vrai que la pente y était moins verticale que la falaise, mais les quelques épineux rabougris qui s'étaient arrangés pour pousser dans les rochers n'offraient que peu de couvert. Et les rochers eux-mêmes n'inspiraient pas confiance à en juger par le nombre de ceux qui avaient roulé au bas de la pente et formaient désormais une barrière en bordure de la rivière. Dernier, mais non des moindres, dans la liste des hasards naturels, la rivière elle-même. Elle s'enroulait autour de la base du château avec une turbulence sombre et malveillante qui suggérait qu'elle était tout à la fois profonde et animée de dangereux courants.

« Voilà, nous avons fait notre inspection préliminaire de la place, dit-il à Pèlerin, ce qu'il faut maintenant, c'est établir un camp de base hors de vue et se mettre quelque chose de chaud dans le ventre pendant que nous envisagerons notre prochaine action. »

Ils quittèrent la crête en rampant et s'installèrent sous des fougères. Là, tandis que Pèlerin faisait réchauffer des haricots sur le gaz, Glodstone s'assit sur son sac à dos. Et, tout en suçotant sa pipe, il envisagea la suite.

13

Le reste de la journée se passa tranquillement. Glodstone, allongé dans l'herbe, se séchait tout en observant en détails les va-et-vient du château.

« Ils sont condamnés à trouver un système pour surveiller les routes, dit-il à Pèlerin. Et pour signaler l'arrivée de toute personne suspecte. Quand nous l'aurons découvert, il nous sera facile de l'éviter.

— Oui, mais nous ne sommes pas sur la route, dit Pèlerin ; j'avais pensé que le plus simple était de traverser la rivière à la nage et d'escalader la falaise en face... Il y a quelque chose qui ne va pas ?

— Oh non, rien ! dit Glodstone, quand il retrouva l'usage de la parole. Et tu proposes que l'on fasse ça à quel moment ? Au beau milieu de la journée ?

— Sûrement pas. Il faut qu'on le fasse après la tombée de la nuit. »

Glodstone rongea le tuyau de sa pipe et essaya de garder son calme.

« Ecoute, dit-il finalement, si tu suggères sérieusement que l'on tente l'escalade de l'équivalent, en moins grand, de la face nord de l'Eiger, en pleine obscurité, tu en as encore moins que je ne croyais entre les deux oreilles. On est venu ici pour sauver la comtesse, pas pour se foutre en l'air. Pourquoi penses-tu que le château a des murs sur trois côtés et seulement une balustrade sur la rivière ? »

Pèlerin réfléchit intensément à la question.

« Je suppose que ce n'est pas prudent de construire un mur au bord d'une falaise, dit-il. Je veux dire, on ne sait jamais avec une falaise, pas vrai ? J'ai une tante dans le Dorset et elle a une villa pas loin d'une falaise et elle ne peut pas la vendre, parce que les autres villas dans le coin bougent et que...

— Rien à foutre de ta tante, fit Glodstone en massacrant une boîte de corned-beef avec son ouvre-boîtes. La raison pour laquelle on n'a pas construit de ce côté-là, c'est parce qu'ils n'en ont pas besoin et seul un imbécile patenté essaierait d'escalader ce précipice.

— Clive l'a fait, fit Pèlerin, nullement ébranlé.

— Clive ? Qu'est-ce que c'est maintenant que cette histoire ?

— Quand il a pris Québec. Il était arrivé à la voile et...

— C'était Wolfe, imbécile ! Tu ne peux pas, de temps en temps, faire attention à ce que tu dis ?

— OK. C'était Wolfe. De toute façon, j'ai jamais été bon en histoire.

— C'est ce que j'avais cru constater », dit Glodstone qui tentait d'extraire des petits morceaux de viande de la boîte pour les mettre dans son quart. Mais Pèlerin n'en avait pas fini.

« De toute façon, c'est pas une vraie falaise. Et on n'est pas obligés de partir du bas. Il y a un surplomb près du sommet et on pourrait y accéder de la route.

— Qu'ils ne vont pas surveiller juste pour nous faciliter la tâche, je suppose ?

— On pourrait toujours passer par le sud et escalader par là, continua Pèlerin. Dans ce cas-là, on descendrait le chemin d'accès au lieu de le monter. Ils ne s'attendent sûrement pas à ça de notre part.

— Je te l'accorde, dit Glodstone qui, l'esprit complètement ailleurs, mettait son quart sur le gaz et allumait le réchaud. Et si j'étais à leur place, je n'attendrais pas non plus de qui que ce soit une conduite aussi stupide.

— Donc, une fois qu'on est sur ce surplomb... »

Il s'arrêta et fixa le quart qui fumait.

« C'est la première fois que je vois cuire du singe comme ça. Est-ce qu'il ne faudrait pas remuer un peu avec une cuillère ? »

Glodstone retira brusquement le quart du feu en se brûlant les doigts.

« Tiens, regarde un peu ce que tu me fais faire, dit-il en blêmissant.

— C'est pas moi qui vous ai dit de faire ça, dit Pèlerin. Tout ce que j'ai dit, c'est...

— Une fois qu'on sera sur ce foutu surplomb, c'est ça que tu as dit. Eh bien, mettons les choses au point. On n'ira nulle part qui puisse ressembler à un surplomb de la falaise. C'est impossible à escalader, un point, c'est tout !

— Je voulais dire que ce n'était pas moi qui vous avais dit de frire le singe comme ça. Le major Fetherington nous a toujours dit qu'il fallait mettre la boîte dans l'eau et faire chauffer. Il faut l'ouvrir d'abord, bien sûr, sinon elle explose.

— Et sans aucun doute, bordel de merde, il vous a toujours dit aussi d'escalader des falaises en plein milieu de la nuit, dit Glodstone, utilisant un langage grossier comme soupape pour ne pas exploser.

— Eh bien, en fait c'est exact, dit Pèlerin. Mais, attention, on utilisait des tampons.

— Vous utilisiez quoi ? demanda Glodstone qui en oubliait momentanément ses brûlures grâce à une diversion aussi extraordinaire.

— Des trucs en acier qu'on enfonce dans la roche avec un marteau.

— Pour ton information, ça s'appelle des crampons, connus aussi sous le nom de pitons d'escalade.

— C'est pas comme ça que le major les appelle ; il disait toujours de les appeler tampons parce que si on ne les enfile pas, durs comme il faut, dans une belle fente, on risque de ressembler soi-même bientôt à une chiffe molle tombante. Je ne sais pas du tout ce qu'il voulait dire par là...

— Moi, je sais », fit Glodstone mal à l'aise.

Ces révélations sur les méthodes d'enseignement du major, qu'il trouvait révoltantes, avaient pour effet de lui saper le moral. Il s'était lancé dans l'aventure pour sauver une noble dame et déjà l'idylle tournait à une expérience sordide et énervante. Pour se détendre les nerfs, il ordonna à Pèlerin de se taire, rampa de nouveau au poste d'observation et consulta les notes qu'il avait prises sur les occupants du château au cours de la journée à mesure qu'il les observait. Il voulait découvrir ce qu'il y avait d'inquiétant dans leur comportement. La camionnette, qu'il avait vue monter à sept heures du matin, était redescendue vingt minutes plus tard. A huit heures, un jeune homme en survêtement était apparu sur la terrasse. Il en avait fait trente-huit fois le tour en courant ; il s'était baissé quinze fois pour se toucher les orteils ; il avait fait douze pompes ; puis il s'était couché sur le dos pour pédaler en l'air d'une manière tellement désordonnée que Glodstone n'avait pas pu compter. A la fin, il était rentré épuisé par la porte de la tour ronde de droite, sous le regard attentif d'une matrone imposante en robe de chambre à fleurs, qui était apparue au balcon de la tour.

Glodstone avait alors tourné ses observations vers elle, mais elle avait disparu avant qu'il ait pu déduire quoi que ce soit de très inquiétant de son apparence, si ce n'est qu'elle semblait porter des bigoudis. A huit heures trente, un vieux bonhomme avec un arrosoir était sorti sans se presser de la tour de la grille et avait fait semblant d'arroser plusieurs massifs de fleurs alors qu'il avait plu toute la nuit, ce que Glodstone trouva assurément suspect. Mais ce fut seulement à dix heures que l'intérêt de Glodstone fut véritablement éveillé. Plusieurs hommes sortirent en groupe sur la terrasse, tout en continuant à discuter. Ils furent rejoints un peu plus tard par la femme qu'il avait vue à son balcon. Il concentra ses jumelles sur elle pour l'examiner. Il espérait bien que ce n'était pas la comtesse, car l'idée qu'il s'en était faite la faisait plus petite et plus vulnérable. Par contre, les hommes répondaient bien à son attente.

« C'est le groupe le plus deg... déplaisant que j'aie vu depuis bien longtemps, dit-il à Pèlerin en lui passant les jumelles. Observe en particulier l'espèce de bâtard chauve avec une moustache et des chaussures coordonnées.

— Des quoi ?

— Des... des chaussures à deux tons. A mon avis, c'est le chef du gang.

— On dirait qu'il est en rogne après le salaud en complet gris.

— C'est sûrement parce qu'ils ont perdu notre trace. Je n'aimerais pas avoir affaire à lui. »

Pèlerin réfléchit longuement au sens de cette dernière phrase.

« Mais il le faut, dit-il enfin. C'est pour ça qu'on est venus, pas vrai ?

— Oui, admit Glodstone, oui. D'accord. Je voulais dire... Laisse tomber. Je voulais simplement te le faire remarquer comme un individu particulièrement répugnant.

— C'est dommage qu'on n'ait pas apporté un fusil, dit Pèlerin quelques minutes plus tard. J'aurais pu m'en payer un ou deux d'ici sans problème.

— Sans doute. Et on aurait donné sur le coup notre position. Enfin, bon sang, essaie de comprendre qu'on ne doit rien faire qui puisse mettre la vie de la comtesse en péril. Quand nous frapperons, nous n'aurons qu'une seule chance. Et si on la manque, ils l'auront vite arrangée.

— J'en aurais bien arrangé quelques-uns, moi aussi. De toute façon, ils ne perdent rien pour attendre.

— Heureusement qu'on n'avait pas pris d'arme, dit Glodstone. Et maintenant, on descend et on se restaure. Ils rentrent et j'ai plutôt, moi aussi, l'estomac dans les talons. »

Ils revinrent au vallon en rampant et s'installèrent pour un repas fait d'une baguette rassie et de camembert trop fait, le tout arrosé de gros rouge.

« Vous ne pensez pas qu'ils ont posté des sentinelles ? dit Pèlerin comme Glodstone allumait sa pipe.

— Bien sûr que si. Mais pas de ce côté. Elles sont sur les routes ou en couverture éloignée du château. C'est plat et facile de ce côté-là et c'est de là qu'ils doivent s'attendre à une attaque.

— Pas moi. Si j'étais eux...

— Ne dis rien, je ne veux pas le savoir, dit Glodstone. Je

vais faire un petit roupillon et je te conseille d'en faire autant. Nous avons une longue nuit devant nous. »

Il remonta au soleil et s'allongea face au ciel sans nuages. Sans l'impatience de Pèlerin à agir — de préférence en tuant des tas de gens à la moindre chute d'une feuille —, il aurait été parfaitement heureux. Il allait devoir le maintenir sous contrôle. C'est avec ces pensées dans la tête qu'il bascula dans le sommeil. Mais quand il se réveilla, ce fut pour trouver Pèlerin louchant à travers le barillet d'un revolver.

« C'est propre et net et je les ai huilés tous les deux. »

Glodstone affirma son autorité.

« Ecoute, dit-il, l'expédition de cette nuit est une simple reconnaissance. Il est fortement improbable que nous trouvions facilement le moyen d'entrer. Nous devons vérifier tous les chemins possibles. Je sais, il n'y a qu'un seul foutu chemin, c'est l'avenue des noyers. Tu te contentes de la boucler et d'écouter. Nous allons tâcher de voir combien il y a de moyens de s'introduire dans la place. Et c'est seulement quand nous aurons mis au point un plan définitif et sans faille que nous agirons. Mets-toi bien ça dans le crâne.

— A vos ordres, dit Pèlerin, pourtant j'avais pensé que nous...

— Je ne m'intéresse pas à ce que tu penses. C'est moi qui commande et ce sont mes ordres. »

Et sans attendre une réponse, Glodstone remonta en observation.

« Ça devrait amener le stupide bâtard à rester tranquille », se dit-il et, en fait, ça réussit.

Une heure plus tard, quand la nuit fut tombée, ils se préparèrent. Pèlerin gardait un silence crispé.

« Nous allons remonter la rivière. J'ai dans l'idée qu'il doit y avoir par là des parties moins profondes. »

Pèlerin ne répondit pas, mais une demi-heure plus tard, quand ils dévalèrent la colline et traversèrent la route pour atteindre le bord de l'eau, ils durent se rendre à l'évidence, Glodstone s'était trompé. Le courant sombre du Boose s'écoulait et disparaissait derrière la courbe de la falaise au sommet de laquelle le château découpait sa silhouette mystérieuse sur le fond du ciel étoilé. Même Glodstone, avec toute son imagination romanesque, ne pouvait ôter à cet endroit son aspect sinistre et menaçant, et quand une voiture qui prenait le virage sur la route au-dessus d'eux balaya brièvement la rivière de ses phares, il reçut comme un choc. Les remous sombres de l'eau indiquaient que le Boose était à la fois profond et rapide.

« Eh bien, voilà au moins un point éclairci! dit-il, on sait maintenant pourquoi ils ne surveillent pas ce côté-là. Il est trop bien protégé, la rivière s'en charge. »

A côté de lui, Pèlerin répondit par un grognement.

« Et qu'est-ce que je suis censé comprendre? demanda Glodstone.

— Vous m'avez dit de la fermer et de me contenter d'écouter, dit Pèlerin, c'étaient vos ordres et c'est ce que je fais.

— Et je suppose que tu n'es pas d'accord avec moi, dit Glodstone.

— Sur quoi?

— Que c'est impossible de traverser ici, dit Glodstone qui le regretta immédiatement.

— Je peux traverser à la nage assez facilement si c'est ce que vous voulez dire.

— Ce n'est pas un risque que je suis prêt à te laisser courir. On va essayer plus loin. »

Mais, à mesure qu'ils s'éloignaient, allant jusqu'à plus d'un kilomètre, la rivière allait en s'élargissant et devenait encore moins engageante. Glodstone dut admettre sa défaite.

« Il va nous falloir repérer un autre passage plus en aval demain au jour, dit-il.

— Je ne vois pas pourquoi vous ne me laissez pas traverser avec la corde, dit Pèlerin. Je pourrais l'amarrer de l'autre côté et il vous suffira alors de vous haler jusqu'à l'autre rive.

— Et les revolvers, alors, et les équipements dans nos sacs? Tout sera trempé?

135

— Pas forcément. Quand nous serons là-bas, je reviendrai les chercher. Le major... »

Mais Glodstone avait son compte des méthodes du major Fetherington.

« Si tu réussis à traverser...

— Pas de problème », dit Pèlerin.

Ayant le rouleau de corde enroulé autour du corps, il s'engagea dans l'eau. Glodstone se retrouva seul, assis tristement dans le noir. Pour retrouver un peu de courage, il concentra ses pensées sur la comtesse. Elle l'avait prévenu que l'affaire serait risquée et c'était vrai. De plus, elle avait pris elle-même un risque terrible en lui écrivant. Par-dessus tout, elle avait fait appel à lui comme gentleman et, comme tel, il ne devait pas flancher face à une simple rivière. Après tout, son père avait combattu au Jutland et un grand-oncle du côté de sa mère avait assisté au bombardement d'Alexandrie en 1881. Il y avait même eu, paraît-il, un quartier-maître Glodstone à la bataille de Trafalgar. Avec une telle tradition nautique dans la famille, il ne pouvait pas faillir à son devoir maintenant. Et, en aucun cas, il ne devait faire montre de la moindre frayeur en face de Pèlerin. L'abruti était suffisamment arrogant comme ça. Cependant, il fut tout de même désappointé quand Pèlerin revint en disant qu'il n'y avait rien à signaler.

« Un léger courant, c'est tout, mais si vous nagez en le remontant, ça ira. Et, de toute façon, vous aurez la corde pour vous aider. »

Glodstone enleva ses brodequins et, les attachant l'un à l'autre par les lacets, il se les passa autour du cou. L'important était d'agir vite et sans réfléchir. Et pourtant, il hésita quand il prit la corde mouillée dans ses mains.

« Tu es absolument sûr de n'avoir rien vu de suspect de l'autre côté ?

— Je n'ai vu que des rochers et des buissons. Mais, de toute façon, vous avez dit vous-même qu'ils ne surveillaient pas de ce côté-là parce que...

— Je sais ce que j'ai dit. C'est pas la peine de me le répéter à tout bout de champ. Bon, dès que j'ai fini de traverser, je tire un coup sec sur la corde en guise de signal. Tu as bien compris ?

— Oui, dit Pèlerin, mais est-ce que je ne devrais pas tendre la corde en l'attachant quelque part ? »

Glodstone ne l'entendit pas. Il avait déjà plongé dans la rivière et affrontait ce que Pèlerin avait baptisé « un léger courant ». A son avis, même si les circonstances ne permettaient pas beaucoup à Glodstone de réfléchir, l'abruti n'aurait pas vu de courant dans le maelström. Quant à nager en remontant le courant... Il luttait désespérément pour se maintenir la tête hors de l'eau sans y réussir vraiment. En passant ses chaussures autour de son cou, il avait commis une grave erreur, car les saloperies s'étaient remplies d'eau et elles le faisaient couler. Retenant son souffle quand il coulait et gargouillant quand il réapparaissait, Glodstone s'agrippait à la corde comme un désespéré, mais il était entraîné par le courant à une vitesse de plusieurs nœuds. Sans la corde, il se noyait. C'est au moment où il crut que tout était fini pour lui qu'il buta sur un rocher et qu'il se retrouva dans une zone plus calme. Ses pieds touchèrent le fond.

Pendant quelques instants, il reprit son souffle avant de se hisser en rampant sur une avancée de rocher. Elle était encore sous l'eau, mais il pouvait s'en servir comme siège et, quand l'eau se fut retirée de son œil, il vit qu'il était au pied de la falaise. Il n'avait pas une grande considération pour les falaises en général, mais en la circonstance, il préférait de beaucoup celle-ci à une rivière tourbillonnante. Glodstone sortit de l'eau et se mit debout sur la berge. En se redressant, il donna sans le vouloir un coup sec à la corde. En amont, Pèlerin accusa réception. Il avait eu quelques difficultés à retrouver le bout de la corde dans l'obscurité, mais il l'avait finalement attrapé. Et il venait de recevoir le signal de Glodstone qu'il était sain et sauf sur l'autre rive. Pèlerin hala la corde. Et Glodstone fit de même pendant quelques instants, mais la perspective imminente d'être replongé dans ce torrent infernal combinée à son incapacité à se tenir debout sur ce rocher glissant eut raison de lui. Avec un

137

grognement, il lâcha brusquement et laissa aller la corde. Il savait maintenant avec une certitude insupportable qu'il n'aurait jamais dû prendre Pèlerin avec lui.

« Quel abruti ! » murmura-t-il avant de réaliser que son seul espoir était que ledit abruti réalise ce qui s'était passé. C'était un faible espoir, mais il s'y cramponna aussi désespérément qu'à son rocher. Comme les autres fois, il se trompait. Pèlerin était trop occupé à mettre au point une méthode pour faire traverser les armes et les sacs sans les mouiller. Quand ils avaient remonté la rivière, il avait remarqué quelque chose qui ressemblait à un tas d'ordures. Progressant à tâtons sur la berge, il fit un certain nombre de découvertes intéressantes, parmi lesquelles un vieux sommier, un châssis de jardin rouillé, plusieurs sacs de plastique pleins d'ordures, quelque chose qui ressemblait à un chien crevé, reconnaissable à l'odeur et, enfin, un ancien tonneau d'huile. C'était juste ce qu'il lui fallait. Il revint en le traînant et s'apprêtait à y mettre les sacs à dos quand il réalisa qu'il ne flotterait pas s'il n'était pas lesté. Après avoir cherché en vain quelques gros cailloux autour de lui, il remonta sur la route et rapporta une borne. Il mit le bidon à l'eau. L'objet flotta et il put y mettre les armes et les sacs. Puis, l'ayant amarré contre la rive, il défit la corde. Cinq minutes plus tard, Pèlerin avait atteint la rive opposée.

« Tout est prêt pour qu'on tire à nous », chuchota-t-il. Il n'y eut pas de réponse. Se mettant accroupi, il scruta la pente rocheuse en se demandant où Glodstone pouvait bien être quand il vit quelque chose bouger : un rocher roula sur sa gauche suivi d'une cascade de petites pierres. A l'évidence, Glodstone était parti en reconnaissance et, comme d'habitude, ça tournait mal. Probablement, dans une minute ou deux il serait de retour et, pendant ce temps-là, il fallait récupérer les équipements.

S'étant calé le dos à la rive, et les pieds contre un gros rocher, Pèlerin attrapa la corde et commença à haler. Au début, il lui sembla que le bidon résistait à ses efforts, puis, d'un seul coup, le bidon prit le courant et s'éloigna en dérivant presque aussi vite que Glodstone. Il suivit exactement la même trajectoire et Glodstone, qui venait juste de sortir sa pipe détrempée et qui la suçotait d'un air morose, fut soudain conscient qu'un élément nouveau et probablement plus dangereux que la rivière elle-même venait d'envahir son petit domaine. Avec un bruit sourd, la paroi métallique du bidon heurta violemment le rocher où il était accroupi et ce fut seulement en se jetant de côté qu'il évita d'avoir les jambes broyées. Puis, comme il contemplait, furieux, l'objet de sa dernière frayeur, il le vit remonter le courant, ce qui lui donna à méditer sur le but d'une telle opération.

Il était clair que, quelle que fut la chose qui avait tenté de le tuer, elle ne pouvait pas remonter le courant si on ne la tirait pas vers l'amont...

Glodstone comprit le message, mais c'était trop tard pour s'agripper au tonneau. De toute façon, que Pèlerin ait eu l'idée de lui venir en aide en envoyant un lourd objet métallique battre la berge où il était amenait à penser que l'abruti était complètement fou. Se mettant debout, bien en arrière contre la paroi, il attendit la prochaine tentative. Mais elle ne vint pas.

Ayant tiré le bidon sur la berge, Pèlerin le déchargea en vitesse, défit la corde et la mit de côté dans les rochers. C'est alors seulement qu'il commença à se demander ce qu'il devait faire. Si Glodstone était parti en éclaireur, il aurait dû être déjà revenu ou il aurait dû lui envoyer un signal pour qu'il le rejoigne. Mais les minutes s'écoulaient et rien ne se passait. Une pensée nouvelle et plus inquiétante lui vint à l'esprit. Peut-être Glodstone était-il tombé dans un piège. Il avait dit qu'ils ne devaient pas surveiller ce côté du château parce qu'il était trop bien protégé par la nature, mais c'était le contraire de ce qu'aurait pensé le major Fetherington. « Souvenez-vous de ceci, avait-il dit, l'endroit où vous n'attendez pas l'ennemi est celui qu'il choisit pour attaquer. Le secret d'une stratégie, c'est de faire ce à quoi votre adversaire s'attend le moins. »

Mais Glodstone ne l'avait pas vu comme ça. D'un autre côté, pourquoi n'avaient-ils pas attendu pour le capturer lui

139

aussi ? A nouveau, Pèlerin trouva facilement la réponse. Les salauds avaient dû penser que Glodstone agissait seul et ils ne savaient pas qu'ils étaient deux. De plus, quand il se déplaçait, on pouvait l'entendre venir à des kilomètres à la ronde. Pourtant, il était arrivé sur cette rive puisqu'il avait tiré sur la corde d'un coup sec, comme convenu. Aussi furtif qu'un dangereux prédateur, Pèlerin se mit le rouleau de corde autour des épaules, cala un revolver dans sa ceinture, arma le second et commença la lente ascension de la paroi. Tous les deux ou trois mètres, il s'arrêtait et écoutait, mais, à part une chèvre qui détala brusquement dans les rochers, il n'entendit ni ne vit rien d'inquiétant. Au bout de vingt minutes, il avait atteint le sommet et il se retrouvait debout dans la douve, à sec, au pied des murs du château. A sa gauche, il avait la falaise et à sa droite une tour d'angle. Pendant quelques intants, il hésita. Le sentiment d'avoir réussi à grimper par la falaise gardait encore son charme et, par contraste, les choses à faire maintenant lui paraissaient trop faciles. Il s'apprêtait à contourner la tour quand il trouva ce qu'il cherchait pour faire une entrée authentique-ment dangereuse. Un câble de paratonnerre. Passant ses mains derrière, il tira à lui, mais la bande de cuivre résista. Cinq minutes plus tard, il avait atteint le sommet de la tour et il était sur le toit du château. Il rampa jusqu'au bord et jeta un coup d'œil dans la cour. Elle était vide, mais quelques fenêtres au premier étage étaient encore allumées et, du côté opposé, sous l'arche qui conduisait aux grilles, une lampe faisait luire les pavés. Tout ceci mit un terme à son idée de se laisser descendre dans la cour le long de la corde. Il aurait été repéré trop facilement. Il se redressa et retraversa le toit vers la tour. Il aperçut un châssis vitré qui dépassait de la couverture. S'agenouillant à côté, il le souleva et scruta l'obscurité à l'intérieur. C'était manifeste-ment un moyen pour accéder au toit, mais qu'allait-il trouver au-dessous ? L'ayant ouvert, il s'allongea et passa la tête à l'intérieur. Silence. Rien ne bougeait là-dedans ; après avoir écouté attentivement, il sortit sa torche et donna un bref coup de lumière. Sa vue plongeait dans un corridor et, mieux encore, il avait repéré des barres métalliques scellées dans le mur. Pèlerin passa les jambes par-dessus le rebord et descendit après avoir rabattu le châssis sur son socle. Puis, s'avançant avec d'infinies précautions, il longea le passage en tâtonnant jusqu'à la porte du bout. Là, à nouveau, il attendit, les sens en alerte, mais tout était silencieux. Il ouvrit la porte et, grâce à la lumière qui filtrait par une fenêtre entrouverte, il découvrit qu'il était en haut de l'escalier en colimaçon d'une tourelle.

En se guidant le long du mur extérieur, il descendit jusqu'à ce qu'il trouve une nouvelle porte. Silence absolu. Il l'entrebâilla et vit un long couloir avec, au bout, de la lumière éclairant un palier. Pèlerin referma la porte et continua à descendre. Si Glodstone était retenu prisonnier quelque part, ce ne pouvait être que dans la cave. Peut-être que la comtesse y était aussi. De toute façon, c'était ce qu'il fallait inspecter en premier. Pèlerin atteignit le rez-de-chaussée et passa devant la porte qui donnait dans la cour. Il continua à descendre dans le noir le plus absolu. Après qu'il eut pris la précaution d'attendre pour écouter à nouveau, il alluma sa lampe-torche. A la base de la tourelle, il trouva deux tunnels. L'un allait à droite sous l'aile Est tandis que l'autre disparaissait plus loin sous le corps principal du château. Pèlerin choisit ce dernier et il l'avait parcouru à moitié quand, par une porte ouverte sur un côté, il entendit les bribes d'une conversation. Elles ne venaient pas de la pièce elle-même. On aurait dit des gens qui parlaient dans la pièce au-dessus.

Il alluma sa lampe et examina rapidement l'endroit. La pièce avait dû être une cuisine. Il y avait une vieille cuisinière noire dans l'embrasure de la cheminée et, au milieu de la pièce, une grande table en bois couverte de poussière. Derrière elle, on apercevait un grand évier en pierre. Une fenêtre et une porte donnaient dehors dans une cour intérieure. Sur un côté de l'évier, une chaîne pendait au-dessus de ce qui semblait la margelle d'un puits. Un couvercle en planches le fermait. Pèlerin traversa la pièce, souleva le couvercle et, dirigeant sa lampe vers le bas, il vit

141

qu'elle se réfléchissait faiblement à une assez grande profondeur. Ça pouvait être intéressant de connaître cet endroit pour s'y cacher en cas de besoin, mais pour l'instant, ce qui l'intéressait davantage, c'était les bruits de voix. Il réalisa qu'elles venaient de ce qui avait dû être un monte-plat aménagé dans le mur tout au fond de la cuisine. Pèlerin éteignit sa lampe-torche et mit sa tête dans l'ouverture. Deux hommes, dans la pièce au-dessus, étaient engagés dans une discussion animée.

« Vous n'avez pas lu mes derniers articles, Hans, dit une voix américaine, et vous prenez le point de vue hors pouvoir. Moi, ce que je dis, c'est que l'expérience du passé nous prouve à l'évidence qu'il n'y a pas d'alternative à la " Real Politik " ou, si vous aimez mieux, à la " Politique-Concurrence " !

— Je n'aime pas mieux, répondit un homme avec un fort accent étranger, et j'ai été payé pour le savoir. Quand je me suis trouvé à la bataille de Koursk, la plus grande des batailles de chars, vous pensez que j'y étais par plaisir ?

— Non, je vous l'accorde. Mais, pourtant, c'est bien là qu'a eu lieu l'effondrement de la " Politique-Concurrence " vue du côté du pouvoir.

— Vous pouvez répéter ça ? fit l'Allemand, vous savez combien de chars Tigre on a perdu ?

— Seigneur Dieu ! Je ne parle pas logistique. Vous aviez une situation qui, bien avant guerre, était déjà déséquilibrée.

— Nous avions surtout un Führer qui était déséquilibré. C'est ce que vous refusez de prendre en compte. La psyché humaine. Tout ce que vous regardez est le produit matériel, dépersonnalisé et déshumanisé d'une espèce économiquement dépendante. Et vous ne prenez jamais en compte les impulsions psychiques qui transcendent la matière.

— Ce n'est pas vrai. J'admets l'interdépendance entre l'individu et son environnement socio-économique, mais la base reste la même, c'est la personne qui est en question. »

L'Allemand se mit à rire.

« Vous savez, quand vous parlez comme ça, vous me faites

penser à nos collègues soviétiques. L'individu est libre par la vertu de la collectivité, celle-là même qui l'asservit. Avec vous, la collectivité impose à l'individu une liberté dont il ne veut pas. Dans le cas soviétique, il y a le syndrome du capitalisme d'état et, dans l'américain, le chaos du libéralisme et, dans les deux cas, l'individu ploie sous le poids du pouvoir de monopoles militaires sur lesquels il n'a aucun contrôle. Et c'est ça que vous rationalisez dans le terme " Politique-Concurrence " ?

— Oui, mais sans elle, vous ne seriez pas ici aujourd'hui, Heinie, dit l'Américain sauvagement.

— Professeur Botwyk, répondit l'Allemand, permettez-moi de vous rappeler que, si vingt millions de Russes n'étaient pas morts, nous ne serions là ni l'un ni l'autre à causer, comme vous dites. Je vous demande de prendre ça en compte aussi. Sur ce, bonne nuit ! »

Il sortit et, pendant un moment, Pèlerin put entendre son interlocuteur qui arpentait la pièce. Il n'avait rien compris aux propos qu'ils avaient échangés sauf qu'ils se rapportaient à la guerre. Un peu plus tard, l'Américain sortit à son tour. A l'étage au-dessous, dans le passage, Pèlerin put le suivre au bruit de ses pas. A mi-longueur, ils tournèrent et s'éloignèrent. Pèlerin s'arrêta et alluma brièvement sa lampe. Quelques marches conduisaient à une porte. En prenant beaucoup de précautions, il monta les marches et ouvrit doucement la porte. Une silhouette, cigare à la bouche, se tenait sur la terrasse. Pendant que Pèlerin l'observait, la silhouette disparut. Pèlerin se glissa à sa suite et, alors que l'homme se tenait là, debout, contemplant la vallée, il frappa. Plus exactement, il sauta et bloqua d'un bras la gorge de sa victime tandis que de l'autre il lui tordait le bras dans le dos. Pendant une seconde, le cigare s'éclaira dans la nuit, puis sa lumière décrut.

« Un mot et vous êtes mort », chuchota Pèlerin pour le plaisir. Avec plus de fumée dans les poumons qu'il n'avait l'habitude d'en inhaler et un nœud coulant à forme humaine autour de son cou, l'avocat de la " Politique-

143

Concurrence " se trouva pour une fois sans voix. Pendant quelques intants, il se débattit, mais Pèlerin resserra sa prise.

« Qu'avez-vous fait de lui ? » demanda-t-il quand l'autre cessa de se débattre.

La seule réponse de l'Américain fut une quinte de toux.

« Allons, cessez ce jeu ! continua Pèlerin en serrant plus fort, ce qui rendit l'injonction parfaitement inutile. Vous allez me dire, et tout de suite, ce que vous en avez fait ?

— Fait de quoi ? Bon Dieu ! haleta le professeur quand il fut autorisé à reprendre sa respiration.

— Vous le savez bien !

— Je jure...

— Si j'étais vous, je ne le ferais pas.

— Mais de quoi parlez-vous ?

— Glodstone, chuchota Pèlerin, Monsieur Glodstone.

— Monsieur Gladstone ? gargouilla le professeur dont les oreilles bourdonnaient faute d'oxygène. Vous voulez que je vous dise où est Monsieur Gladstone ? »

Pèlerin acquiesça du chef.

« Mais il est mort depuis... »

Il ne put aller plus loin. La confirmation que Glodstone avait été assassiné était tout ce que voulait savoir Pèlerin. Serrant d'un bras la gorge du professeur Botwyk, il le poussa contre la balustrade. Pendant un moment, le professeur se débattit, mais c'était inutile. Quand il perdit conscience, il se rendait vaguement compte qu'il tombait. Il aimait mieux ça que d'être étranglé.

Impassible, Pèlerin le regarda disparaître. Glodstone était mort. Un des salauds avait payé pour lui, mais il restait toujours la comtesse. La tête farcie d'images terribles, Pèlerin fit demi-tour vers le château.

14

Pendant l'heure qui suivit, les habitants du château Carmagnac furent soumis à quelques-unes des horreurs dues à l'éducation de Groxbourne appliquée à la lettre. Il y avait au château, d'une part des vacanciers anglais ayant répondu à une annonce dans le *Lady* pour passer des vacances calmes « au château » et, d'autre part, un petit groupe de sommités internationales, ou passant pour telles, parrainées par des gouvernements ultra-nationalistes qui tenaient un symposium sur le thème « Détente ou Destruction ». Cet étrange amalgame, allié à l'absence de la comtesse, ne faisait qu'ajouter à la confusion.

« Où est la comtesse ? Je n'en ai pas la moindre idée, mon vieux », dit M. Hodgson, un négociant en ferraille de Huddersfield. Pèlerin lui était tombé dessus dans le couloir alors qu'il cherchait l'interrupteur.

« Mais vous, vous ne sauriez pas par hasard où sont les WC ? »

Pèlerin lui éperonna la bedaine avec son revolver.

« Je ne vais pas le répéter deux fois. Où est la comtesse ?

— Ecoutez, mon vieux, si je le savais, je vous le dirais. Mais comme je ne le sais pas, je ne vous le dirai pas. Tout ce qui m'intéresse en ce moment, c'est de me soulager un bon coup. »

Pèlerin le soulagea et, enjambant son corps, il continua sa recherche d'un meilleur informateur. Il trouva Dimitri Abnekov.

« Pas capitaliste. Pas roubles. Pas rien », dit-il, réagissant en charabia, dans l'espoir d'être classé plus rapidement du côté des masses opprimées, quelles que fussent celles que Pèlerin voulait donner l'impression de défendre par son action anti-sociale. En pyjama, il se sentait particulièrement vulnérable.

« Je veux la comtesse, dit Pèlerin.

— Comtesse ? Comtesse ? Je sais rien. Comtesse, boue aristocratique. Devrait abolir comme dans mon pays. Oui !

— Non, dit Pèlerin, vous allez me dire où... »

Dr. Abnekov ne le dit pas. Il se plongea dans une diatribe en russe et fut récompensé par une spécialité du major Fetherington qui le laissa sans voix. Pèlerin éteignit la lumière et quitta la pièce en hâte. Dehors, il rencontra le signor Badiglioni, un euro-communiste catholique, qui en savait assez sur le terrorisme pour avoir le réflexe de fuir par la première sortie venue et de la verrouiller derrière lui. Il se trouva que c'était la porte de la chambre du docteur Hildegarde Keister — c'était une Danoise, expert en thérapie chirurgicale pour délinquants sexuels —, qu'elle était en train de se couper les ongles des orteils avec une paire de ciseaux, ce qui faisait qu'elle exposait ainsi une grande largeur de ses cuisses dans l'opération. A la vue d'un tel spectacle, le signor Badiglioni devint totalement incohérent.

« Tu me veux, pas vrai ? » demanda la doctoresse en danois, en s'avançant sur lui avec la totale liberté d'esprit que l'on connaît aux Scandinaves et que le signor Badiglioni interpréta complètement de travers. Débitant des excuses empressées, il essaya de fuir en tournant la clé dans la serrure. Mais la bonne doctoresse était sur lui.

« Y'a un terroriste dehors, fit-il d'une voix de fausset.

— L'échange des sensualités est naturel », dit-elle en le tirant vers le lit.

Plus loin dans le corridor, Pèlerin était engagé dans une tentative de dialogue avec le pasteur Laudenbach, l'homme qui avait été à la bataille de Koursk. Il y avait acquis, en conséquence, un pacifisme à toute épreuve. C'est pourquoi il refusa de se laisser impressionner par Pèlerin qui le menaçait de lui faire sauter la cervelle s'il ne cessait pas de prier et s'il ne lui disait pas immédiatement où était la comtesse. A la fin, les convictions du pasteur prévalurent et Pèlerin abandonna.

Il eut encore moins de succès avec sa victime suivante. Le professeur Zukacs était un économiste ayant des principes fondés sur une théorie du marxisme-léninisme tellement austère qu'il avait passé un grand nombre d'années dans les prisons hongroises pour sauver le progrès industriel de ce pays. Il avait été envoyé à cette conférence dans le vain espoir qu'il n'irait pas. Bref, il avait trop eu l'habitude de jeunes gens armés patrouillant dans les couloirs pour être tant soit peu déconcerté par l'apparition de Pèlerin.

« La comtesse, je vais vous aider à la trouver, lui dit-il. Mon père était avec Bela Kun au cours de la première révolution et il a abattu une comtesse. Mais ça n'a pas suffi. Tout est redevenu comme avant, vous comprenez. L'embourgeoisement des masses se fait toujours au détriment de la conscience prolétarienne. C'est seulement par... »

Ils furent interrompus par le délégué mexicain qui passa la tête par l'entrebâillement de sa porte de chambre et leur demanda d'aller fusiller des comtesses ailleurs car il avait, disait-il, déjà assez d'ennuis comme ça avec ses insomnies sans qu'on y ajoute encore la conscience prolétarienne.

« Trotskiste, répliqua le professeur Zukacs, valet de l'impérialisme... »

A la faveur de la bordée d'injures qui suivit, Pèlerin s'éclipsa. Même pour lui à l'intellect limité, il était clair que la comtesse n'était pas dans cette aile du château. Il fonça le long du couloir et trouva un passage sur sa droite. Alors qu'il se demandait dans quelle chambre entrer, les faits décidèrent pour lui. Tout près, quelqu'un gémissait. Pèlerin se guida au bruit et s'arrêta devant une porte. Maintenant, le gémissement s'entendait distinctement. On entendait aussi des grincements de sommier.

Pèlerin n'eut aucun mal à les identifier. Quelqu'un, qui était bâillonné et ligoté sur un lit, se débattait pour se libérer. Il savait bien, lui, de qui il s'agissait. Tout douce-

147

ment, il tourna la poignée et fut tout surpris de trouver la porte ouverte. Il faisait aussi noir dans la chambre que dans le passage et les sons y étaient encore plus poignants. Sans aucun doute, la comtesse était à l'agonie. Elle haletait et gémissait et la profondeur de son désespoir était rendue encore plus poignante par un grognement occasionnel. Pèlerin s'approcha silencieusement du lit et avança la main. Il la retira presque instantanément. Quelles que puissent être les autres particularités de la comtesse, une chose était certaine : elle avait le postérieur remarquablement velu et musclé. De plus, elle était complètement nue.

De toute façon, elle avait eu le message qu'on lui venait en aide. Elle s'était arrêtée de rebondir sur le lit et Pèlerin s'apprêtait à expliquer qu'il allait la faire sortir de là en un clin d'œil quand elle se mit à gémir et à parler.

« Encore, encore ! Pourquoi t'arrêtes-tu ? J'étais en train d'y arriver. »

Pèlerin avait sur le bout de la langue de lui dire qu'elle n'en avait plus besoin puisqu'il était là et qu'il allait la délivrer quand une voix d'homme lui répondit.

« Mais combien de mains est-ce que tu as ? demanda-t-il.

— Des mains ? Des mains ? Combien de mains ? C'est ça que tu me demandes ?

— Exact.

— C'est bien ce que je pensais, murmura la femme, dans un moment comme ça, tu crois intelligent de poser des questions idiotes ? Mais merde, combien est-ce que tu crois que j'ai de mains, trois ?

— Justement, dit l'homme, et l'une des trois est froide et dure.

— Dure, j'aime. Le seul qui puisse avoir un membre dur ici, c'est toi, que je sache. Alors, vas-y chéri, cesse tes pitreries et donne-le moi.

— Parfait, dit l'homme d'un ton dubitatif, et pourtant, j'aurais juré...

— Cesse de faire l'imbécile, mon amour, et allons-y. »

Les élans sur le lit recommencèrent, mais cette fois ils allaient chez l'homme avec des grognements qui semblaient moins enthousiastes, et chez la femme avec des demandes de plus en plus insistantes pour encore et encore. Accroupi près du lit dans le noir, Pèlerin comprit vaguement que, pour la première fois de sa vie, il était en présence d'un acte sexuel. Il se demanda quoi faire. La seule chose dont il était sûr était que ça ne pouvait pas être la comtesse. Les comtesses, ça ne se tord pas en gémissant sur un lit avec un homme velu au-dessus d'elles qui les assaille. Il aurait aimé voir ce qu'ils faisaient, mais il ne pouvait pas rester là, car la vie de la comtesse était en danger. Il venait de se remettre debout quand la descente de lit lui glissa sous les pieds. Pour ne pas tomber, Pèlerin fit un geste en avant et, cette fois, il agrippa le genou dressé de la femme. Un hurlement étranglé sortit du coin du lit et les élans s'arrêtèrent.

Pèlerin lâcha tout et se glissa vers la porte.

« Qu'est-ce qui se passe ? demanda l'homme.

— Des mains, fit-elle dans un râle, tu as dit des mains ?

— J'ai dit une main.

— Je te crois. Elle vient juste de m'attraper le genou.

— Eh bien, ce n'était pas la mienne.

— Ça je sais, où est la lumière ? Je veux de la lumière. »

Alors que sa voix montait hystériquement, Pèlerin, qui cherchait à tâtons la poignée de la porte, heurta un vase. Le bruit de porcelaine cassée ajouta à la confusion.

« Laisse-moi partir, beugla la femme, je veux sortir d'ici. Il y a une chose horrible dans cette pièce. Oh, mon Dieu ! Que quelqu'un fasse quelque chose. »

Pèlerin le fit. Il ne resta pas là à attendre pendant qu'elle ameutait la cantonnade par ses cris. Il trouva la porte et bondit dans le couloir. Derrière lui, aux cris de la femme répondaient maintenant ceux de son amant.

« Mais, merde, comment veux-tu que je fasse quelque chose si tu ne me lâches pas ? gueula-t-il.

— Au secours », reprit la femme.

Alors que les portes s'ouvraient le long du corridor et qu'on faisait de la lumière, Pèlerin disparut au coin du couloir. Il se mit à dévaler de larges escaliers de marbre conduisant à l'entrée faiblement éclairée. Dans sa précipitation il se heurta au délégué britannique, sir Arnold Brymay, qui tentait de trouver une argumentation rationnelle en réponse aux assertions de tous les autres délégués. Ceux-ci prétendaient que l'attitude colonialiste anglaise en Ulster était aussi dangereuse pour la paix mondiale que la guerre du Moyen-Orient, l'engagement des Etats-Unis en Amérique du Sud ou celui des Russes en Afghanistan et en Pologne, sujets sur lesquels ne se faisait pas le même accord. Comme il était spécialiste de médecine tropicale, il n'avait pas réussi à leur répondre.

« Mais, bon Dieu ! qu'est-ce que... » commença-t-il quand Pèlerin le bouscula. Mais cette fois, Pèlerin était décidé à obtenir une réponse et une bonne.

« Vous voyez ça ? dit-il, en fourrant son revolver sous le nez de sir Arnold avec une férocité qui ne laissait aucun doute sur la nature de l'objet. Eh bien, au moindre son de votre part, j'appuie sur la gâchette. Et maintenant, où est la comtesse ?

— Vous m'avez dit de ne pas émettre le moindre son et maintenant vous me posez une question ? Comment voulez-vous que je vous réponde ? demanda sir Arnold, qui n'avait pas ressassé la question irlandaise pour rien.

— La ferme ! dit Pèlerin en le forçant à s'engager dans l'embrasure la plus proche et en fermant la porte. Au moindre truc vicieux, je te fais sauter la cervelle jusqu'au plafond.

— Ecoutez-moi bien, mon jeune ami, si vous condescendiez à retirer cette arme à feu qui menace ma narine gauche, nous pourrions peut-être ouvrir la séance, dit sir Arnold qui était arrivé à la conclusion toute naturelle qu'il avait affaire à un autre délégué subitement devenu fou ou plus probablement à l'IRA.

— J'ai dit : où est la comtesse ? grogna Pèlerin.

— Quelle comtesse ?

— Vous savez bien, et si vous ne répondez pas : rideau !

— C'est bien ce que j'entends », dit sir Arnold pour gagner du temps. A l'étage, un nouveau problème avait surgi.

« Lâche-moi », beugla le ci-devant amant.

« Je ne peux pas, cria sa partenaire, c'est trop crispé.

— Comme si je ne le savais pas. Eh, derrière, faites pas les cons, cessez de me tirer sur les jambes. Vous voulez m'écarteler ou quoi ? Vous voyez pas qu'elle est coincée ?

— Oh, mon Dieu ! mais c'est terrible, dit sir Arnold.

— Répondez à la question !

— Ça dépend de quelle comtesse vous parlez.

— La comtesse de Montringlay.

— Sans blague ? Un nom inhabituel et révélateur et un de ceux que, d'après les bruits que l'on entend, le jeune homme de là-haut aurait trouvés infiniment plus à son goût, vous ne trouvez pas ?

— Parfait ! fit Pèlerin, vous l'aurez voulu ! » Et, acculant sir Arnold contre le mur, il le visa en tenant le revolver à deux mains.

« D'accord. D'accord. Comme un fait exprès, elle n'est pas ici, dit l'expert en bilharziose, décidant qu'il valait mieux, puisqu'il n'était pas dans le coup, inventer n'importe quoi plutôt que de se faire tuer. Elle habite Cherbourg.

— Et à quelle adresse il habite, ce type ? demanda Pèlerin.

— Ce type ? » dit sir Arnold dont le sang-froid cédait devant l'incohérence de cet interrogatoire et de la discussion qui continuait au premier. Là-haut, une femme particulièrement bavarde prétendait tout connaître du coup du chien, par expérience personnelle avec ses boxers. Aussi venait-elle d'essayer de jeter une cuvette d'eau froide sur le couple d'amoureux, ce qui eut pour résultat, d'ailleurs prévisible, d'aggraver plutôt la situation.

« Merde, cria l'amant, mettez-vous dans le crâne une fois pour toute que je ne suis pas un boxer, bordel. Encore un coup comme ça, et je resterai coincé dans un cadavre. »

Sir Arnold détourna son esprit de ce problème tout académique et revint affronter une mort imminente.

Pèlerin avait commencé son compte à rebours.

« Mais Cherbourg est une ville, bon Dieu ! dit-il en commençant à bégayer.

— Je sais, mais où ?

151

— En Normandie.

— Mais à quelle adresse ?

— L'adresse ?

— L'adresse de chez Erboure ! »

Le fait d'être tenu en joue par un maniaque qui pensait que Cherbourg c'était chez quelqu'un, alors qu'on noyait à l'étage un couple qui clamait n'être pas des boxers, tout cela créa chez sir Arnold une tension insupportable.

« J' tiens plus, j' tiens plus », se mit-il à bégayer. Et il le prouva en se laissant glisser au pied du mur. Pendant quelques instants, Pèlerin hésita. Il fut tenté de redonner vie à ce salaud d'un coup de pied, mais un bruit de pas et un autre excité qui parlait dans le hall l'en dissuadèrent. D'ailleurs, il était presque certain maintenant que la comtesse n'était pas au château et il n'y avait donc aucune raison de continuer en risquant de se faire prendre. Ouvrant une fenêtre, il vérifia que la cour était vide et sauta légèrement dans une plate-bande. Cinq minutes plus tard, il était sur le toit et se laissait descendre le long du câble du paratonnerre avec une absence de vertige qui aurait consterné Glodstone.

Non pas que Glodstone en ait eu besoin à ce moment-là. Depuis qu'il s'était hissé sur le surplomb au pied de la falaise, il en était venu à changer d'avis sur l'aventure en général et celle-là en particulier. Ce n'était pas ces coups splendides qu'il avait pu lire. Tout au contraire, c'était des foutus cauchemars où il fallait crapahuter comme un fou pendant des kilomètres à travers champs en ployant sous des sacs à dos surchargés, passer des nuits blanches en grelottant de froid sous la pluie, manger du singe brûlé, apprendre ce que c'est que d'être à deux doigts de la noyade, et enfin, finir trempé jusqu'aux os sur un surplomb rocheux dont la seule porte de sortie était la noyade assurée. Ayant expérimenté le Boose et sa terrible habitude de sucer les choses en son sein comme ferait une chasse d'eau monstrueuse, il savait qu'il ne lui était plus possible de le retraverser à la nage.

D'un autre côté, bien peu de choses plaidaient en faveur de rester là où il était. Dire qu'il était dans la merde n'était pas une façon de parler. C'était réel. Le système d'égout du château était très primitif et, de l'avis de Glodstone, typiquement français. Tout ce qu'il charriait débouchait par un tuyau au-dessus de sa tête dans la falaise pour tomber dans la rivière. En fait, le plus gros atterrissait sur Glodstone et il se demandait avec juste raison s'il ne valait pas mieux risquer la noyade que d'être traité en cloaque humain, quand il se rendit compte que quelque chose de plus substantiel tombait de la falaise. Pendant un moment, il lui sembla que ça s'accrochait au tuyau, et puis ça plongea plus au large dans la rivière. Avec l'idée démente que ça apprendrait à Pèlerin à ne pas être un crétin assez stupide pour escalader des falaises au milieu de la nuit, Glodstone attrapa le corps et le tira sur la berge. Puis, il lui chercha la bouche à tâtons. Il lui avait fait du bouche à bouche pendant une bonne minute quand il s'aperçut qu'il y avait une ou deux différences entre ce qu'il essayait de ressusciter et Pèlerin. Certainement Pèlerin n'avait pas de moustache et il n'était pas complètement chauve, sans compter qu'il semblait improbable qu'il ait eu soudain du goût pour le brandy et le cigare.

Glodstone, pendant un instant ou deux, s'arrêta, avant que son sens du devoir ne le force à continuer. Il ne pouvait pas laisser mourir ce bâtard sans rien faire. Par ailleurs, il commençait à avoir l'horrible soupçon de ce qui s'était passé. Pèlerin avait dû penser qu'il s'était noyé en tentant de traverser la rivière et, au lieu de venir à sa rescousse, il avait d'une manière ou d'une autre atteint le château et il était, à l'évidence, en train d'assassiner tous ceux qui lui tombaient sous la main.

Glodstone ne voulait pas être mêlé à une affaire pareille. Sauver une comtesse était une chose, mais précipiter des hommes chauves du haut d'une falaise en était une autre. Dans tous les cas, ce parfait imbécile ne réussirait pas. C'est lui qui serait tué et alors... Pour la première fois de sa vie, Glodstone eut une vague conscience de la réalité.

153

Quant au professeur Botwyk, grâce à la prise savante de Pèlerin, il avait été inconscient pendant sa chute et le fait d'être inerte l'avait sauvé. Maintenant, il commençait à retrouver ses esprits. Il sentait comme un bizarre soulagement. En dehors du fait qu'il était convaincu que l'avenir du monde reposait sur l'accumulation d'armements capables de destruction massive pour ne pas dire universelle, le professeur Botwyk était un homme qui avait reçu une éducation conventionnelle. Et le fait de se trouver ainsi allongé, trempé jusqu'aux os, embrassé sur la bouche par quelqu'un qui n'était pas rasé depuis trois jours et qui puait comme une vespasienne, le traumatisait presque autant que de se trouver étranglé avec les poumons encore pleins de fumée de cigare. Dans un effort désespéré, il s'arracha au baiser de Glodstone.

« Dans quel foutu bordel est-ce que vous vous croyez ? » grogna-t-il faiblement. Glodstone sursauta. Il ne savait que trop bien ce qu'il venait de faire en ressuscitant un dangereux gangster. Ça ne lui parut pas être le moment opportun pour le dire.

« Allons, calmez-vous, murmura-t-il en souhaitant foutrement que le salaud ne soit pas armé (il aurait dû y penser plus tôt). Vous avez fait une mauvaise chute et vous vous êtes peut-être cassé quelque chose.

— Quoi, par exemple ? fit Botwyk qui examinait son allure.

— Je ne sais pas, moi. Je ne suis pas spécialiste de la chose, mais dans votre état, vous ne devriez pas bouger.

— Et vous, comme un con, vous allez croire ça ? dit Botwyk, dont le souvenir de quelques-unes des horreurs qu'il avait subies lui revenait petit à petit en mémoire. Attendez voir que je mette la main sur le bâtard qui m'a étranglé.

— Ce n'était pas ce que je voulais dire, fit Glodstone qui partageait ses sentiments sur Pèlerin. Je voulais simplement vous conseiller de ne pas faire un mouvement, vous pourriez aggraver votre cas.

— Quand je sortirai d'ici, vous allez voir si je vais lui

aggraver son cas à cet enfant de salaud. Vous pouvez me croire, je vais le...

— Du calme, dit Glodstone pour s'éviter des détails plus sanglants. De toute façon, le hasard a bien fait les choses : je me trouvais passer par là quand je vous ai vu tomber. Vous seriez mort à l'heure qu'il est si je ne vous avais pas secouru.

— Je veux bien vous croire, dit le professeur Botwyk à contrecœur, et vous dites que vous m'avez vu tomber ?

— Oui, j'ai plongé, j'ai traversé et j'ai réussi à vous sortir », dit Glodstone en se sentant un petit peu mieux.

Au moins, il s'était établi un alibi. La remarque suivante du professeur Botwyk remit tout en question.

« Laissez-moi vous dire une chose, mon vieux. Je ne suis pas tombé. On m'a poussé.

— C'est pas possible, dit Glodstone, essayant d'ajouter à une réelle conviction un zeste de scepticisme. Je veux dire, vous êtes sûr que vous n'êtes pas encore sous le coup du choc et de la commotion ?

— Bien sûr que je ne suis pas sûr, dit Botwyk, dont l'angoisse chronique avait été ravivée avec juste raison. Si je me fie à ce que je ressens, je pourrais bien avoir n'importe quoi de cassé. Mais une chose est certaine. Un mec m'a sauté dessus et juste après, je me retrouve ici, après avoir été étranglé entre les deux.

— Incroyable, dit Glodstone, et avez-vous... euh... vu qui... euh... vous a poussé ?

— Non, dit Botwyk d'un air sinistre, mais je jure sur la tête de ma mère que je le retrouverai, et alors... »

Il essaya de se relever sur un coude, mais Glodstone intervint. C'était suffisamment emmerdant d'être échoué sur ce promontoire avec un dangereux meurtrier sans qu'en plus le salaud s'aperçoive qu'il n'avait presque rien.

« Faut pas bouger, fit-il d'une voix rauque. C'est vital pour vous de ne pas bouger. En particulier la tête.

— La tête ? Qu'est-ce qu'elle a de spécial, ma tête ? demanda Botwyk. Je saigne ou quoi ?

— Non, autant qu'on puisse dire, dit Glodstone tout en

se faufilant jusqu'aux pieds du professeur. Bien sûr, il fait trop noir pour qu'on puisse voir correctement, mais je...

— Alors, pourquoi tout ce baratin que je ne dois surtout pas la bouger ? dit Botwyk en lui jetant un œil noir.

— Je préfère me taire, dit Glodstone, j'allais justement...

— Ça suffit comme ça, dit Botwyk qui commençait à paniquer. J'en ai absolument rien à foutre de ce que vous préférez taire. Je veux entendre la vérité.

— Je ne suis pas sûr que vous le vouliez vraiment.

— Eh merde, je sais ce que je dis. Et qu'est-ce que vous foutez maintenant à m'enlever mes chaussures ?

— Je veux faire juste quelques tests, dit Glodstone.

— Sur mes pieds ? Et ma tête ? Vous commencez à raconter des conneries à propos de ma tête et que je ne dois pas la bouger et tout ça, et maintenant vous faites des tests sur l'autre bout de mon corps. Je ne vois pas le putain de rapport.

— Votre moelle épinière », dit Glodstone d'un air sombre.

Un instant plus tard, il devait forcer le professeur à rester allongé.

— Mais, bon Dieu, ne bougez pas ! Je veux dire...

— Je sais ce que vous voulez dire, explosa Botwyk, je ne le sais que trop, doux Jésus ! Je veux savoir. Vous êtes en train de me dire... Oh mon Dieu ! »

Il se laissa retomber sur le rocher et ne bougea plus.

« Parfait, dit Glodstone, enchanté d'avoir enfin pris le dessus, maintenant, je vais vous demander de me dire si vous sentez quelque chose quand...

— Oui, je sens, cria Botwyk, sans problème.

— Mais je n'ai rien fait.

— Ce type me dit qu'il n'a encore rien fait ! Tout simplement que j'ai la moelle épinière atteinte. Et ça ne serait rien ? Qu'est-ce que vous diriez si on vous avait étranglé et jeté du haut d'une falaise, qu'à l'arrivée un mec tout poisseux vous ait fait du bouche à bouche pour vous dire ensuite que vous avez la moelle épinière brisée et qu'il ne faut pas bouger la tête ? Qu'est-ce que vous croyez, que je ne sens rien ? Et ma femme, bordel ? Ça va sûrement lui plaire de m'avoir dans les pattes toute la journée à la maison et même pas capable de me lever tout seul la nuit. On voit que vous ne la connaissez pas. Elle va dégoiser ça chaque fois que... »

Une telle perspective était à l'évidence trop forte pour lui. Il s'arrêta et se mit à fixer le ciel.

« Voyons maintenant, dit Glodstone, remis d'aplomb rien que d'avoir été traité de mec poisseux. Si vous sentez...

— Taisez-vous, dit Botwyk, plus un mot. Je vais rester là allongé sans bouger jusqu'à l'aube et vous pourrez retraverser à la nage pour ramener une ambulance et la meilleure équipe de premiers soins que l'on puisse trouver, je me fiche du prix, et... »

A son tour, Glodstone se mit à paniquer.

« Pas si vite, fit-il tout en regrettant amèrement de s'être vanté d'avoir traversé à la nage si facilement. Je me suis foulé la cheville en venant à votre secours et je ne peux pas me replonger dans...

— Cheville, broutille, gueula Botwyk, sachez que je me fous bien de votre cheville dans ma condition de merde, et si vous ou quelqu'un d'autre pense le contraire, il est cinglé.

— Oh, si c'est ça que vous ressentez... dit Glodstone en prenant la mouche.

— Ce que je ressens ? Encore une fois ce mot et je connais quelqu'un qui le regrettera.

— Désolé, dit Glodstone, de toute façon, ça ne change rien.

— Ecoutez-moi bien, l'ami, dit Botwyk, pour moi ça change tout. Votre cheville et ma moelle épinière sont à classer dans deux catégories différentes. Compris ? » Il se calmait un peu.

« Je suppose qu'on peut voir les choses comme ça.

— On n'a pas besoin d'une putain de cheville pour se mettre debout et sentir les choses et tout. C'est pas du tout la même chose pour la moelle épinière, du moins selon moi. Alors, laissez tomber ce que je ressens ou ce que je ne ressens pas.

— Oui, dit Glodstone, qui n'était plus tellement sûr

d'avoir eu raison de démarrer cette discussion. De toute façon...

— Attention, fit Botwyk menaçant.

— J'allais juste dire...

— Je sais ce que vous alliez dire. Et j'ai déjà répondu une première fois. Merde de merde, ce n'est pas la même chose, pas la même chose pour ce que je ressens, pas la même chose du tout. » Il recommençait à s'énerver.

« Même comme ça, dit Glodstone après un silence au cours duquel il avait cherché une phrase qui ne rende pas son interlocuteur furieux, avec ce qu'on sait, vous n'avez peut-être rien du tout à la moelle épinière. Pour le savoir, il suffit...

— D'enlever mes chaussures comme vous venez juste de le faire, dit Botwyk. Je voudrais vous dire quelque chose d'important. »

Mais ce qu'il voulait lui révéler fut noyé dans un bruit de sirènes. Une voiture suivie d'une ambulance dévalait la route en face et s'engageait sur le pont du château.

« Nom de Dieu de bon Dieu! Faites quelque chose, hurla Botwyk, il faut attirer leur attention. »

Glodstone était beaucoup trop préoccupé pour répondre. Quoi qu'ait pu faire Pèlerin, ça devait être plus grave encore que de balancer dans le vide ce salaud arrogant. Et s'il était pris... A cette seule idée, ses cheveux se dressèrent sur sa tête. En attendant, il ferait mieux de rester en bons termes, ou du moins les meilleurs possible, avec ce con.

« Ça vous fait quelque chose? » demanda-t-il dès que le professeur eut cessé de gueuler parce qu'il lui avait enfoncé les doigts dans la plante des pieds.

Botwyk s'assit d'un coup.

« Bien sûr, putain, que je le sens, râla-t-il. Merde, qu'est-ce que vous croyez, que je ne sens pas un truc comme ça? J'ai les pieds sensibles, bordel!

— J'aime mieux ça, dit Glodstone. Pendant un moment, j'ai vraiment cru que vous vous étiez brisé les reins.

— C'est pas vrai », fit Botwyk en se laissant retomber en arrière, de tout son long, sur le rocher.

15

Il n'était pas le seul à réagir de cette manière. M. Hodgson, le négociant en ferraille qui cherchait désespérément à se soulager et qui avait été gratifié d'un traitement spécial façon major Fetherington, était encore incapable de faire autre chose que griffonner qu'il avait été victime d'une attaque d'un de ces foutus étrangers et que, plus tôt il rentrerait chez lui à Huddenfield, plus vite il se sentirait en sécurité. Dimitri Abnekov disait lui aussi, par écrit, qu'il ne pouvait s'agir que d'une tentative délibérée d'un commando de la CIA pour réduire au silence le délégué soviétique, en violation de la charte des Nations unies et de l'accord d'Helsinki concernant la liberté d'expression. Le signor Badiglioni n'était pas disposé à dire quoi que ce soit après son expérience de ce que le docteur Keister appelait « sensualité réciproque », alors que la réciproque n'était pas vraie. Et sir Arnold Brymay ne voulait rien dire non plus. Le professeur Zukacs avait été trop engagé dans une polémique avec le délégué mexicain sur le meurtre de Trotsky et l'échec du gouvernement mexicain dans la collectivisation des fermes déjà distribuées aux paysans, pour se souvenir de faits aussi récents que sa rencontre avec Pèlerin. Finalement, Mme Autherby et M. Coombe, une fois qu'ils eurent été détachés l'un de l'autre par le docteur Voisin, mettaient tout le blâme de leur épreuve insupportable sur le dos de Mme Branscomb, la femme aux boxers, qui se défendait d'avoir pour habitude d'entrer dans la chambre à coucher des gens pour assouvir ses tendances lesbiennes cachées en arrosant à grande eau des couples hétérosexuels. Seul le pasteur Laudenbach approchait le problème d'une manière tout à fait rationnelle.

« La question que nous devons nous poser est celle de savoir pourquoi un jeune homme peut rechercher une comtesse en pleine nuit, d'une manière aussi désespérée. C'est un phénomène qui n'est pas facile à expliquer. En particulier quand on constate qu'il s'agit d'un sujet britannique.

— Oh, vous ne pouvez pas dire ça, fit sir Arnold, qui voyait poindre un incident diplomatique extrêmement désagréable.

— Bien sûr que si », dit M. Grenoy, le délégué français. Il avait dormi pendant toute l'affaire, mais l'honneur de la France était en jeu et, de toute façon, il cherchait une occasion de digression pour éloigner le symposium de la question du rôle de son pays en Centre-Afrique. D'un autre côté, il désirait aussi empêcher que le scandale n'atteigne les médias.

« Je suis sûr qu'une référence aux houligans peut suffire à expliquer ce regrettable incident, continua-t-il. Le point essentiel reste que, si nous avons été exposés à quelques désagréments, on ne déplore aucun blessé. Demain matin, vous pouvez être assurés que des mesures adéquates seront prises pour notre protection. Je vous le garantis personnellement. Pour l'instant, je suggère que chacun regagne sa chambre et... »

Le délégué soviétique protesta.

« Mais où est l'Américain Botwyk ? bégaya-t-il. Au nom de l'Union sov...

— Ne nous énervons pas, s'il vous plaît, plaida M. Grenoy, à son tour aussi soucieux que sir Arnold d'éviter un incident international. L'absence du professeur est sans aucun doute due à une prudence compréhensible de sa part. Si quelqu'un veut se rendre à sa chambre... »

Le pasteur Laudenbach s'y rendit, mais revint bientôt en annonçant que la chambre du professeur Botwyk était vide et que son lit n'était pas défait.

« Qu'est-ce que je disais ? dit M. Abnekov, c'est une conspiration délibérée pour déstabiliser cette conférence par des éléments...

— Oh Seigneur ! dit sir Arnold, s'adressant sans intention particulière à son collègue français, est-ce que quelqu'un peut trouver une explication simple à ce banal incident ? Si ce damné Yankee avait organisé la chose, il n'aurait pas été assez stupide pour disparaître en même temps. De toute façon, il n'y avait dans cet incident aucune implication politique. Notre jeune fou cherchait seulement à savoir où était une certaine comtesse. Je lui ai dit qu'elle habitait Cherbourg. Il doit être parti là-bas à l'heure qu'il est.

— Comtesse ? Comtesse ? Grossier subterfuge, dit le Dr. Abnekov, retrouvant sa voix, tactique impérialiste typique pour brouiller les pistes. Il n'y a pas de comtesse ici. »

M. Grenoy, mal à son aise, toussota.

« Je suis désolé de vous contredire, mais il y en a une, dit-il ; la propriétaire de ce château... » Il s'arrêta. Le nom de Montringlay n'était pas de ceux qu'il souhaitait divulguer au monde entier.

« Nous y voilà, dit sir Arnold rasséréné. Elle doit avoir un amant... »

Il fut interrompu par l'arrivée d'un des chauffeurs de l'ambulance qui désirait parler à M. Grenoy.

« Il semble bien y avoir une explication à la disparition du professeur Botwyk, annonça M. Grenoy après une courte conversation à voix basse, on l'a trouvé sur un rocher au bord de la rivière.

— Mort ? fit le Dr. Abnekov avec de l'espoir dans la voix.

— Non. En compagnie d'un autre homme. Les services d'urgence ont été alertés et il devrait être de retour d'une minute à l'autre. »

Les délégués se retrouvèrent sur la terrasse. Derrière eux, M. Grenoy et sir Arnold se consultaient sur la nécessité de rétablir la collaboration franco-britannique, au moins pour l'instant.

« Vous taisez la présence d'un Britannique et je ne divulguerai pas un mot sur la comtesse de Montringlay.

— C'est le maudit Américain qui me préoccupe, dit M. Grenoy, il va peut-être demander une énorme opération de sécurité. Dieu merci, nous n'avons pas de représentant libyen. »

Ils atteignirent le bord de la terrasse juste à temps pour voir le professeur Botwyk et Glodstone traverser la rivière à bord d'un bateau gonflable en compagnie de plusieurs hommes-grenouilles.

« J'espère qu'il n'insistera pas pour tenir une conférence de presse, dit sir Arnold, les Américains en rajoutent tellement dans ces cas-là ! »

De son côté, M. Grenoy nota mentalement qu'il devait s'assurer que la Télévision française, contrôlée par l'Etat, lui refuserait cette possibilité. Mais Botwyk n'avait plus aucun goût pour la publicité. Il s'intéressait beaucoup plus à son état de santé. En plus d'avoir été étranglé, jeté dans la rivière et soumis aux suppositions de Glodstone qu'il s'était peut-être cassé les reins, il avait à son tour été sujet aux gratifications du système d'égout du château. Il était particulièrement affecté. Il fut halé sur la berge et amené à l'ambulance. Glodstone le suivit et ils furent conduits ensemble au château. C'est alors seulement que Botwyk ouvrit la bouche pour dire quelques mots.

« Je désire simplement un bain désinfectant et mon lit, dit-il au docteur Voisin alors qu'il sortait en trébuchant dans le petit jour. Si vous voulez en savoir davantage, c'est lui qui vous le dira. »

Mais Glodstone avait lui aussi ses raisons pour rester muet.

« Je me suis seulement trouvé au bon endroit au bon moment, dit-il. Je passais et je l'ai vu tomber. J'ai traversé à la nage et j'ai eu la chance de le sortir de ce mauvais pas. »

Et conscient qu'il était maintenant dans le camp ennemi, il suivit Botwyk et le docteur à l'étage jusqu'à la salle de bains ; il n'en menait pas large.

De l'autre versant de la vallée, Pèlerin suivait les événements avec intérêt. C'était bon de savoir que Glodstone était vivant, mais plutôt frustrant de constater que le salaud qui lui avait dit qu'il était mort avait tout de même survécu. De toute façon, il ne pouvait rien faire avant qu'il fasse nuit de nouveau. Il se faufila jusqu'au bivouac, étendit ses vêtements pour qu'ils sèchent et s'enfila dans son sac de couchage. Pendant un moment, il se demanda s'il n'aurait pas dû prendre la précaution de s'installer ailleurs au cas où ils tortureraient Glodstone pour l'obliger à dire où était la base, mais Gloddie ne parlerait jamais, quoi qu'on puisse lui faire. Et c'est sur cette note rassurante qu'il s'endormit.

Deirdre, la comtesse de Montringlay, ne couchait jamais au château à l'époque des vacances. (Elle n'y aurait même jamais logé à d'autres époques si elle avait pu l'éviter.) De plus, pendant l'été elle devait songer à rester anonyme et, en passant la nuit à Boosat, elle était sûre d'obtenir le matin les meilleurs légumes au marché et les meilleurs morceaux chez le boucher. Personne au château Carmagnac ne pouvait se plaindre ni de la cuisine qui était excellente, ni du service qui était à la hauteur. Personne ne pouvait deviner non plus que le chef cuisinier était la comtesse. Plus important encore, personne ne pouvait suspecter que la femme qui conduisait la camionnette Renault chaque matin et qui s'affairait toute la journée dans la cuisine tout en criant des ordres aux autres membres du personnel était anglaise et que sa plus grande ambition était de se retirer, dans un anonymat absolu, dans un bungalow à Bognor Regis, sur la côte sud de l'Angleterre. Par-dessus tout, personne ne devait connaître son passé.

Née Constance Sugg, au 421 avenue Selsdon à Croydon, elle s'était hissée au titre de comtesse par une série de changements dans son identité et quelques adultères fructueux. En fait, on pouvait dire sans se tromper qu'elle avait de très nombreux passés. Elue Miss Croydon à dix-sept ans, devenue starlette à Hollywood à dix-neuf, elle avait été, à vingt-deux ans, engagée comme masseuse dans un salon extrêmement douteux de San Francisco. Trois ans plus tard, elle était hôtesse dans un pseudo-ranch. Ensuite, pendant dix ans, elle fut la femme de Siskin J. Wanderby.

A cette époque, Wanderby, qui avait toujours cru qu'il devait mettre son argent là où il plaçait son baratin, avait bâti et détruit plusieurs fortunes et Constance, devenue Anita Blanche et mère d'Anthony B. Wanderby, avait obtenu le divorce. Elle avait plaidé en disant que ne jamais savoir d'une semaine sur l'autre si elle était la femme d'un millionnaire ou de quelqu'un bon pour le bagne constituait une forme de cruauté mentale particulièrement sadique. C'est à ce moment que Wanderby avait failli faire fortune avec des puits de pétrole au Texas et qu'il paraissait mûr pour lui verser une pension alimentaire gigantesque. Mais les torrents de pétrole ne répondirent pas à ses espoirs. Elle fut donc forcée de prendre en main son avenir. Comme elle habitait Las Vegas, elle changea de nom pour prendre celui de Betty Bonford et devint entraîneuse pour gogos au « Cesar-Palace ». C'est là qu'elle rencontra son futur mari, Alphonse Giraud-Barbier, comte de Montringlay.

Ayant atteint la cinquantaine, le comte avait déjà acquis une réputation de play-boy, de joueur et d'artiste de seconde zone en suivant à la lettre les conseils de sa veuve de mère.

« Ne te marie pas pour de l'argent, lui avait-elle dit, mais vis là où est l'argent. »

Et Alphonse avait suivi ce judicieux conseil. C'est pourquoi, avant d'arriver à Las Vegas, il avait eu l'occasion d'aller dans presque tous les endroits les plus chers d'Europe : hôtels, stations de sports d'hiver, clubs très fermés, casinos, etc., ce qui lui laissait en tout et pour tout un ultime million bien entamé et le château Carmagnac. Il avait alors reçu l'ordre d'épouser la première femme riche venue qui aurait en plus quelques beaux restes. De nouveau, le comte avait exécuté les ordres. Il avait donc proposé à Deirdre Gostorth de l'épouser (elle avait encore une fois changé de nom pour le cas où se présenterait une telle éventualité), car une femme qui avait réussi à gagner trois soirs de suite cent mille dollars à divers jeux de hasard devait en posséder un bon paquet. En fait, les dés étaient pipés et elle reversait ses gains à la direction, sauf la dernière fois. Ce jour-là, à la faveur d'un écran de brume alcoolique, elle avait entraîné son nouveau mari directement de la cérémonie de mariage à l'aéroport où ils avaient pris l'avion pour Paris. Et il ne s'était aperçu de rien. Ce fut seulement en arrivant au château que le comte réalisa son erreur et que la nouvelle comtesse sut qu'en piégeant son dernier gogo, elle s'était piégée elle-même. Pire encore, il n'y avait aucun moyen pour elle de retourner en Amérique, alors qu'elle était en possession de deux cents briques appartenant à la mafia. Alors, elle s'était mis dans la tête l'idée simple que tout homme qui déjeune le matin d'un café noir arrosé d'armagnac se dirige en vitesse accélérée vers l'au-delà et, en tant que sa veuve en puissance, elle se sentait capable de mener le château. Ses illusions n'avaient pas duré. Le comte avait fait preuve d'une constitution plus solide que son intellect et, tant que le château restait en sa possession, il n'était pas sur son testament. Comme le comte était sans héritier direct, le château revenait à sa famille, et les deux sœurs du comte n'avaient pas l'intention de l'abandonner à une croqueuse Yankee. En fait, elles avaient fait l'impossible pour que le mariage soit annulé. Deirdre avait résisté à ces attaques en maintenant l'imprégnation alcoolique du comte à un taux suffisamment élevé pour qu'il ne se souvienne pas s'il était marié ou non, ou du moins pour qu'il s'en foute.

Dans la guerre vengeresse qui s'en était suivie, personne ne pouvait se déclarer vainqueur. Deirdre ayant annoncé prématurément qu'elle était enceinte, les deux sœurs s'étaient empressées de consulter le conseil juridique de la famille. Mais les efforts de la comtesse pour réaliser le seul vœu, fût-il partiel, du comte, n'avaient réussi qu'à le tuer. Elle avait reçu le choc de sa vie quand elle avait réalisé que depuis dix minutes, l'homme qui lui faisait l'amour n'avait pas plus de réactions qu'un cadavre atteint d'une hernie étranglée. Depuis, la comtesse en était venue à certains accommodements avec la famille.

« Vous voulez que je parte, vous me payez! dit-elle aux

165

membres de la famille après l'enterrement, et mon prix est de un million.

— De francs ? demanda avec espoir le vieil oncle René.

— De dollars !

— Absolument impossible. Où voulez-vous qu'on trouve une somme pareille ?

— En vendant votre saleté de château !

— Faudrait être fou pour payer une somme pareille.

— Pas dans son état actuel, dit Deirdre, il faut le transformer en château de luxe... La meilleure cuisine française, les vins les plus fins, les prix les plus élevés du Guide Michelin... On s'accroche au train de la cuisine en sauce et on pratique le coup de fusil. »

Les membres de la famille s'étaient entre-regardés, perplexes. L'argent les tentait, mais ils avaient l'honneur de la famille à prendre en compte.

« Est-ce que vous voulez dire que nous devons devenir restaurateurs ?

— Laissez-moi faire, leur dit Deirdre, je fais la soudure et...

— Le nom des Montringlay veut encore dire quelque chose aujourd'hui en France. Nous ne sommes pas des petits bourgeois, dit l'une des sœurs.

— Donc, nous n'éclabousserons pas le nom. Je prends tout sur moi... Vous pourrez garder les mains propres et, avant cinq ans, on le met sur le marché et on gagne le gros lot. »

Après une longue discussion, la famille avait fini par accepter et la comtesse, redevenue simplement Deirdre, s'était mise au travail. Elle découvrit rapidement qu'elle s'était fait avoir encore une fois. La famille n'avait plus l'intention de vendre. Elle touchait sa part de profit et ça lui suffisait. Même la menace de traîner le nom des Montringlay dans la boue en les menant devant les tribunaux avait fait long feu. L'esprit de famille avait disparu, les sœurs et les nièces se contentaient du nom de leur mari et des revenus qu'elles tiraient des efforts de Deirdre. Pire même, la plus jeune sœur avait épousé Monsieur Grenoy, l'attaché culturel de l'ambassade de France à Washington. Et il avait profité de sa situation pour regarder d'un peu plus près dans le passé de Deirdre. Depuis ce jour-là, sa dépendance était devenue complète. M. Grenoy le lui avait clairement fait sentir.

« Il y a, comment dirais-je... ? certains messieurs dans une ville renommée par ses jeux et sa violence qui ont beaucoup de mémoire. Ça les intéresserait sûrement de savoir où leur argent est passé. »

Les yeux de Deirdre s'étaient durcis au fur et à mesure que Grenoy continuait.

« Cependant, je dirais que ça ne nous concerne pas. La France est un pays plus civilisé que les Etats-Unis. Néanmoins, nous allons devoir réajuster nos pourcentages pour être prêts à faire face à certaines éventualités fâcheuses...

— Dites vois, fit Deirdre, j'en fais plutôt ma part et vous venez me dire...

— Madame, interrompit M. Grenoy, il y a un certain nombre d'avantages que je n'ai pas encore mentionnés. D'une part, je n'ai pas besoin d'insister sur votre désir légitime d'anonymat, d'autre part, je peux vous proposer quelque chose : j'organise des conférences sous l'égide et avec les fonds de l'Unesco ou de la Défense de la nature, bref, d'un certain nombre d'organismes internationaux. Je peux influer sur leur choix et avec les services que vous proposez... Dois-je en dire davantage ?

— Et, bien sûr, vous faites vos choux gras de ce que vous me prenez ? »

Le Dr. Grenoy acquiesça. Deirdre avait accepté, en gardant à l'esprit qu'elle devrait faire un compte exact de cette nouvelle source de revenus pour M. Grenoy. Elle savait aussi jouer au plus fin et elle le lui prouverait le jour où elle quitterait la France pour reprendre son identité d'origine dans son bungalow de Bognor Regis. Elle rêvait souvent au moment où elle reprendrait son nom. Constance Sugg n'était pas le nom qu'elle aurait pris si elle avait eu le choix, mais il avait le gros avantage d'être celui qui était inscrit sur son acte de naissance. Ce jour-là, comme elle reconduisait la camionnette à Boosat, son esprit était occupé par un nouveau problème. A une époque, il avait été impossible de faire sortir de l'argent de Grande-Bretagne, mais facile de le faire sortir de France. La situation avait changé et les quelques barres d'or qu'elle avait lentement accumulées et qui avaient pris de la valeur avec les ans rendaient les choses encore plus difficiles. Peut-être qu'il lui faudrait payer un pêcheur pour la faire passer à Falmouth, évitant ainsi les fonctionnaires de l'immigration. Bien sûr, elle était sujet britannique, née et élevée en Angleterre. En fait, ce problème n'allait jamais se poser.

Quand elle entra dans la cour et qu'elle vit l'ambulance, son esprit envisagea immédiatement l'éventualité terrible qu'un des visiteurs ait eu un empoisonnement alimentaire. Les champignons qu'elle avait mis dans le coq au vin... Elle se précipita dans le hall et tomba sur M. Grenoy.

« Qu'est-ce qui s'est passé ? demanda-t-elle.

— Je vous expliquerai, mais pas ici, dit Grenoy en la poussant vers la salle à manger dont il ferma la porte. Ils vous ont retrouvée. Un homme avec un revolver était ici cette nuit et il vous cherchait. »

La comtesse s'assit. Elle ne se sentait pas bien.

« Il me cherchait ?

— Il a demandé à nos hôtes où vous étiez et il a spécifié qu'il voulait voir la comtesse.

— Mais personne ne sait, excepté vous, Marie-Louise et un ou deux employés, dit-elle. Tout ça, c'est de votre faute. C'est par vous qu'ils m'ont retrouvée avec vos enquêtes à la noix aux Etats-Unis.

— Je n'ai pas fait les enquêtes moi-même. J'ai fait appel à un détective qui ne savait pas qui j'étais.

— Il savait que vous étiez français et vous l'avez sûrement payé avec un chèque.

— Je l'ai payé en liquide. Je tenais à faire les choses discrètement. Vous pensez que je ne voulais pas qu'on puisse savoir que la famille de ma femme avait été impliquée dans des affaires avec ces gens-là ! Pas question, je tiens à ma réputation.

— Et moi, à la vie !

— Tout à fait d'accord, dit Grenoy, vous devez disparaître immédiatement. Allez à Paris. Allez n'importe où. Cette affaire peut devenir un scandale de portée nationale. Il a déjà fallu repêcher le professeur Botwyk de la rivière, et le délégué russe et cet Anglais impossible, Hodgson, ont tous deux été agressés. Sans parler d'événements encore plus désagréables entre la femme de M. Rutherby et M. Coombe. Tout ça est extrêmement désagréable. »

Deirdre se mit à sourire. Il lui venait à l'esprit qu'il y avait peut-être une autre explication. Ils voulaient lui faire quitter le château et elle n'avait pas l'intention de partir, sinon à sa convenance.

« Monsieur Grenoy, dit-elle, avec l'influence que je vous connais, je suis sûre que je serai bien protégée. En attendant, personne ne sait qui je suis et, si ce que vous dites est vrai, personne ne doit le savoir. Je vais parler aux employés. Ne vous en faites pas, je sais me débrouiller. »

Elle descendit aux cuisines et trouva le docteur Voisin qui se servait une bonne tasse de café et reposait la cafetière sur le feu.

« Ah, Madame la comtesse, dit-il, je viens de perdre les illusions de toute une vie. J'avais toujours cru que les femmes françaises et ma chère femme en particulier étaient les plus possessives de la terre. Eh bien, maintenant, je suis éclairé. Madame Voisin, et j'en remercie le Dieu tout-puissant, s'intéresse seulement à la possession de choses matérielles. D'accord, certains pourront penser qu'un organe mâle est une chose matérielle, mais pour ma part je le considère d'une manière moins dépersonnalisée, et M. Coombe partage cet avis. Mais Madame Rutherby...
Quelle femme ! La passion et la possession à un tel niveau vont au-delà de ce que j'ai pu connaître, heureusement pour moi. Et ceux qui parlent de libération de la femme...

— Mais de quoi est-ce que vous parlez ? demanda la comtesse, quand elle put placer un mot. J'avais cru comprendre qu'il s'agissait d'un homme armé. » Elle s'arrêta. Moins elle en dirait sur le but de sa visite, mieux ce serait.

« Les Anglais, continua le docteur Voisin, une drôle d'espèce. On ne peut pas parler de race. Et on ne peut pas dire que Mme Rutherby soit une femme particulièrement désirable. C'est vraiment un mystère. Tout ça pour découvrir que l'Américain avait été repêché par un Anglais excentrique, et borgne de surcroît, qui prétend qu'il se promenait par là au milieu de la nuit, tout ça n'est pas très crédible non plus. Et quand je lui ai offert un sédatif, c'était comme si j'avais voulu l'empoisonner.

— Un Anglais borgne a repêché M. Botwyk ? Est-ce qu'il a donné son nom ?

— Je pense qu'il a dit Pringle. C'était difficile à dire, il était tellement agité. Et comment il se fait que l'Américain se soit retrouvé au pied de la falaise est un mystère de plus. Mais il faut que je parte. Il faut que je m'occupe de mes autres patients, dans la mesure où je pourrai oublier les Anglais. »

Et, tout en marmonnant à propos des barbares, il remonta en voiture et s'en alla. Dans la cuisine, la comtesse s'affaira à la préparation du petit déjeuner, mais son esprit ne quittait pas les événements bizarres de la nuit précédente. Un Anglais borgne ? Quand est-ce qu'elle avait entendu parler de quelqu'un comme ça auparavant ? Ce fut seulement quand Marie-Louise apporta les vêtements des deux hommes pour les porter à nettoyer que la question fut résolue. Et qu'elle devint encore plus mystérieuse. Des étiquettes étaient cousues dans la chemise et le caleçon de Glodstone, et elles portaient son nom. C'était quelque chose que l'école exigeait et il l'avait complètement oublié.

16

Quant à M. et Mme Clyde-Browne, ils n'oublieraient jamais leurs vacances en Italie. Dès le début, ce fut un vrai désastre : le temps était maussade ; leur hôtel avait fourni les cafards en prime ; ils avaient trouvé l'Adriatique couverte de déchets flottants, et partout où ils allaient, la principale pollution — aux yeux de M. Clyde-Browne — avait été celle d'Italiens omniprésents.

« Vous pourriez penser qu'ils auraient le bon goût de prendre leurs sacrées foutues vacances en Turquie ou en Grèce, au lieu d'encombrer leurs propres plages, se plaignait-il ; leur économie est au bord de la faillite et, sans l'argent que le tourisme leur apporte, la lire serait encore plus faible qu'elle n'est aujourd'hui.

— Oui, mon chéri, dit Mme Clyde-Browne avec son apathie coutumière, dès que la politique faisait les frais de la conversation.

— A mon avis, aucun Anglais sensé n'irait passer ses vacances à Brighton ou même à Torquay en août. Et croyez-moi, vous avez moins de chance de tomber sur une merde flottante dans la Manche qu'ici. »

Pour finir, une crise de colique adriatique les avait décidés à couper court à leurs vacances et à reprendre l'avion une semaine plus tôt que prévu. M. Clyde-Browne était déterminé à intenter un procès à l'agent de voyages qui les avait ainsi fourvoyés. Sa femme, plus philosophe, était heureuse à l'idée de retrouver Pèlerin.

171

« Nous ne l'avons pratiquement pas vu de toute l'année, dit-elle alors qu'ils regagnaient leur maison en voiture, et maintenant qu'il a quitté Groxbourne...

— Il va traîner toute la journée dans la maison à moins que je puisse le faire entrer dans l'armée.

— De toute façon, ça sera bien agréable...

— Pas du tout, dit M. Clyde-Browne, ça sera infernal. »

Mais son attitude changea quand, au milieu du courrier qui parsemait le sol dans le hall, il trouva une lettre du directeur s'excusant pour la suppression du stage de survie au Pays de Galles pour sous-doués suractifs, en raison de circonstances imprévues.

« Circonstances imprévues, mon œil, toute circonstance doit être prévue. C'est pour ça qu'on nous a donné un cerveau, pour prévoir les circonstances et faire des plans en conséquence. C'est comme cet idiot patenté de l'agence de voyages, s'il avait fait son boulot, il aurait prévu que nos conneries de vacances seraient une véritable catastrophe.

— D'accord, mais où est Pèlerin ? demanda Mme Clyde-Browne avant que son mari ait pu se lancer trop à fond dans le détail d'une plaidoirie passionnée.

— Pèlerin ? Qu'est-ce que vous voulez dire, où est-il ? Il est obligatoirement à l'école. Vous ne voudriez pas qu'ils aient été assez fous pour le laisser tenter de rentrer tout seul chez lui ? »

Mais Mme Clyde-Browne avait déjà commencé ses recherches et elle appelait l'école au téléphone.

« Je voudrais parler à mon fils, Pèlerin Clyde-Browne, dit-elle à la secrétaire de l'école qui lui répondit du tac au tac que Pèlerin n'était pas là.

— Il n'est pas là ? Mais où est-il ?

— Personnellement, je ne sais pas. Si vous voulez bien ne pas quitter, je vais essayer de me renseigner. »

Mme Clyde-Browne resta en ligne, tout en faisant signe à son mari qui étudiait d'un œil critique la facture de gaz.

« Ils ne savent pas où il est.

— Probablement planqué dans les marais derrière l'école.

— Il n'est pas à Groxbourne, il est quelque part ailleurs.

— S'il n'est pas à l'école, il est obligatoirement quelque part ailleurs. Ça tombe sous le sens... Quoi?

— La secrétaire est partie voir si elle peut savoir où il est allé. »

Mais la tension nerveuse pendant ses vacances et sa fureur contre l'agent de voyages venaient d'être exacerbées encore par la note de gaz.

M. Clyde-Browne se saisit du combiné.

« Maintenant, écoutez-moi bien, hurla-t-il, j'exige de savoir...

— Ça n'est pas la peine de gueuler comme ça, mon chéri, dit Mme Clyde-Browne pacifiquement, il n'y a personne au bout pour vous entendre.

— Mais alors, bon Dieu, à qui est-ce que vous parliez?

— A la secrétaire de l'école, mais je vous ai déjà dit qu'elle est allée voir si quelqu'un savait où Pèlerin...

— Merde! dit M. Clyde-Browne, jurant à la fois contre l'école et contre l'état de ses boyaux, alors appelez-moi dès que... »

Il s'enferma dans les waters du rez-de-chaussée, laissant à sa femme le soin d'apprendre que Pèlerin était parti séjourner chez son oncle.

« Son oncle? demanda-t-elle, vous ne sauriez pas lequel, par hasard? »

La secrétaire ne savait pas. Mme Clyde-Browne reposa le combiné. Elle redécrocha immédiatement pour appeler sa belle-sœur à Aylesbury, mais elle apprit qu'il n'était pas chez elle. Ce fut la même chose avec l'oncle Martin et successivement chez tous les autres oncles et tantes. Mme Clyde-Browne était effondrée.

« Ils m'ont dit qu'il était parti pour séjourner chez l'un de ses oncles, mais ce n'est pas vrai », gémit-elle à travers la porte des waters.

A l'intérieur, elle entendit M. Clyde-Browne murmurer qu'il s'en doutait et laissait libre cours à ses sentiments paternels en faisant fonctionner la chasse d'eau.

« Vous avez l'air de vous en soucier comme d'une guigne! geignit-elle au moment où il sortit pour se précipiter vers l'armoire à pharmacie. Vous n'avez donc aucun sentiment paternel normal ? »

Il prit deux cuillères à soupe de « Kaolin et morphine » avant de répondre.

« Considérant que je viens juste de traverser la moitié de l'Europe avec la tripe en débandade, les sentiments que j'ai, qu'ils soient paternels ou pas, ne peuvent pas être considérés comme normaux, même avec beaucoup d'imagination.

— En ce cas, si vous n'êtes pas capable de faire quoi que ce soit, je vais appeler la police » dit Mme Clyde-Browne, réalisant que, pour la première fois depuis qu'elle était mariée, elle avait une position de force. M. Clyde-Browne, qui se dirigeait vers l'escalier pour gagner son lit, arrêta son élan.

« La police ! Est-ce que vous pouvez me dire ce que vous cherchez en faisant ça ?

— Mais puisque Pèlerin est porté disparu !

— Pour être disparu, encore faudrait-il qu'il soit jamais apparu, voilà ce que je déclarerai à qui voudra, mais si vous songez un seul instant que la police puisse être mêlée... »

Ce fut une discussion pleine d'aigreur et qui se termina pour la simple raison qu'il fut impossible à M. Clyde-Browne d'être en même temps aux cabinets et en train d'empêcher sa femme de téléphoner.

« D'accord, concéda-t-il avec agacement, je vous promets de faire tout ce qui est humainement possible pour le retrouver dès que je serai en condition physique pour le faire, pourvu que vous n'appeliez pas la police.

— Je ne vois pas ce qui nous en empêche. Cela me paraît même la seule décision sensée.

— Parce que, gronda son mari, s'il y a une chose que déteste un employeur potentiel — et Dieu sait si dans le cas de Pèlerin ils sont rares —, c'est qu'on soit fiché à la police.

— Mais Pèlerin ne serait pas fiché à la police. Il serait...

— Dans le fichier d'ordinateur de Scotland Yard pour les personnes portées disparues et, quand il s'agit de l'armée ou des banques, cela équivaut à être fiché par la police. Oh, vérole ! » Il se précipita en trébuchant dans les toilettes et, assis là, il médita sombrement sur la dysenterie et les fils idiots. Quand il émergea, ce fut pour trouver sa femme sur le pas de la porte.

« On part tout de suite, fit-elle.

— Partir ? Mais pour aller où ?

— A Groxbourne. Vous avez dit que vous feriez tout ce qui est possible pour retrouver ce pauvre Pèlerin et je vous prends au mot. »

M. Clyde-Browne continuait à s'accrocher à la porte.

« Mais je ne peux pas faire toute cette route dans l'état où je suis.

— Probablement pas, dit Mme Clyde-Browne, mais, moi, je peux. Et comme les valises sont toujours dans le coffre, on peut partir tout de suite. »

M. Clyde-Browne se soumit et s'assit à la place du passager.

« J'espère, bon Dieu, que vous savez ce que vous faites, grommela-t-il, et vous feriez mieux de vous préparer à des arrêts plutôt fréquents.

— Consciente et prête à tout », fit-elle d'un ton tranchant qu'on ne lui avait jamais connu auparavant.

Une heure plus tard, son expérience des trois toilettes d'autoroute avait été si révoltante que M. Clyde-Browne était à moitié disposé à revoir son opinion sur les Italiens.

« Si de plus amples preuves étaient nécessaires pour démontrer que ce pays n'est plus bon que pour les chiens...

— Ne vous occupez pas de ce pays, comme vous dites, lui repartit Mme Clyde-Browne, fonçant à cent cinquante pour doubler un camion-citerne, ce que je veux savoir, c'est où est passé mon fils. Vous n'avez pas l'air de réaliser que Pèlerin a disparu. »

M. Clyde-Browne vérifia à nouveau sa ceinture de sécurité.

« Ce ne sera pas le seul à disparaître si vous continuez à conduire comme ça. Attention à la moto rouge ! Nom de Dieu ! »

En un mot, ce fut un voyage à faire dresser les cheveux sur la tête aux plus endurcis ; quand la voiture s'arrêta en crissant devant le bureau de l'école, M. Clyde-Browne n'était pas d'humeur à plaisanter.

« Non, je ne plaisante pas, fit la secrétaire avec indignation, je me contente de vous dire tout simplement que le directeur est en vacances.

— Où ça ?

— Dans l'île de Skye. Je peux vous donner son adresse, si vous le désirez, mais il n'a pas le téléphone. »

Cependant, M. Clyde-Browne en avait entendu assez. Pour parer à l'éventualité, à ses yeux terrifiante, que sa femme insiste pour conduire toute la nuit jusqu'à la côte ouest de l'Ecosse, il s'interposa.

« Notre fils Pèlerin a disparu, dit-il. Il était supposé suivre le stage de survie au Pays de Galles et il n'est pas rentré à la maison. Puisque c'était le major Fetherington qui organisait le cours, il se trouve mutatis mutandis...

— Non, non, dit la secrétaire, il se trouve à l'infirmerie. Si vous demandez gentiment à l'infirmière, vous pourrez sans doute le voir. C'est de l'autre côté de la cour, en haut des escaliers après la chapelle. »

« Impudente péronnelle », dit Mme Clyde-Browne quand ils eurent quitté le bureau. Son mari ne pipa mot. Comme ils traversaient la cour sinistre et qu'ils tournaient le coin du mur de la chapelle, il priait pour que Pèlerin soit resté au Pays de Galles. L'impression qu'il avait d'avoir été traîné là contre son gré était presque aussi mauvaise que s'il avait dû partir pour l'Ecosse.

« Y a quelqu'un ? » cria Mme Clyde-Browne quand ils eurent trouvé l'infirmerie et essayé en vain plusieurs chambres vides. Au bout d'un couloir, une porte s'ouvrit et une femme passa la tête.

« Nous voulons voir le major Fetherington », dit Mme Clyde-Browne.

La femme parut interloquée.

« Je suis en train de lui donner un bain de siège, murmura-t-elle. Si vous voulez attendre quelques minutes ? »

Mais Mme Clyde-Browne n'était pas disposée à attendre une seconde de plus. Poussant son mari de côté, elle fonça sur l'infirmière. Pendant quelques instants, ce fut la plus entière confusion, puis l'infirmière réussit à tirer la porte et à s'enfermer à clé à l'intérieur.

« Un bain de siège, mon œil! dit Mme Clyde-Browne, quand elle réussit à reprendre sa respiration. Si vous aviez vu ce que j'ai vu...

— Et que, Dieu merci, je n'ai pas vu, dit son mari. Maintenant, au nom du ciel, essayez de vous ressaisir.

— Me ressaisir? C'est la meilleure. Demandez-moi un peu ce que ces deux-là étaient...

— Sans aucun doute, coupa M. Clyde-Browne, mais si nous voulons obtenir la coopération du major, ça n'arrangera rien que vous vous immisciez dans ses affaires privées.

— Affaires très privées! Ce vieux cochon était complètement nu avec pour tout vêtement une capote anglaise, et si vous appelez ça un bain de siège, moi pas », dit Mme Clyde-Browne, révélant par la même occasion à son mari une connaissance des choses sexuelles qu'il ne soupçonnait pas, ce qui fit naître en lui des regrets de n'en avoir jamais usé. Mais, avant qu'il ait pu répliquer, la porte de la chambre se rouvrit et l'infirmière apparut. M. Clyde-Browne fut soulagé de constater que, cette fois-ci, elle portait une jupe.

« Ecoutez, je dois vous dire... commença-t-elle.

— Pas la peine, expliqua M. Clyde-Browne, nous sommes absolument navrés d'avoir...

— Pas moi! l'interrompit sa femme, quand je pense au sale type, là-dedans, qui... »

M. Clyde-Browne avait eu son compte.

« La ferme! » lui dit-il violemment, ce qui la laissa sans voix. Il en profita pour expliquer la situation à l'infirmière aussi doucement qu'il put.

Quand il eut fini, elle était un peu radoucie.

« Je vais voir si le major est en état de vous recevoir, dit-elle, feignant ostensiblement d'ignorer Mme Clyde-Browne.

— Ça, c'est la meilleure! explosa Mme Clyde-Browne quand l'autre eut refermé la porte. Imaginer qu'on puisse me dire de la fermer devant une...

— La ferme, gronda M. Clyde-Browne à nouveau. Vous

177

avez fait assez de dégâts comme ça et, à partir de maintenant, vous me laissez prendre la situation en mains.

— La situation en mains, vous ? Si j'avais pu faire ce que je voulais, on n'en serait pas là. Dès le début...

— Vous auriez choisi l'avortement. Mais puisque Pèlerin est né, vous avez voulu vous persuader que vous aviez donné le jour à un génie. Alors laissez-moi vous dire... »

Quand il se fut déchargé de tout ce qu'il avait sur le cœur à propos de Pèlerin, M. Clyde-Browne se sentit mieux. Dans la chambre voisine, pour le major Fetherington, c'était le contraire.

« Si c'est là toute la sympathie qu'il a pour son fils, je ne suis pas surpris que Pèlerin ait voulu disparaître. Ce que je ne comprends pas, c'est la folie qui le pousse à vouloir le retrouver. Il serait bien mieux à la Légion étrangère.

— D'accord, mais qu'est-ce que vous allez leur dire ? demanda l'infirmière.

— Dieu seul le sait. Tout ce dont je me souviens, c'est qu'il m'a dit qu'il allait chez son oncle et il est parti. C'est ma version et je m'y tiendrai. »

Cinq minutes plus tard, l'approche légale du problème par M. Clyde-Browne lui avait fait changer d'avis.

« Est-ce que vous suggéreriez, Major, que mon fils s'est rendu coupable d'un mensonge délibéré ? »

Le major, mal à son aise, se glissa sous les draps.

« Ma foi, non, pas si vous présentez les choses comme ça. Néanmoins, il m'a dit qu'il allait téléphoner à son oncle et...

— Le fait incontournable reste qu'il ne l'a pas fait et que personne ne l'a revu depuis qu'on vous l'a confié. »

Le major Fetherington considéra ce « fait incontournable » et essaya de l'éluder.

« Quelqu'un a bien sûr dû le voir. Ça tombe sous le sens. Il ne peut pas s'être évanoui dans la nature.

— D'un autre côté, vous étiez personnellement responsable de lui avant que... avant qu'il ne disparaisse ? Vous ne pouvez pas le nier.

— Avant que, mon vieux, avant que.. Voilà un mot bien expéditif, dit le major.

— Deux mots, si je ne m'abuse, dit M. Clyde-Browne qui n'appréciait pas du tout d'avoir été appelé mon vieux.

— D'accord, deux mots expéditifs. Je ne vois pas la différence. Dès l'instant où il m'a dit qu'il allait chez son oncle et où il est parti, je ne peux plus être tenu pour responsable de ce qui lui arrive, pas vrai ?

— Alors, vous ne l'avez pas accompagné à la gare ?

— L'accompagner à la gare ? fit le major avec indignation, je n'étais pas capable d'accompagner qui que ce soit où que ce soit. J'étais dans mon lit avec le coccyx brisé. Plutôt douloureux, croyez-moi.

— Surtout en se le faisant masser par l'infirmière », interrompit Mme Clyde-Browne, qui avait sorti un calepin et qui prenait des notes.

Le major Fetherington pâlit et décida de changer de tactique.

« Ecoutez, dit-il, je vous propose un marché.

— Un marché ?

— Pas de nom, pas de punition. Vous ne mentionnez rien au directeur de ce que vous savez et... »

Il marqua une pause pour voir comment M. Clyde-Browne allait réagir.

L'homme de loi acquiesça.

« Continuez, dit-il.

— Comme je vous le disais, pas de nom, pas de punition. Le type que vous devez vraiment voir, c'est Glodstone... »

Dehors, Mme Clyde-Browne buvait une tasse de thé à contrecœur. C'était une offre de paix de l'infirmière, mais ça n'avait pas du tout amadoué Mme Clyde-Browne. Et elle se demandait comment son mari avait pu condamner son pauvre Pèlerin à vivre dans un environnement pareil.

« Je m'en veux, gémit-elle intérieurement, je m'en veux. »

Dans le bureau de l'école, ses mots auraient trouvé un écho chez Slyman. Chaque minute, depuis qu'il avait créé l'accident ayant détruit la Jaguar toute neuve des Blowther, il s'était blâmé pour sa stupidité. Il avait été insensé de monter de toutes pièces l'aventure de Glodstone. Dans l'espoir de se donner une sorte d'alibi, il était revenu à l'école, prétendant ostensiblement venir rechercher quelques livres; en fait, ce fut pour apprendre que les événements avaient pris une tournure encore plus mauvaise.

« Je n'ai jamais vu des parents aussi blêmes, lui dit la secrétaire de l'école, ni aussi malpolis. Même pas M. et Mme Fairchild quand leur fils fut renvoyé pour avoir cousu la pointe d'un fleuret dans l'entre-jambes du pyjama de M. Paignton.

— C'est pas possible, dit Slyman qui, depuis, se souvenant des conséquences de cette stupide plaisanterie, examinait chaque soir son pyjama avec beaucoup d'attention.

— Et tout ça parce que cet imbécile de Pèlerin Clyde-Browne n'est pas rentré chez lui, et qu'ils ne savent pas où il est. »

Le cœur de Slyman se mit à battre la chamade. Il savait maintenant pourquoi le jeune garçon qu'il avait vu en train de laver la Bentley à Mantes lui avait paru familier.

« Et qu'est-ce que vous leur avez répondu? demanda-t-il anxieusement.

— Je leur ai dit de voir le major. Ce que je ne leur ai pas dit, c'est que Mme Brossy, à la poste, dit qu'elle a vu un jeune garçon monter dans la vieille guimbarde de M. Glodstone en ville, à l'arrêt d'autobus, le jour où il est parti.

— Qui est parti? demanda Slyman, sentant son inquiétude grandir de minute en minute.

— M. Glodstone. Il est revenu tout excité et...

— Dites-moi, fit Slyman, est-ce que le directeur est au courant de tout ça? »

La secrétaire nia de la tête.

« Je leur ai dit qu'il était en vacances dans l'île de Skye. En fait, il est dans sa caravane à Scarborough, mais il n'aime pas trop que ça se sache. Ça ne fait pas assez convenable, n'est-ce pas?

— Mais on peut le joindre au téléphone?

— Il y a le téléphone à son camping.

— O.K., fit Slyman, prenant soudain sa décision. Pour

éviter qu'ils vous embêtent, je vais m'en occuper. Et maintenant, donnez-moi le numéro du camping. »

Quand les Clyde-Browne quittèrent l'infirmerie, Slyman était prêt à les accueillir.

« Bonjour, fit-il à brûle-pourpoint, je m'appelle Slyman, je suis le professeur de géographie de cet établissement. Mlle Grabley me dit que vous êtes inquiets à propos de votre fils. »

M. Clyde-Browne arrêta net ses élans. Les appréciations de M. Slyman sur les incapacités scolaires de Pèlerin l'avaient toujours frappé. Elles prouvaient qu'il y avait au moins un professeur à Groxbourne qui n'était ni un parfait idiot ni un fieffé menteur.

« Plus qu'inquiets, dit-il ; notre fils a disparu et, d'après les renseignements que j'ai pu obtenir du sieur Fetherington, il semble qu'il y ait de bonnes raisons de penser qu'il a été enlevé par M. Glodstone. »

Slyman sentit sa bouche se dessécher. M. Clyde-Browne savait à l'évidence mener une enquête.

« M. Glodstone aurait enlevé votre fils ? Vous êtes sûr ? Je veux dire, ça semble si...

— Bien sûr que non, je ne suis pas sûr. Sinon j'aurais appelé la police, dit M. Clyde-Browne, ayant à l'esprit le délit de diffamation. Je dis qu'il m'a donné de bonnes raisons de le croire. Qu'est-ce que vous pensez de Glodstone ?

— Je préfère ne faire aucun commentaire, dit Slyman, heureux d'être capable pour l'instant de dire la vérité. Mes relations avec lui ne sont pas des meilleures et je pourrais lui faire du tort. Je pense que vous devriez voir le directeur.

— Qui est, paraît-il, en vacances dans une des Hébrides.

— Vu les circonstances, je suis sûr qu'il va revenir immédiatement. Je vais lui mettre un télégramme pour lui dire que vous êtes ici. En attendant, voulez-vous que je vous trouve quelque chose pour loger par ici ? Il y a un excellent hôtel à Leominster. »

Quand ils quittèrent l'école, ils se sentaient un peu mieux.

« Dieu merci, il y a au moins une personne dans les

parages qui a la tête bien vissée sur les épaules, dit M. Clyde-Browne.

— Et il avait l'air de penser que Pèlerin était dans de bonnes mains, dit sa femme, j'espère qu'il a raison. »

M. Clyde-Browne, sur le sujet, garda ses réflexions pour lui. Ses espoirs étaient d'un autre ordre. Il se demandait quelle serait la meilleure méthode pour intimider le directeur et, ainsi, l'amener à payer des dommages considérables pour la perte d'un fils.

Dans le bureau de l'école, Slyman décrocha le téléphone et appela le camping de Scarborough. Dans un horizon plutôt sombre, le seul point clair était que les Clyde-Browne ne voulaient manifestement pas appeler la police.

17

C'était déjà le milieu de la matinée quand le directeur arriva et qu'il fut accueilli par un Slyman hagard et désespéré. Sa conversation avec le major, la veille au soir, autour d'une bouteille de whisky, l'avait atterré. Glodstone avait dit au major où il allait. Et puisqu'il était allé aussi loin dans la confidence, il y avait fort à parier qu'il avait gardé les foutues lettres. Slyman avait passé une nuit blanche à tenter d'imaginer un moyen pour être lui-même dissocié de toute cette affaire emmerdante. Il lui semblait que la meilleure stratégie était de montrer qu'il avait déjà agi en personne responsable.

« J'ai vérifié à la gare et avec la compagnie d'autocars, dit-il au directeur, et il est clair que Clyde-Browne n'est parti ni par car ni par train le 31, qui est le jour où il a disparu.

— C'est un gros point d'acquis, dit le directeur ; ce que j'aimerais savoir maintenant, c'est où il est vraiment allé. Je dois dire au moins un petit quelque chose à ses sacrés parents.

— Eh bien, Mme Brossy, à la poste, pense qu'elle a vu Glodstone faire monter quelqu'un dans sa voiture devant chez elle en milieu de journée. »

Le directeur s'effondra dans son fauteuil derrière le bureau.

« Oh merde ! Et je suppose qu'il n'y a personne qui ait la moindre idée de l'endroit où cet hurluberlu l'a emmené ? »

Slyman plaça une carte maîtresse.

« Tout à fait entre nous, Monsieur, je me suis arrangé pour que le major Fetherington m'avoue que Glodstone lui avait dit qu'il partait en France par Ostende.

— Aller en France par Ostende ? Mais Ostende est en Belgique. Est-ce que vous soutenez sérieusement que ce borgne cinglé a emmené le fils d'un avocat de grand renom à l'étranger, sans en demander l'autorisation à ses parents ? »

Slyman prit un air réservé.

« Je n'ai pas dit exactement ça, Monsieur. Je vous répète simplement ce que m'a dit le major sous le sceau du secret et je vous serais reconnaissant de ne pas faire état de mon nom. Je veux dire...

— Le major Fetherington... Si effectivement Glodstone est en France avec ce garçon, il faut qu'on s'y mette tous, sinon on a toutes les chances d'avoir à fermer boutique.

— Assurément, dit Slyman. De toute façon, agissant sur les renseignements du major, j'ai contacté la compagnie de ferry à Douvres pour me le faire confirmer.

— Et qu'est-ce qu'ils ont dit ?

— Pas grand-chose. Ils voulaient savoir qui j'étais et ce que je voulais et je n'ai rien voulu dire tant que je ne vous avais pas vu. M. Clyde-Browne ne m'a pas paru être le type d'homme qui prendrait très gentiment la nouvelle que son fils est à l'étranger avec Glodstone. »

Le directeur ferma les yeux et frissonna. De ses précédents entretiens avec le père de Pèlerin, il avait gardé la nette impression que la gentillesse n'était pas une des qualités maîtresses de M. Clyde-Browne.

« Ainsi, c'est tout ce qu'on possède comme information ? C'est bien ce que vous dites ? »

Slyman hésita.

« Je ne peux pas parler pour le major, mais j'ai idée qu'il en sait plus qu'il n'était préparé à m'en révéler.

— Bon Dieu, il va parler, dit sauvagement le directeur. Allez chercher le bonhomme. »

Slyman s'éclipsa et traversa la cour pour gagner l'infirmerie.

« Le vieux singe veut vous voir, dit-il au major — dont une

magistrale gueule de bois n'avait pas amélioré la condition physique —, et si j'étais dans votre position, je lui dirais tout ce que je sais.

— Ma position ? dit le major. Si ce n'était pas une position assise et dans un fauteuil roulant, il y a belle lurette que je serais parti d'ici, et en première ligne, encore, sous le feu de l'ennemi je serais allé. »

La métaphore était appropriée. Le directeur était prêt à tuer quelqu'un.

« Et maintenant, si je comprends bien, Glodstone vous a dit qu'il gagnait la France par Ostende », dit-il, ignorant l'appel de Slyman à la discrétion. Le major acquiesça à contrecœur.

« Vous a-t-il dit aussi qu'il prenait Clyde-Browne avec lui ?

— Bien sûr que non, dit le major en se ressaisissant, je ne l'aurais pas laissé faire.

— Pas laissé vous le dire ou pas laissé l'emmener ? demanda le directeur, heureux de s'en prendre à un homme qu'il n'avait jamais beaucoup estimé de toute façon.

— Le prendre avec lui, bien sûr.

— Qu'est-ce qu'il vous a dit d'autre ? »

Le major Fetherington lança un regard de reproche à Slyman.

« Eh bien, puisque vous voulez le savoir, il m'a dit qu'il avait été requis pour entreprendre une mission secrète, quelque chose d'affreusement dangereux. Et au cas où on la lui ferait...

— On la lui ferait ? On lui ferait quoi, bon Dieu ?

— Eh bien, si les choses tournaient mal et qu'il se fasse tuer ou quelque chose du genre, il voulait que je prenne soin de ses intérêts.

— Ses intérêts ? répliqua le directeur, préférant ne pas s'appesantir sur " tuer ". Quels intérêts ?

— Je ne sais pas trop. Je suppose qu'il voulait dire de prévenir la police ou de le faire enterrer décemment. Il a laissé les choses plutôt dans le vague.

185

— Il n'avait pas besoin. Je vais me charger de son enterrement, dit le directeur. Continuez !

— Il n'y a plus grand-chose à dire, fit le major hésitant, mais le directeur ne se laissa pas abuser.

— Tout ? Fetherington, tout ? Vous omettez le moindre détail et, faites-moi confiance, vous vous retrouverez aussitôt dans les rangs des sans-emplois. »

Le major fit mine de se croiser les jambes, sans succès.

« Parfait, si vous voulez vraiment tout savoir, il a dit qu'il avait été requis par la comtesse de Montringlay...

— La comtesse de Montringlay ?

— La mère de Wanderby ; c'est un garçon de l'équipe de Glodstone, celui qui avait des allergies ou Dieu sait quoi, pour aller la voir au château... Vous n'allez tout de même pas croire ça ?

— Peu vous importe, dit le directeur, qui semblait tombé lui-même sous le coup d'une horrible allergie.

— Eh bien, elle voulait qu'on la sauve des mains d'un gang ou de quelque chose du genre.

— D'un gang ? Vous êtes en train de me dire... Le bonhomme doit avoir complètement perdu la boule.

— C'est ce que je lui ai dit, dit le major ; j'ai dit : " Ecoutez mon vieux, on vous fait marcher. D'un coup de bigophone vous l'appelez et vous verrez bien que j'ai raison ", mais vous savez comment il est.

— Je commence à en avoir une vague idée, dit le directeur, bon pour la camisole de force. Mais ne vous interrompez pas pour moi.

— C'est à peu près tout, en fait. Je n'avais aucune idée qu'il prenait Pèlerin avec lui.

— Vous l'avez déjà dit, mais ce n'est pas tout. »

Le major essaya de se concentrer.

« La seule chose dont je puisse encore me souvenir, c'est qu'il m'a demandé de prendre deux revolvers à l'armurerie. Naturellement, je ne me suis pas laissé faire...

— Deux revolvers de l'armurerie de l'école ? Bordel de Dieu ! Et ça ne vous a pas mis la puce à l'oreille ?

— Ça m'a montré avec quel sérieux il prenait toute l'aventure. Je veux dire qu'il était évident...

— Deux revolvers, pauvre crétin, explosa le directeur, pas un, deux ! Et à qui pensez-vous donc, bon Dieu, que le second était destiné ?

— Maintenant que vous le mentionnez...

— Que je le mentionne ? que je le mentionne ? hurla le directeur, ce que je veux savoir, c'est pourquoi vous ne l'avez pas mentionné à ce moment-là ?

— Bah, puisqu'il ne les a pas eus, ça ne m'a pas paru nécessaire, dit le major ; si Glodstone voulait partir en chasse contre je ne sais quelle chimère, c'était ses oignons et...

— Slyman, interrompit le directeur avant que le major ait pu dire qu'il n'en avait rien à foutre de ce que Glodstone avait fait, emmenez-le à l'armurerie et voyez s'il n'y a pas deux revolvers et une demi-douzaine de fusils qui manquent. Je veux qu'on vérifie chacune des armes.

— Mais puisque je vous ai dit...

— Je sais ce que vous m'avez dit, mais je ne prends pas le risque de m'en tenir à votre opinion. Et maintenant, dehors ! »

Comme Slyman passait la porte en véhiculant le major dans son fauteuil roulant, le directeur se prit la tête dans les mains. La situation était bien pire que ce qu'il avait imaginé. C'était déjà assez grave quand il supposait que Glodstone avait simplement emmené le pauvre gamin faire une balade à travers un pays étranger, mais qu'il soit allé presque certainement avec ce jeune crétin à l'étranger, soi-disant en mission secrète pour sauver la mère d'un autre élève, dépassait l'entendement.

Le directeur se reprit. C'était vraiment de la pure démence. Finalement, résumant ce qu'il pouvait de ses pensées, il décrocha le téléphone.

« Demandez l'international et appelez la mère de Wanderby en France. Son nom est la comtesse de Montringlay. Vous trouverez l'adresse dans le fichier. Et passez-la moi immédiatement. »

Comme il reposait sans douceur le combiné du téléphone,

il vit arriver la voiture des Clyde-Browne. L'instant qu'il redoutait était arrivé. Qu'est-ce qu'il allait bien pouvoir leur raconter ? Une histoire lénifiante, une remarque apaisante... Non, ça ne marcherait pas. Avec un sourire presque halluciné, il se leva pour les accueillir. Mais M. Clyde-Browne était venu pour qu'on l'entende, pas pour écouter.

Et il s'était armé d'une batterie complète d'arguments.

Pèlerin était sous la responsabilité de l'école ; on l'avait vu pour la dernière fois à l'école même (le directeur décida de ne pas faire mention de Mme Brossy qui l'avait vu dans le village) ; l'école, et plus précisément le directeur, avait été et était toujours responsable de lui ; M. Clyde-Browne avait payé d'avance la somme exorbitante de dix mille livres ; et si, comme il semblait, son fils avait été enlevé par un professeur peut-être pédophile, il ferait ce qu'il faudrait pour que le nom de Groxbourne reste dans l'histoire de la Justice, mais soit retiré de l'annuaire des écoles privées, où il n'aurait jamais dû être d'ailleurs. Et qu'est-ce que le directeur pouvait bien avoir à répondre à tout ça ?

Le directeur chercha désespérément ses mots.

« Je suis sûr qu'il y a une explication parfaitement simple et limpide... » commença-t-il sans conviction, mais les sanglots de Mme Clyde-Browne coupèrent net son élan. Elle semblait s'être mise en deuil avant l'heure.

« Je peux seulement vous promettre...

— Les promesses ne m'intéressent pas, dit M. Clyde-Browne, mon fils a disparu et je veux qu'on le retrouve. Alors, avez-vous une idée de l'endroit où il se trouve ? »

Le directeur, au paroxysme de la concentration, vit son agitation encore augmentée par la sonnerie du téléphone.

« Je n'arrive pas à obtenir le numéro, dit la secrétaire de l'école quand il décrocha. Les renseignements internationaux disent qu'il n'y a pas de comtesse de...

— Merci, Mlle Grabley, mais je suis occupé pour l'instant, dit-il pour couper court à la moindre indiscrétion. Dites à l'évêque que je le rappellerai dès que je pourrai. »

Et, espérant avoir impressionné les Clyde-Browne, il reposa le combiné et se pencha au-dessus du bureau.

« Je pense sincèrement que vous n'avez aucun motif d'être inquiets... » commença-t-il, réalisant immédiatement qu'il faisait fausse route. Par la fenêtre, il apercevait Slyman traversant la cour avec deux revolvers à la main. N'osant pas imaginer ce qui pourrait arriver s'il entrait et... Le directeur se mit debout.

« Je vous demande de m'excuser quelques instants, fit-il à brûle-pourpoint, j'ai l'impression que mes boyaux, pardon, mon estomac me joue des tours.

— Le mien aussi, dit M. Clyde-Browne assez froidement, mais le directeur avait déjà passé la porte et avait intercepté Slyman.

— Mais, bon Dieu ! foutez-moi ces trucs-là de côté, chuchota-t-il brutalement.

— En fait, c'est... »

Slyman commença, mais le directeur le tira dans les waters et poussa le verrou.

« Ce ne sont que des faux.

— Je m'en fous si... Des quoi ?

— J'ai dit que c'était des faux, dit Slyman qui s'aplatissait craintivement contre la cuvette.

— Des faux ? Vous voulez dire...

— Qu'il manque deux vrais revolvers. On a trouvé ceux-là à leur place.

— Ah merde ! » fit le directeur en s'effondrant sur le siège. Maintenant, ses boyaux lui jouaient vraiment des tours.

« Le major vérifie les boîtes de munitions en ce moment, continua Slyman, j'ai pensé que vous voudriez savoir aussi à leur sujet. »

Le directeur, morose, fixait la planche d'herbes dessinées que sa femme avait affichée sur le mur pour donner un air botanique à ce lieu. Même le basilic n'avait plus de charme pour lui maintenant. Quelque part en Europe, Glodstone et le fils idiot de ce pinailleur bâtard se baladaient avec des armes appartenant au ministère de la Défense de sa Gracieuse Majesté. Et si les Clyde-Browne découvraient la chose... Il fallait l'éviter à tout prix.

Se levant d'un coup, il souleva le couvercle de la chasse d'eau.

« Mettez les deux trucs là-dedans » dit-il. Slyman haussa les sourcils et s'exécuta. Si le directeur voulait cacher des faux revolvers dans ses waters, c'était son affaire.

« Et maintenant, retournez à l'armurerie et dites au major de ne pas bouger jusqu'à ce que je me sois débarrassé des parents. Je vous rejoindrai. » Il ouvrit la porte et se trouva nez à nez avec M. Clyde-Browne pour qui la simple mention d'estomac et de toilettes avait déclenché une nouvelle crise de colique adriatique.

« Eh... dit le directeur, mais M. Clyde-Browne l'évita pour entrer, puis pour reculer à nouveau promptement à l'apparition de Slyman.

— Les toilettes ne marchent pas. M. Slyman m'aidait à les réparer.

— Vraiment ? » dit M. Clyde-Browne avec une inflexion dans la voix qui faisait penser à ces procès où des adultes consentants auraient été poursuivis pour avoir utilisé des urinoirs publics à des fins inconvenantes. Et, avant que le directeur ait pu l'inviter à utiliser les waters du premier, il était entré et avait verrouillé la porte.

« Vous ne pensez pas... dit Slyman de manière inopportune.

— Disparaissez, fit le directeur, et assurez-vous... que le major ne se sauve pas. »

Slyman saisit l'allusion et retourna rapidement à l'armurerie. Le major paraissait inconsolable devant plusieurs boîtes vides dans la réserve à munitions.

« Les nouvelles sont mauvaises, mon vieux Slyman, dit-il. Y a deux cents pruneaux qui ont disparu. A l'armée de terre, ils ne vont pas du tout aimer ça. Je suis tenu de compter chaque foutue unité.

— C'est pas votre faute, dit Slyman, si Glodstone a décidé de devenir fou et de vous voler la clé.

— Il ne l'a pas volée. C'est Pèlerin qui l'avait. Quand je pense que je l'aimais bien, ce garçon.

— De son côté, le dirlo a de quoi s'occuper avec les Clyde-

190

Browne, et je vous prie de croire qu'il passe un mauvais quart d'heure. »

Le major arrivait presque à sympathiser.

« Je ne vois pas comment il peut éviter de me sacquer. Dans les circonstances actuelles, je me sacquerais moi-même. Avec, en plus, ce couple infernal qui veut des victimes et du sang. »

Il se propulsa jusqu'à un râtelier de baïonnettes.

« Ne me dites pas qu'ils en ont pris aussi, dit Slyman.

— J'aurais préféré de beaucoup, dit le major, l'armée nous ferait moins d'ennuis. Croyez-moi, j'aime mieux ne pas penser à ce que Pèlerin en ferait. Il est né pour la baïonnette. Il faut voir comment il vous éventre un sac de paille avec un fusil, baïonnette au canon. A propos d'en avoir dans le ventre, je suppose que si on était au Japon, le dirlo me verrait bien faire Mata Hari. »

Slyman ne releva pas l'erreur. Il commençait à compatir vraiment. Après tout, le major était un peu fou, mais il n'avait jamais été sournois comme Glodstone et le plan de Slyman ne prévoyait pas que ce soit lui qui soit foutu dehors.

« C'est probable qu'ils n'utiliseront pas ces munitions », dit-il pour le consoler, en se demandant ce qu'il pourrait faire pour garder au major son boulot.

Une telle considération n'était pas dans les premières priorités du directeur. L'apparition brutale à la porte des waters de M. Clyde-Browne, brandissant les deux faux revolvers qu'il avait découverts dans la chasse d'eau en essayant de la faire fonctionner, avait aiguisé comme un fil de rasoir la capacité du directeur à improviser des sorties à la demande.

« Incroyable, dit-il, vous y auriez pensé, vous ?

— Non, dit M. Clyde-Browne.

— Les garçons sont tous les mêmes, continua le directeur, confronté à un refus aussi brutal d'accepter son idée. Ils trouvent toujours des blagues nouvelles. »

M. Clyde-Browne pointait les revolvers dangereusement. Il n'avait pas encore vu que c'étaient des faux.

« Et je présume que les fous dangereux sont tous les mêmes. Depuis quand vous et l'individu Slyman avez pris l'habitude de cacher des armes offensives dans la chasse d'eau de vos waters ?

— Est-ce que vous êtes en train de suggérer...

— Non ! J'affirme, dit M. Clyde-Browne, j'ai l'intention de présenter ces armes à la police comme preuve que vous êtes parfaitement incapable, soit par dérangement mental, soit par inclination criminelle, de diriger autre chose que des établissements n'exigeant pas plus de sens moral qu'un abattoir ou une briqueterie. »

Le directeur était encore indécis devant un tel choix quand M. Clyde-Browne reprit la parole.

« Marguerite, hurla-t-il, venez ici tout de suite. »

Mme Clyde-Browne sortit du bureau.

« Oui, mon chéri, fit-elle d'un air soumis.

— Je veux que vous puissiez témoigner que j'ai découvert ces deux revolvers dans les waters de ce... »

Mais la vue de son mari braquant deux revolvers vers le directeur témoignait suffisamment de soi-même.

« Vous êtes fou, fou à lier ! » vagit-elle avant d'avoir une crise de nerfs.

Le directeur saisit cette opportunité.

« Et maintenant, regardez ce que vous avez fait, dit-il, faisant appel à de meilleurs sentiments chez M. Clyde-Browne, mais en pure perte. Regardez votre pauvre femme...

— Ne la touchez surtout pas, grogna M. Clyde-Browne, je vous aurai prévenu... »

Il agitait les revolvers sous le nez du directeur qui essayait de la calmer.

« Allons, allons, dit-il, venez vous asseoir et... »

M. Clyde-Browne y alla plus carrément. Mettant les revolvers de côté sur une table, il saisit un vase de roses qui s'y trouvait et fit ce qu'il avait eu envie de faire depuis des années. Cela ne s'avéra pas très judicieux. Avec de l'eau qui lui coulait sur le visage et une Wendy Cussons fanée dans les cheveux, Mme Clyde-Browne, d'hystérique, devint furieuse.

« Sale bâtard », explosa-t-elle et, saisissant un des revolvers sur la table, elle visa son mari et appuya sur la gâchette. Il y eut un vague déclic et M. Clyde-Browne s'aplatit craintivement contre le mur. Le directeur intervint et lui reprit le revolver.

« Des jouets, expliqua-t-il, je vous ai dit que c'était seulement une blague. »

M. Clyde-Browne ne dit rien. Il savait maintenant de qui Pèlerin tenait ses dons infernaux et il se fichait pas mal, maintenant, de savoir où était ce crétin.

« Rentrons dans mon bureau, dit le directeur, exploitant au maximum la dispute du couple. La secrétaire va s'occuper de voir si Mme Clyde-Browne a besoin de quelque chose et je suis sûr qu'un verre nous ferait du bien à tous les deux. »

Le répit fut de courte durée. Quand les Clyde-Browne quittèrent l'école une demi-heure plus tard, Mme Clyde-Browne avait menacé de divorcer si on ne retrouvait pas Pèlerin, et M. Clyde-Browne avait à son tour brandi diverses menaces qui comprenaient des dommages et intérêts, la fin de la carrière du directeur et la publicité qui résulterait de ce que *Les Nouvelles du monde* seraient informées que le major Fetherington, en fait de s'occuper de son fils, s'occupait de l'infirmière en portant de surcroît une capote anglaise. Le directeur les regarda partir, puis fonça à travers la cour vers l'armurerie.

« A l'assaut », cria-t-il, inspiré à l'évidence par le lieu pour utiliser un langage militaire. Et, passant outre à l'incapacité patente du major de faire autre chose que se déplacer en fauteuil roulant, il ajouta :

« Vous allez partir pour la France et vous allez me ramener ce foutu gamin dans une semaine au plus tard, même si vous devez le ramener par la peau des fesses.

— En France ? » dit Slyman d'une voix chevrotante. Ce pays le terrorisait encore.

« Mais pourquoi moi ? Je dois...

— Mais parce que ce maniaque sexuel ne peut pas conduire dans son état. Demain, à cette heure-ci, vous serez à ce château de malheur.

— Impossible, dit le major, vous pouvez me foutre dehors immédiatement, mais, bordel de merde, vous ne me ferez pas parcourir l'Europe dans ce putain de fauteuil roulant. Je ne peux pas être plus clair.

— Moi, je peux, dit le directeur, qui avait retenu quelque chose de Clyde-Browne quand il s'était mis en colère, ou bien vous usez de votre influence, même la pire, sur votre répugnant protégé, Mossieu Pèlerin Clyde-Bordel-Browne, en assassinant si possible Glodstone dans l'opération, ou le sinistre con nous envoie la police et, non seulement vous serez foutu dehors, mais vous aurez encore à expliquer au contre-espionnage et à l'armée pourquoi vous avez donné deux revolvers à cette paire de fous dangereux.

— Mais c'est pas vrai. Je vous ai dit...

— La ferme ! Je leur dirai, dit le directeur, que vous lutiniez l'infirmière avec une capote anglaise et que Glodstone a menacé de vous dénoncer.

— C'est un pur mensonge, dit le major sans véritable conviction.

— Peut-être, cria le directeur, mais Mme Clyde-Browne, à l'évidence, ne l'a pas vu de cette façon et, comme son mari prétend être intime avec tous les juges de Haute Cour dans ce pays, sans oublier le ministre lui-même, je ne donnerais pas cher de vos chances dans le box des accusés.

— Mais il suffit d'appeler la comtesse et de lui expliquer... commença Slyman.

— Quoi ? Que notre école emploie des fous comme Glodstone qui vont venir pour la délivrer ? De toute façon, la secrétaire a déjà tenté de la joindre et elle n'est pas dans l'annuaire.

— Et les frais ?

— Ils seront couverts sur les fonds spéciaux de l'école destinés à l'Ile aux chiens, une association dont un des buts est la réinsertion des délinquants, et personne dans ce cas ne peut dire que ces fonds sont détournés de leur objet.

Plus tard, dans l'après-midi, Slyman roulait une fois de plus sur l'autoroute en direction de Douvres. A côté de lui, le

194

major, assis sur sa chambre à air à moitié gonflée, maudissait le rôle des femmes dans la vie des hommes.

« C'est elle qui a voulu que je me mette ce truc à la con, se plaignait-il, je n'ai pas pu l'en empêcher. J'étais à sa merci et, de mon côté, je ne sentais rien. Je n'arrive pas à comprendre pourquoi on appelle ça " capotes anglaises " en France, alors que les Anglais disent " lettres françaises ". »

Mais Slyman était perdu dans ses pensées. Il se demandait ce que la comtesse aurait eu à dire sur des lettres françaises qu'elle n'avait pas écrites.

18

Il n'aurait pas dû s'inquiéter. Pour l'instant, la comtesse avait d'autres problèmes en tête. En fait, la journée avait été fertile en rebondissements. M. Hodgson avait refusé de passer une nuit de plus dans un endroit où il risquait de se faire flinguer chaque fois qu'il allait aux chiottes, et il était parti sans payer. M. Rutherby avait ajouté aux légers ennuis de sa femme et de M. Coombe la menace de commettre un crime passionnel s'il les trouvait à nouveau tous les deux ensemble, ce à quoi M. Coombe lui avait répondu sans mâcher ses mots d'aller se faire foutre et qu'il pourrait parler de crime passionnel le jour où il aurait, comme lui, été coincé pendant trois heures dans sa femme avec des gens qui le tiraient par les pieds pour le dégager.

Mais c'étaient les délégués qui lui avaient causé le plus de soucis. Le Dr. Abnekov maintenait toujours qu'il avait été victime d'un complot de la CIA pour le faire taire, alors que le professeur Botwyk affirmait tout aussi catégoriquement qu'un groupe terroriste avait tenté de l'assassiner et il exigeait un garde du corps de son ambassade à Paris. M. Grenoy avait temporisé. Si le délégué américain désirait une protection, il pourrait demander qu'on le transportât par hélicoptère à l'hôpital militaire le plus proche, mais il pouvait être assuré que les événements regrettables de la nuit précédente ne se reproduiraient plus. Le château avait été fouillé, la gendarmerie alertée, toutes les entrées du château étaient gardées et il avait installé des projecteurs dans la cour. Si le professeur Botwyk désirait quitter le symposium, il était libre de le faire et Grenoy avait insinué que son absence ne serait pas vraiment remarquée. Botwyk s'était redressé sous l'injure et avait insisté pour rester, moyennant la promesse qu'on lui procurerait une arme à feu. Le Dr. Abnekov avait revendiqué des droits identiques, ce qui avait alarmé tellement Botwyk qu'il avait abandonné ses exigences.

« De toute façon, je tiendrai le gouvernement français entièrement responsable de ma mort si on me supprime » dit-il à M. Grenoy avec un manque de logique qui renforça la conviction de l'attaché culturel que les Anglo-Saxons étaient incapables d'avoir une pensée rationnelle et civilisée. Ayant résolu temporairement le problème, M. Grenoy avait pris d'autres mesures après consultation de la comtesse.

« Si vous refusez de partir, lui dit-il, servez-leur au moins un dîner qui tiendra leurs esprits éloignés de cet incident fâcheux. La meilleure nourriture et les vins les plus fins. »

La comtesse s'était surpassée. La discussion sur le futur de la planète avait repris après un menu à sept plats tout au long duquel les délégués s'étaient goinfrés, ajoutant l'indigestion à leurs autres sujets de préoccupation. Au programme figurait « La Faim dans le Tiers Monde : une approche multi-modulaire » et, comme d'habitude, les opinions divergeaient. A ce moment de la discussion, il s'agissait de définir ce qu'on entendait par Tiers Monde.

Le professeur Manake, de l'université du Ghana, s'opposait à l'utilisation de ce terme en prétendant à juste titre qu'à sa connaissance, le monde était un tout. Le délégué saoudien soutenait que son pays, qui possédait plus de pétrole et, sur l'ensemble du monde occidental, plus de capitaux que n'importe quelle autre nation, devait être mis au rang des premiers ; quant à ceux qui ne respectaient pas le Coran, ils étaient inclassables. En dépit des menaces du Dr. Abnekov qui faisait remarquer à l'intervenant qu'il n'était qu'un jouet dans les mains de l'impérialisme occidentalo-sioniste, le Dr. Zukacs répliqua par l'argument marxiste-léniniste que l'Arabie Saoudite n'était pas encore sortie de l'âge féodal. Sir Arnold Brymay, quoique d'accord avec lui dans son for intérieur, se taisait et il remerciait le ciel que personne n'ait mis sur le tapis la question de l'Ulster.

Mais le gros de la bagarre vint, comme d'habitude, des positions divergentes du Dr. Abnekov et du professeur Botwyk. Abnekov se mit dans une colère noire quand Botwyk prétendit que l'Union soviétique était par définition un pays sous-développé puisqu'elle n'était pas capable de nourrir ses habitants et qu'elle n'avait même pas commencé à satisfaire la demande de ses consommateurs.

« J'exige que cette insulte aux succès du système socialiste soit retirée, explosa Abnekov. Qui est allé le premier dans l'espace ? Qui apporte son soutien aux mouvements de libération contre le capitalisme international ? Sans parler des millions de prolétaires qui souffrent de malnutrition sur le territoire même des Etats-Unis !

— Mais qui est obligé de nous acheter nos céréales ? cria Botwyk, et qu'est-ce que vous donnez aux millions d'affamés d'Afrique et d'Amérique ? Des fusils, des missiles et des chars. Avez-vous jamais essayé de manger un de ces foutus missiles ?

— Quand tous les peuples seront libérés...

— Comme l'Afghanistan et la Pologne ? Sans oublier la Tchécoslovaquie et la Hongrie ? Quand vous assassinez des gens, vous appelez ça les libérer.

— Alors le Viêt-nam, c'était de la libération ? Et combien de meurtres y a-t-il en Amérique tous les ans ? Vous ne savez même pas, il y en a tellement.

— Ouais, mais ça, c'est autre chose. C'est la liberté de choisir », fit Botwyk, qui était contre la vente incontrôlée d'armes légères aux particuliers, mais ne voulait pas l'avouer.

M. Grenoy essaya de ramener la discussion à son sujet initial.

« Je pense que nous devons avoir une approche rationnelle du problème, plaida-t-il, réussissant seulement à amener le professeur Manake à lui demander quel rôle rationnel jouait la Légion étrangère en Centre-Afrique dans la solution des problèmes de qui que ce soit excepté ceux des présidents français amateurs de diamants.

— On peut supposer que la Légion étrangère absorbe en partie la lie de l'Europe, dit sir Arnold pour tenter d'apporter son support à Grenoy ; je me souviens, lors d'un de mes séjours au Tanganyika...

— En Tanzanie, fit le professeur Manake, vous, les Britanniques, avez cessé de dominer l'Afrique, au cas où ça vous aurait échappé. »

Le Dr. Zukacs voulut mettre son grain de sel.

« Faux. L'impérialisme financier et le néo-colonialisme sont les nouveaux...

— La ferme, sale Magyar, hurla Abnekov, qui voyait venir l'insulte à l'adresse du Ghana. Les pays d'Afrique ne sont pas tous d'anciennes colonies. Certains sont même très évolués.

— Comme l'Ouganda, je suppose, dit Botwyk, qui a apporté son support à ce cannibale d'Amin Dada ? Lui qui conservait quelques morceaux de chair humaine dans son congélateur pour ses petits en-cas.

— Le manque de protéines est patent au Congo belge, dit sir Arnold.

— Au Zaïre » dit le professeur Manake.

M. Grenoy fit une nouvelle tentative.

« Si nous examinions le structuralisme de la distribution économique, dit-il d'un ton ferme, c'est un fait établi que les nations sous-développées dans le monde ont beaucoup contribué, sur un plan socio-culturel et spirituel, à la pensée moderne. Lévi-Strauss a montré que dans certaines parties du...

— Ecoutez, mon vieux, dit Botwyk qui imaginait que M. Grenoy allait mettre la question d'Israël sur le tapis, je me refuse à accorder à ce fumier de Khomeiny un fonds spirituel quelconque. Si vous pensez que retenir en otage d'innocents citoyens américains est un acte chrétien... »

Dans le tumulte que déclencha cette insulte au monde arabe, le délégué saoudien mit dans le même sac Botwyk et Lévi-Strauss en les traitant de sionistes, et le pasteur

Laudenbach se fit l'avocat d'une approche œcuménique de l'Holocauste. Pour une fois, le Dr. Abnekov resta muet. Il déplorait la perte de son fils qui avait été capturé et écorché vif en Afghanistan et, de toute façon, il détestait les Allemands. Même M. Grenoy se mit de la partie.

« Je me demande si notre délégué américain consentirait à nous dire combien d'autres Américains ont l'intention de prouver leur conviction spirituelle en buvant du jus d'orange au cyanure du côté de la Guyane », s'enquit-il.

Seul, sir Arnold était heureux. Il venait seulement de réaliser que le Zaïre n'était pas l'Eire et donc que la question de l'Ulster n'était pas au programme.

La comtesse finissait de ranger la cuisine. De là, elle pouvait entendre les éclats de la discussion, mais depuis longtemps elle était arrivée à ses propres conclusions quant à l'avenir du monde, et elle savait que les meilleures idées sur la paix et l'abondance n'y changeraient rien. Son avenir personnel lui importait davantage et elle devait se décider sur la conduite à tenir. L'homme qui se faisait appeler Pringle était sans aucun doute Glodstone. Elle l'avait bien observé quand elle était montée dans sa chambre, elle avait pu comparer avec la photo de classe qu'Anthony avait rapportée. Alors pourquoi avait-il menti ? Et pourquoi quelqu'un s'était-il introduit au château pour se mettre à sa recherche ? Elle avait déjà éliminé la suggestion de Grenoy que le gang de Las Vegas avait retrouvé sa trace. Il n'aurait pas agi de la sorte. Pas pour cent briques, c'était trop peu. C'était des hommes d'affaires et ils auraient employé des méthodes moins brutales pour rentrer dans leur argent, le chantage par exemple. Peut-être avaient-ils monté ça pour commencer à lui foutre la trouille ? Mais si c'était le cas, ils avaient choisi un type particulièrement con. Non, ça ne tenait pas debout. Maintenant qu'elle était assise à la table des grandes occasions pour un dîner solitaire, elle se sentait fatiguée. Fatiguée de se soumettre aux caprices des hommes, fatiguée des fantaisies du sexe, du succès et de la cupidité, fatiguée de ces autres fantaisies, les idéologies, dont les autres fous discutaient à côté en ce moment. Toute sa vie, elle avait tenu un rôle dans les rêves des autres et, ce qui était pire encore, celui de l'ouvreuse. Jamais elle-même, si tant est qu'elle sût qui elle était. C'était le moment de le savoir. Elle finit de dîner et rangea la vaisselle, se demandant pendant tout ce temps-là pourquoi la nature humaine avait besoin de l'irréel pour survivre. Aucune des autres espèces qu'elle connaissait n'en avait besoin. De toute façon, elle allait faire dire à Glodstone quelles étaient ses véritables intentions.

Elle monta dans sa chambre et le trouva assis sur son lit, paraissant hébété et apeuré. C'est cette peur qui décida de sa tactique.

« Alors, qu'est-ce que fait par ici notre Glodstone à l'œil de verre ? » fit-elle avec son pire accent américain.

Glodstone la regarda bouche bée.

« Pringle, fit-il, mon nom est Pringle.

— Ce n'est pas ce qu'on peut lire sur les marques de vos sous-vêtements. C'est marqué Glodstone et aussi sur la chemise. Alors ? » Glodstone essaya rapidement de trouver une excuse plausible, mais en vain.

« Je les ai empruntés à un ami, murmura-t-il.

— Et aussi l'œil de verre ? »

Glodstone remonta en hâte les draps sur lui. Cette femme savait trop de choses sur lui pour qu'il se sente en sécurité.

« Vous voyez bien, dit-elle, c'est pas la peine de faire l'imbécile avec moi. Dites-moi seulement ce que vous faisiez à rôder par ici au milieu de la nuit pour soi-disant sauver les gens.

— Je passais par là, c'est tout.

— Vous passiez quoi ? la rivière ? Pas de baratin avec moi. Une espèce d'hurluberlu s'introduit ici la nuit dernière, frappe les clients, en fout un par-dessus le parapet et, comme par hasard, vous passiez par là. »

Glodstone grinça ses dents. Qui qu'elle fût, il n'avait pas l'intention de dire la vérité à cette diablesse.

« Vous pouvez croire ce que vous voulez, mais un fait est certain...

201

— Oui, que vous êtes le professeur de mon fils et, à mon avis, il n'avait pas tout à fait tort quand il disait que vous étiez tordu. »

Glodstone lui donnait presque raison. Il se sentait décidément en porte-à-faux. Ça ne pouvait pas être la comtesse.

« Je ne vous crois pas. Vous dites que votre fils vous a dit... C'est impossible. Vous n'êtes pas la comtesse.

— O.K. On essaye ? dit la comtesse.

— Essayer quoi ? » dit Glodstone, espérant qu'elle ne pensait pas ce qu'elle disait. Protégé seulement par un drap, il se sentait particulièrement vulnérable.

« Que je vous dise tout sur lui. Qu'il est circoncis, qu'il est allergique au chou, qu'il a eu un furoncle au cou il y a trois mois et qu'il s'est arrangé pour passer quatre épreuves au brevet sans votre aide. Qu'en dites-vous ? »

Un léger doute s'insinuait dans son esprit. Ce langage n'était pas à l'image de ce qu'il attendait d'une comtesse, mais elle savait beaucoup trop de choses sur Wanderby.

« Et vous n'avez rien d'autre à me dire ? dit-il enfin pour voir si elle parlerait des lettres.

— Rien d'autre ? Mais quelle autre connerie voulez-vous que je vous sorte ? Qu'il n'a pas de goitre ? Ou s'il a été enculé ? Le premier truc, vous pouvez le voir vous-même ou Miss Univers vous le dira. Et le second, vous n'en avez rien à foutre. Pas vrai ? Elle l'a étudié avec l'œil d'une experte en perversion, cette garce. Quant à vous, vous ne seriez pas, par hasard, un de ces fantaisistes du trou du cul ?

— Je vous demande pardon ? dit Glodstone, piqué au vif par une telle insulte.

— Pas la peine, dit la comtesse méchamment. Mais si, par hasard, je découvrais que vous avez sodomisé mon fils, vous sortiriez d'ici les pieds devant.

— Dieu me damne, dit Glodstone, croisant les jambes dans une crispation. Je vous jure que ça ne m'est jamais venu à l'idée. Sur la tête de ma mère. Je ne suis pas vicieux à ce point-là.

— Vous auriez pu me mener en bateau, dit la comtesse qui se détendit un peu. Qu'est-ce que vous avez d'autre derrière la tête ?

— Les lettres, dit Glodstone.

— Des lettres ? »

Le regard de Glodstone l'évita. C'était le moment crucial. Si elle n'était pas au courant des lettres, c'était la preuve qu'elle n'était pas la comtesse. D'un autre côté, après ce qu'il avait déjà dit, il n'allait pas tourner autour du pot.

« Celles que vous m'avez écrites.

— Alors, comme ça, je vous ai écrit deux ou trois lettres à propos des allergies d'Anthony et vous avez fait tout le chemin jusqu'ici pour qu'on en discute ? Servez-moi autre chose de meilleur, parce que ça, j'achète pas ! »

Mais avant que Glodstone ait pu imaginer une réponse, on entendit tirer, puis un cri, d'autres coups de feu, un brouhaha, d'autres cris encore et les projecteurs de la cour s'éteignirent. Pèlerin avait frappé de nouveau.

Contrairement à tout le monde, Pèlerin avait passé une journée sans nuages. Il avait dormi jusqu'à midi. Puis, il s'était préparé un déjeuner de singe et de haricots en boîte, et il avait observé les allées et venues au château avec beaucoup d'intérêt. Maintenant qu'il savait que Glodstone était vivant, il n'avait plus d'inquiétude. Des tas de gens se faisaient capturer dans les romans à sensation et ça ne tirait jamais à conséquence. En fait, aucun livre où le héros ait été liquidé ne lui venait à l'esprit sauf *Le Jour du Jackal*, et il n'était pas absolument sûr que le Jackal fut un héros. Mais il avait été rusé et toujours sur ses gardes, et il s'en était presque sorti. Pèlerin se fit mentalement la remarque qu'il se devait d'être encore plus rusé et plus prudent. Personne n'aurait sa peau. Au contraire. Et c'est ainsi que, tout au long de l'après-midi, il avait pu voir qu'on installait des projecteurs et qu'un car de police avait pris position sur la route près du pont. Et il avait établi son plan. Bien évidemment, il ne pouvait plus escalader la falaise sans précautions préalables, et il devait s'assurer que le câble du paratonnerre n'avait pas été repéré comme étant son point d'entrée. Mais le point central de son plan consistait à créer une diversion pour amener tout le monde à regarder du mauvais côté. Ensuite, il lui faudrait trouver Glodstone et il faudrait qu'ils se sauvent avant que les autres puissent réaliser ce qui s'était passé. Il lui faudrait aussi se déplacer rapidement et, connaissant le peu d'aptitude de Glodstone pour courir le cross et grimper les pentes, cela lui posait un problème. Le mieux serait de piéger les salauds dans le château pour qu'ils ne puissent pas sortir pour les suivre. Mais avec les hommes en faction sur le pont... Il faudrait qu'il les attire ailleurs d'une manière ou d'une autre. Pèlerin se mit à réfléchir et arrêta sa stratégie.

Alors que le crépuscule tombait sur la vallée, il descendit la colline et se glissa sous les buissons jusqu'aux abords du car de police. Trois gendarmes étaient auprès qui bavardaient et fumaient, tout en surveillant la vallée. Il se faufila à travers les buissons jusqu'à ce qu'il soit lui-même caché à leur regard par le véhicule. Alors, il traversa la route et rampa entre les roues à la recherche du réservoir d'essence. Dans la cabine au-dessus de lui, la radio se mit à grésiller et un homme s'approcha pour parler. Pèlerin surveilla les pieds de l'homme et chercha son revolver. Mais, un peu plus tard, l'homme repartait et les trois gendarmes grimpaient tranquillement la rampe menant au pont, puis disparurent. Pèlerin fouilla dans son sac, sortit un petit réchaud à gaz de camping et le plaça sous le réservoir. Avant de l'allumer, il vérifia à nouveau, mais les hommes étaient trop loin pour entendre, et le bruit de la rivière proche couvrirait le sifflement du gaz. Deux secondes plus tard, le réchaud était allumé et il avait retraversé la route pour courir vers l'amont à travers les buissons. Il devait avoir traversé la rivière quand le camion sauterait. Il traversa à la nage et il était à la moitié de la montée quand le réchaud manifesta sa présence. Ayant gentiment amené le réservoir d'essence à ébullition, il avait mis le feu aux vapeurs qui s'échappaient dans un vacarme qui dépassa les espérances les plus sauvages de Pèlerin. Il fit même mieux. Comme le réservoir explosait, le réchaud en dessous explosa aussi et l'essence se répandit sur la route en prenant feu. Les trois gendarmes, dont un qui était sur le point d'examiner un des pneus arrière pour trouver la cause de ce sifflement dont il suspectait qu'il venait d'une valve qui fuyait, furent tous enveloppés d'un rideau de flammes et ils foncèrent jusqu'à la rivière. Pèlerin regarda un instant la boule de feu et de fumée monter dans le soleil et il pressa le mouvement. Si quelqu'un dans le château regardait ça, voilà qui pouvait leur donner à réfléchir et les empêcher de penser au câble du paratonnerre de la tour nord. Ça avait certainement empêché les gendarmes d'établir un rapport quelconque avec les tours du château. Vaguement reconnaissants de n'avoir pas brûlé avec leur véhicule, ceux-ci faisaient des efforts désespérés pour ne pas couler dans les remous de la rivière. Mais le réchaud à gaz n'avait pas achevé son œuvre destructrice. Alors que les flammes repartaient de plus belle, un pneu éclata et projeta encore d'autres morceaux enflammés sur le pont. Et, comme s'il s'agissait d'un spectacle surréaliste, un siège se mit à brûler au milieu de la route tandis que la radio crachotait, plus incompréhensible que jamais.

Mais ces effets secondaires ne présentaient aucun intérêt pour Pèlerin. Il avait atteint la tour et il escaladait le câble. Arrivé en haut, il fit une pause, se hissa sur le toit et gagna la lucarne, revolver au poing. Comme il n'y avait personne en vue, il se laissa tomber dans le corridor désert et s'avança jusqu'à la fenêtre. En bas, la cour était vide et la fumée, poussée vers l'ouest, donc vers la rivière, semblait être passée inaperçue. Pendant quelques instants, Pèlerin réfléchit. A aucun moment, il n'avait cru que les gendarmes étaient de vrais gendarmes. N'importe qui pouvait se mettre un uniforme sur le dos et, à l'évidence, des gangsters ne feraient jamais appel à la loi pour les protéger ; cependant, il s'était attendu à les trouver là, en faction, et il avait déployé beaucoup d'efforts pour détourner leur attention loin du château. Et pourtant, tout le monde avait l'air de s'en foutre. Bizarre ! De toute façon, il était dans la place et, s'ils étaient assez stupides pour ne pas se tenir sur leurs gardes, c'était pas ses oignons. Lui était là pour délivrer Glodstone et, cette fois-ci, il ne se laisserait pas embarrasser par des gens sur son passage ou dans les chambres. Il frapperait sans pitié.

Il descendit dans la tourelle jusqu'à la cave et fouilla les pièces à nouveau. Il n'y avait toujours aucun signe de Glodstone. Mais, de la cuisine abandonnée, il pouvait entendre des gens qui discutaient au-dessus. Il s'approcha du monte-plat et écouta, mais les voix étaient trop nombreuses et trop confuses pour qu'il puisse comprendre ce qui se disait, et il s'apprêtait à partir quand il réalisa qu'il était en parfaite position pour tuer tous ces salauds en s'abattant sur eux d'un seul coup. S'abattre n'était pas le mot qu'il aurait choisi, puisque émerger du sol dans un ascenseur miniature n'était pas s'abattre, mais il les surprendrait sûrement beaucoup s'il apparaissait par le monte-charge en ouvrant le feu sur eux. Cependant, ça n'aiderait en rien à faire évader Glodstone. Pèlerin réalisa soudain son erreur. Ils tenaient Glodstone en otage. C'est pourquoi ils avaient mis trois gardes sur le pont et disposé des projecteurs sur la terrasse. Ils savaient qu'il viendrait, mais comme ils tenaient Glodstone, lui, Pèlerin, ne devait rien pouvoir faire sinon se rendre. Tout ce qu'il n'avait pas compris jusque-là devenait clair maintenant. Dans l'obscurité, l'esprit de Pèlerin, aussi meurtrier que celui d'un furet dans un terrier de lapin, retourna le problème dans tous les sens et, finalement, il trouva une solution.

19

Dans le grand salon, les membres du symposium avaient depuis longtemps abandonné le sujet de la faim dans le monde. Aucun d'eux n'était nutritionniste ou expert en techniques agricoles. Même M. Grenoy n'avait pas réussi à les ramener au sujet en ayant recours à ces généralités qui étaient sa spécialité en tant qu'attaché culturel et Français de surcroît. En fait, ses tentatives n'avaient fait qu'envenimer les choses. Seule, l'approche multi-modulaire subsistait et, à la faveur de l'excellent dîner et maintenant des digestifs, elle permettait aux préjugés nationaux et aux sentiments personnels de s'exprimer.

Des rapprochements curieux s'étaient établis. L'antipathie du Dr. Abnekov pour le capitalisme américain avait été vaincue par la remarque faite par le professeur Botwyk au délégué saoudien qu'un homme qui ne pouvait lever son verre pour trinquer devait cesser de déblatérer sur le pouvoir des produits pétroliers. Le pasteur les avait encore rapprochés davantage en apportant son appui au refus des musulmans de toucher à l'alcool. Même le professeur Manake et sir Arnold s'étaient trouvé un intérêt commun pour la chasse au gros gibier. Seul le Dr. Zukacs s'obstinait à rester doctrinaire, il expliquait à la cantonnade que la seule façon pour les pays sous-développés de se libérer de l'impérialisme passait par le développement d'industries lourdes et la collectivisation des fermes. Il se trouvait assis à côté du délégué polonais qui avait pour consigne stricte de ne pas ouvrir la bouche alors qu'il savait parfaitement ce que la collectivisation des fermes avait fait à son pays, et qu'il rongeait son frein en entendant dire que la Pologne était de toute façon un pays sous-développé. Seule la menace par Abnekov de les assommer collectivement s'ils ne la fermaient pas évita une bagarre générale. L'appel à la paix du pasteur Laudenbach fit se dresser Botwyk.

« Dites voir, bouffeur de choucroute, cria-t-il, revenez pas nous les casser avec votre paix. Vous n'avez rien trouvé de mieux dans votre sale pays que de nous faire deux guerres mondiales en un siècle. Et ne croyez pas qu'on ait oublié les six millions de morts dans les chambres à gaz. D'ailleurs, ça ne m'étonnerait pas outre mesure si j'apprenais que vous étiez le médecin du camp d'Auschwitz.

— Calomnie, répliqua imprudemment le pasteur dans un grognement. J'ai passé quatre ans sur le front de l'Est dans les Panzers. J'étais à la bataille de Koursk pendant que vous bombardiez d'innocentes victimes civiles et qu'elles mouraient par centaines de milliers. La guerre, je connais. A Koursk, j'ai appris et... »

Pour le Dr. Abnekov, c'était trop.

« Espèce de nazi assassin, explosa-t-il, attends voir que je t'attrape et tu verras ce que je fais aux bouchers comme toi. A Koursk, tu étais ? Bon Dieu...

— Messieurs, intervint M. Grenoy, essayons d'oublier le passé et...

— Ta gueule, Froggy, beugla Botwyk, sans nos petits gars qui se sont fait tuer à Omaha Beach, vous seriez tous en train de ramper sous les ordres d'Hitler. Même ceux qui n'étaient pas collaborateurs, et pour toi, on peut se poser la question.

— J'avais cinq ans à l'époque », commença Grenoy, mais ni Abnekov ni Botwyk ne voulaient se taire. Pendant qu'Abnekov, plutôt éméché, se précipitait sur le pasteur, Botwyk incendiait M. Grenoy pour s'être retiré du Viêt-nam et de l'OTAN, et s'être acoquiné avec une horde de sauvages dans le Marché commun. Et puis, que dire du plan Marshall ?

« C'est vraiment drôle, faisait observer à sir Arnold le

professeur Manake. Vous, les Européens, vous ne vous rendez pas compte à quel point vous êtes barbares.

— Je ne me considère pas comme européen, vous savez, dit sir Arnold. Notre race vit sur une île avec une tradition maritime... »

Mais, pendant qu'il parlait, Pèlerin agissait, suivant en cela une autre vieille tradition anglaise. Faisant feu avec la volonté déterminée de tuer que lui avait enseignée le major Fetherington, il plaça sa première balle au milieu du front du professeur Botwyk, puis, toujours avec son pistolet, éteignit les lumières sans oublier la cour qu'il plongea dans l'obscurité. Tandis que les délégués se précipitaient à travers tout le château en hurlant, il fonça se mettre à couvert dans la tour près de la grille d'entrée. Là, il y avait un petit bureau et, de ce poste, il avait sous son contrôle toute la terrasse et l'écurie au fond de laquelle étaient parquées les voitures. En bref, personne ne pouvait plus sortir des bâtiments sans être abattu. Sa plus grande satisfaction venait de ce qu'il avait pris au piège tous les salauds dans le château. Et, jusqu'à ce qu'ils aient relâché Glodstone, il n'avait pas l'intention de bouger. Trois étages plus haut, la comtesse non plus n'avait pas l'intention de bouger. D'après le bruit des coups de feu, les cris et la confusion en bas, elle réalisait qu'elle avait eu tort. M. Grenoy avait parfaitement vu de quoi il s'agissait. Un tueur était venu à sa recherche la nuit précédente et elle aurait dû partir tant que la voie était libre. Maintenant, elle était bouclée. Se précipitant sur la porte, elle la ferma à clé et éteignit la lumière.

« Si quelqu'un vient, pas un bruit, dit-elle à Glodstone, poussez le lit contre la porte. »

Pendant quelque temps, ils restèrent assis par terre en silence, à l'écoute d'un nouveau tumulte et se demandant, chacun de son côté, comment ils allaient faire pour sortir de ce foutu guêpier.

« Il doit avoir descendu un des clients.

— Un client ? dit Glodstone.

— Ou un client, ou un marchand de baratin.

— Un marchand de baratin ?

— Un des futurologues. Bien que ce qu'ils savent sur le futur, ce ne soit pas grand-chose ; ça ne sera d'ailleurs bientôt plus rien du tout, parce que je vois mal cet endroit être le meilleur lieu du monde pour tenir des conférences après cette nuit. »

Glodstone abondait plutôt dans son sens, même s'il ne savait pas trop ce que c'était que des futurologues. De toute façon, des gangsters internationaux auraient tendance dorénavant à éviter l'endroit.

« Ce qui me dépasse, continua la comtesse, c'est pourquoi ce con me cherchait la nuit dernière et, maintenant, le voilà qui fait des cartons sur les pauvres têtes-d'œuf là, en bas. A moins que ce soit les gendarmes qui se soient mis à canarder.

— Les gendarmes ? dit Glodstone, vous voulez dire qu'ils ont eu le culot d'appeler la police ?

— Vous n'imaginez tout de même pas tous ces grands spécialistes de l'économie mondiale rassemblés ici rester le cul sur leur chaise alors qu'il y a un tueur à gages en liberté dans les parages ? C'est un miracle qu'on n'ait pas reçu un contingent de Marines américains, à la façon dont le professeur Botwyk réagissait ce matin. Il voulait appeler l'ambassade.

— L'ambassade ? »

Dans l'obscurité, la comtesse le regarda d'un air soupçonneux.

« C'est une habitude que vous avez de répéter toujours ce qu'on vous dit ? demanda-t-elle.

— Non, mais... Enfin, vous ne voudriez tout de même pas que des types comme ça aient le culot de demander la protection de leur gouvernement ?

— Je ne vois pas pourquoi ils s'en priveraient. »

Glodstone le voyait, lui, mais, en la circonstance, il ne lui sembla pas judicieux de le dire. D'un autre côté, il avait de plus en plus la sensation qu'il y avait une espèce d'énorme erreur quelque part et, à un moment, il en arriva à se demander s'il ne s'était pas trompé de château. Puis il se souvint que cette femme avait prétendu être la mère de Wanderby. Peut-être que tout ce discours à propos d'un colloque international et de la police était un moyen subtil pour le faire parler.

« Tout ça paraît vraiment bizarre, murmura-t-il.

— Vous pouvez répéter ça ? » dit la comtesse alors qu'on entendait partir un nouveau coup de feu en bas. Pèlerin venait de faire mouche sur le Dr. Abnekov qui avait commis l'erreur de vouloir pisser par une fenêtre et avait appris ce que ça faisait de se faire circoncire par une balle de revolver. Un peu plus tard, comme ses hurlements s'estompaient, la comtesse se remit sur ses pieds.

« Où est votre voiture ? » demanda-t-elle.

Glodstone hésita. Dans tout ce que disait cette femme, il ne savait toujours pas distinguer si c'était du lard ou du cochon, mais il n'avait rien à gagner à mentir.

« Je l'ai cachée dans une ancienne scierie. Je ne voulais pas qu'on me la vole.

— Ouais, ben, on peut dire que c'était pas bête comme idée. Maintenant, on n'a plus qu'à tenter notre chance. Ici, ça commence à sentir le roussi, et on se croirait dans la cellule des condamnés à mort. C'est pas mon genre d'attendre sans rien faire. Aidez-moi à déplacer le lit, mais doucement. »

Glodstone se mit sur ses pieds et serra le drap contre lui. Il commençait à croire qu'il portait un linceul avant l'heure.

« Est-ce bien prudent ? demanda-t-il alors qu'on entendait un nouveau coup de feu. Je veux dire que ce qu'on entend ressemble fort à une bataille rangée.

— C'est bien pour ça qu'on bouge maintenant. Tant qu'ils sont occupés à tirer, on a une chance. »

Ils déplacèrent le lit. La comtesse tourna la clé dans la serrure, ouvrit la porte et sortit dans le couloir. Glodstone la suivit avec réticence, puis il s'arrêta.

« Mais qu'est-ce qui vous arrête ? demanda la comtesse, vous avez les foies ?

— C'est seulement que je n'ai rien sur le dos et... euh... je ne voudrais pas vous compromettre, murmura-t-il.

— Doux Jésus, dans un moment pareil, il pense que je pourrais être compromise. Si on ne se grouille pas, je vais être compromise par une balle. »

Glodstone céda et, les nerfs à fleur de peau, descendit les escaliers derrière elle.

« Entrons là » chuchota-t-elle quand ils atteignirent un large palier juste au-dessus de la grille d'entrée. Ouvrant une porte, elle le poussa à l'intérieur.

« Vous trouverez des vêtements de mon mari dans ma chambre. Il avait deux fois votre taille, mais vous ferez meilleure impression avec des couleurs sombres. Ce drap reflète trop votre teint. »

Glodstone se traîna jusqu'à la pièce voisine où il trouva plusieurs costumes dans une penderie. Une chose était sûre, la comtesse n'avait pas menti sur sa taille. Le colosse devait faire plus d'un mètre quatre-vingts en chaussettes, avec la carrure en rapport, et pour Glodstone, c'était plutôt grand. Toujours est-il que n'importe quoi valait mieux que son drap. Glodstone enfila une chemise tandis que la comtesse s'affairait dans l'autre pièce. Quand il eut fini de s'habiller et qu'il put se déplacer sans trébucher (pour ce faire, il avait dû remonter le bas du pantalon de quarante bons centimètres en le roulant sur lui-même), elle avait fini de faire sa valise.

« Parfait, fit-elle en fixant une échelle de corde à un crochet au-dessus de la fenêtre qui donnait sur l'avenue bordée de noyers. Exit la comtesse suivie par un ours. Vous me passerez la valise quand je serai dehors. Et on ira jusqu'à votre voiture.

— Mais je n'y arriverai jamais, habillé comme ça, dit Glodstone, où sont mes vêtements ?

— S'ils sont revenus de chez le teinturier, ils doivent être à l'office juste en dessous, mais, à votre place, je n'essaierais pas d'aller les chercher. En poussant par là, le seul endroit que vous pourrez atteindre est l'infini. Prenons plutôt la sortie de secours. »

Elle déroula l'échelle à l'extérieur et enjamba l'appui de la fenêtre. « Maintenant, la valise », dit-elle. Glodstone la lui passa. Elle était particulièrement lourde. Comme elle disparaissait, il restait là, indécis. Il n'avait plus aucun doute maintenant que c'était bien la comtesse et, d'une certaine manière, on pouvait dire qu'il l'avait délivrée, mais à la pensée de devoir marcher quinze kilomètres avec des vêtements d'homme trop grands pour lui et en traînant cette sacrée valise, il reculait. Et où était Pèlerin? Un coup de feu dans la pièce en dessous aurait dû le lui dire. Quoi qu'il en soit, ça le décida. Il enjamba à son tour la fenêtre et se laissa descendre par l'échelle de corde.

Dans le petit bureau, Pèlerin était aux anges. Ça, c'était la vie, le monde, l'action, celle à laquelle on l'avait préparé. Ce n'était pas seulement imaginaire, c'était réel et enthousiasmant, une question de vie ou de mort et, dans ce dernier cas, elle viendrait sans aucun doute comme une rançon du succès. Sans doute avait-il étendu raide mort un de ces salauds et en avait-il allumé un autre qui était apparu à la fenêtre. Une seule chose l'intriguait : il n'y avait eu aucun coup de feu en retour. Il aurait pris plaisir à un échange, mais personne ne lui avait répondu et il essayait d'imaginer pourquoi quand un bruit dehors lui apporta la réponse. Quelque chose venait juste de rebondir contre le mur du château et il entendait des bruits de voix. Alors, comme ça, ces bâtards avaient réussi à le contourner et s'apprêtaient à l'attaquer dans le dos. Marrant! Il allait arrêter ça vite fait. Vérifiant que la cour était toujours vide, il traversa la pièce jusqu'à la petite fenêtre qui donnait sur l'arrivée. Pendant qu'il observait, une silhouette apparut avec une valise. Ils voulaient le faire sauter avec une bombe. Pèlerin pointa son revolver à travers la fenêtre, puis il hésita. C'était une femme et il n'avait pas été entraîné à tuer les femmes. En tout cas, il ne voulait prendre aucun risque. Se glissant jusqu'aux grilles de l'entrée, il les ouvrit sans bruit. Il y avait aussi un homme dehors. Il pouvait l'entendre chuchoter. C'était le moment d'agir. Ouvrant la grille en grand avec son pied, il visa en tenant son revolver à deux mains.

« Pas un geste, cria-t-il, s'identifiant maintenant aux

213

héros de tous les romans noirs américains qu'il avait lus. Mettez les mains sur la tête et ne bougez plus. »

Mais la femme avait déjà bougé. Elle dévalait la rampe d'accès, courant aussi vite qu'elle pouvait. Pendant une seconde, Pèlerin fut tenté, mais Bulldog Drummond prévalut. Au moins, il avait l'homme et celui-ci ne faisait aucun ennui. Il haletait et soufflait comme un phoque, mais il gardait les mains en l'air.

« De grâce, ne tirez pas », geignit-il. Pèlerin reconnut la voix.

« Gloddie, dit-il, c'est vous ?

— Bien sûr que c'est moi, fit Glodstone dans un grognement tout en s'asseyant sur la valise. Oh mon Dieu !

— Ça va ? »

Glodstone se palpa la poitrine et opta pour le contraire.

« Mais qui s'évanouit là ? demanda Pèlerin, citant textuellement Mickey Spillane.

— C'est moi, fit Glodstone.

— Non, je veux dire, la femme.

— Si tu veux le savoir, c'était la comtesse.

— Mais alors, on l'a délivrée. C'est sensationnel ! »

Glodstone ne répondit pas. Vu ce qu'il pensait à ce moment-là, ce n'est pas du tout l'adjectif qu'il aurait choisi.

« Et maintenant, on peut partir ? dit Pèlcrin, ou est-ce que vous voulez que j'en finisse avec tous ces salauds. »

Glodstone essaya de se lever et retomba bientôt sur le derrière en s'empêtrant dans son pantalon.

« Ce que je veux, c'est que tu ne fasses plus rien du tout, dit-il sauvagement tandis que Pèlerin l'aidait à se relever, sauf de voir si mes vêtements sont à l'office là-dedans et de me les rapporter. Et en vitesse. Y a du meurtre dans l'air.

— Oh, je ne sais pas, dit Pèlerin, ils sont...

— Eh bien, merde, moi, je sais, nom de Dieu ! dit Glodstone.

— D'accord, d'accord, dit Pèlerin qui faisait la gueule,

juste au moment où ça allait commencer à devenir marrant. »

Cependant, il retourna à l'office et quelques minutes plus tard, il était de retour avec des vêtements sous plastique.

« Plus qu'un seul truc à faire », dit-il et, avant que Glodstone ait pu protester en arguant qu'une chose de plus était une chose de trop pour lui à cause de son cœur, il avait disparu. Glodstone se laissa descendre la rampe au petit trot, ses vêtements sous le bras. Si ce qu'il craignait se produisait, il voulait être derrière un noyer quand ça se produirait. Pendant quelques minutes, tout fut calme, puis on entendit une volée de coups de feu et Pèlerin sortit du château en courant.

« Ça devrait les tenir tranquilles pendant qu'on se taille, dit-il, j'ai décroché l'échelle de corde et fermé les grilles à clé.

— Tu as encore descendu quelqu'un au passage, je suppose ?

— Y avait personne à descendre.

— Bon, alors prends cette foutue valise », dit Glodstone qui s'avançait en clopinant. Il voulait mettre au plus vite le maximum de distance entre lui et le château.

L'endroit n'avait plus maintenant aucun charme romanesque.

Dans le grand salon, les délégués étaient accroupis dans le noir au milieu du verre brisé. Leurs inquiétudes sur l'avenir de l'humanité avaient pris un tour plus personnel et plus directement intéressé. Mais cela ne les avait pas rapprochés pour autant. Le Dr. Abnekov s'opposait à l'insistance de sir Arnold Brymay qui prétendait que la seule manière de traiter un pénis blessé était de lui faire un garrot.

« Mais pas autour des bourses ! cria Abnekov.

— Ça empêche le venin de passer dans le sang, dit sir Arnold, avec une logique tout à lui et qu'il tenait de son expérience à traiter les victimes de morsures de serpent sous les tropiques.

— C'est pas la seule chose que ça empêche, hurla le Russe, vous voulez me castrer ou quoi ?

— Je suppose qu'on pourrait aussi essayer de le cautériser », dit sir Arnold, répondant ainsi à sa manière aux accusations du délégué soviétique qui l'avait rendu personnellement responsable des atrocités commises par l'armée britannique en Irlande du Nord.

Le docteur Keister intervint.

« Peut-être puis-je vous apporter mon aide ? dit-elle. Au Danemark, j'ai eu à faire des expériences sur les parties génitales de délinquants sexuels et...

— Je ne suis pas un délinquant sexuel, et vous, vieille peau lubrique, vous faites ce que vous voulez dans votre petit pays pourri avec toute sa pornographie, mais si vous me touchez, vous allez apprendre vraiment ce que c'est que la délinquance sexuelle.

— En Afrique, dit le professeur Manake, certaines peuplades, parmi les plus évoluées, pratiquent encore l'excision. Au Ghana, bien sûr, c'est un phénomène inconnu, mais ailleurs j'ai pu faire l'étude de rites initiatiques chez les mâles. C'est une préparation symbolique à la virilité.

— Mais qu'est-ce que tout ça a à faire avec moi, espèce de foutu sorcier ? beugla Abnekov, il n'y a rien de symbolique dans ma virilité. Et vous, espèce de cochon impérialiste, cessez de jouer avec ce bout de fil !

— Il s'agit en fait de mon dernier cure-pipe, dit sir Arnold, et puis, si vous avez envie d'être saigné à blanc et d'en mourir, je suppose que c'est votre droit. »

Sous la table, M. Grenoy et le professeur Badiglioni argumentaient sur la théorie et les origines du terrorisme international.

L'Italien en accusait les Français comme Robespierre, Babeuf, Blanqui, Sorel et bien d'autres ; en fait tous ceux qui lui passaient par la tête. A cela, Grenoy répondait par les Carbonari, la Mafia, Mussolini et Gramsci, qu'il n'avait même jamais lu. L'assassinat de Botwyk avait éliminé de son esprit toute relation qu'il avait pu établir entre la comtesse et les gangsters de Las Vegas.

Seuls le pasteur Laudenbach et le cheik Fahd bin Riyal, unis par leur foi en l'avenir de l'âme et par certains autres préjugés occultes, restaient impassibles.

« C'est la volonté d'Allah. Le monde occidental est décadent et Botwyk, l'infidèle, était un sioniste patent. Il refusait d'admettre que le retour des Arabes à Jérusalem et sur tous les territoires occupés ne pouvait se faire que par la force armée. C'est la même chose avec Berlin et l'occupation de la moitié est de votre pays.

— Je n'avais jamais regardé les choses sous cet angle auparavant, dit le pasteur, nous avons des tas de raisons de nous sentir coupables. »

Dans l'obscurité, le délégué saoudien sourit. Il se faisait quelques réflexions à propos d'Eichmann.

Beaucoup plus au nord, Slyman descendait l'autoroute N1 à plus de cent soixante à l'heure. Il ne perdait pas son temps sur les routes secondaires et la suggestion, que le major répétait à intervalles réguliers, de s'arrêter pour la nuit dans un hôtel, n'éveillait chez lui aucun écho.

« Vous avez entendu ce qu'a dit le dirlo, dit-il au major, ça pourrait être notre ruine à tous.

— A ce régime-là, il ne restera plus grand-chose à ruiner », dit le major, en déplaçant son poids sur la chambre à air.

20

A mi-pente, la comtesse fit une pause dans sa fuite. Un trop long séjour dans le fond d'une cuisine ne l'avait pas entraînée pour la course de fond et, de toute façon, on ne lui avait pas tiré dessus. Personne, non plus, ne la poursuivait. Elle s'assit sur la murette pour reprendre son souffle et examina tristement la situation. Elle avait épargné sa vie, mais elle avait perdu une vie d'épargne. Les sept petites barres dans la valise devaient lui garantir son indépendance. Sans elles, elle devrait rester enchaînée à ce damné château et aux fourneaux de ses cuisines. Pire même, elle devrait peut-être aller ailleurs et continuer à se battre tout en satisfaisant les caprices et les appétits des hommes, que ce soit comme cuisinière, maîtresse de maison ou bonne à tout faire ou, pire encore, comme épouse légitime. Elle allait perdre son bungalow de Bognor Regis et la seule chance qui lui restait de retrouver l'identité de Constance Sugg venait de disparaître complètement et définitivement. Pour elle, c'était un sale coup. Et maintenant, elle était plutôt boulotte, belle encore certes, mais la quarantaine passée de cinq bonnes années ; tout ça ne l'aiderait pas pour se recaser dans ce monde de débauche dominé par les hommes.

Ce qui était encore plus rageant, c'est qu'elle se serait échappée, n'eût été ce balourd de Glodstone. Un autre foutu crétin avait fait tout un cirque à son sujet et d'une manière particulièrement stupide. Déconcertée par toute cette affaire, elle allait repartir quand une nouvelle idée la frappa.

Il était clair que quelqu'un était venu pour la chercher. Pourquoi alors, l'ayant trouvée, l'avait-il laissée partir ? Sans doute parce qu'il avait ce qu'il voulait dans sa valise. Cette hypothèse était beaucoup plus sensée, c'était sûrement la bonne. Avec une détermination nouvelle et un air mauvais qui ne trompait pas, elle repassa la murette et se mit à remonter l'allée. Elle avait fait à peine vingt mètres quand elle entendit des pas et le bruit d'une conversation. Finalement, ils arrivaient. Elle se glissa sous les buissons et s'accroupit.

« Je me fiche de ce que tu penses, dit Glodstone, comme ils passaient à sa hauteur, si tu n'étais pas sorti avec ton foutu revolver en criant " Pas un geste ", elle n'aurait pas détalé comme elle l'a fait.

— Mais je ne savais pas que c'était la comtesse, dit Pèlerin. Je pensais que c'était un des salauds qui essayait de m'attaquer par-derrière. De toute façon, on l'a délivrée et c'est ce qu'elle voulait, pas vrai ?

— Et sa valise avec tous ses vêtements dedans ?

— Ça paraît drôlement lourd pour des vêtements. Il est probable qu'elle vous attend sur le pont et on pourra la lui rendre. »

Glodstone émit un grondement.

« La pauvre femme, tu l'as mise dans tous ses états et tu penses bien qu'elle ne va pas rester dans le coin à m'attendre ! J'aime mieux ça, d'ailleurs, car avec tout ce qu'elle sait, je suis un homme mort. »

Ils étaient trop loin maintenant pour qu'elle entende la suite. Dans les buissons, la comtesse avait du mal à comprendre ce qu'elle venait d'entendre. La délivrer ? Et c'est ce qu'elle voulait ? Ce qu'elle voulait, c'était sa valise — et le jeune fou avec le revolver disait qu'ils pouvaient la lui rendre ? Toutes ces bribes de conversation n'aboutissaient dans sa tête qu'à des questions absurdes.

« Je dois devenir cinglée » murmura-t-elle tout en se dégageant des branchages pour se retrouver debout, indécise, au milieu de la route. La décision à prendre n'était pas difficile. Le jeune crétin avait sa valise et, que ça lui plaise

219

ou non, elle n'allait pas le laisser disparaître avec. Les deux hommes passèrent le tournant et disparurent. Elle enleva alors ses chaussures et, les tenant dans une main, elle dévala la pente en courant à leur poursuite. Quand elle atteignit le pont, elle était à vingt mètres derrière eux, mais cachée par le parapet de la rivière.

« Qu'est-ce que c'est que ce truc-là ? demanda Glodstone en arrêt devant l'épave du car de police et ce qui restait du siège du conducteur qui avait brûlé, squelette trônant au milieu du pont.

— Ils avaient posté des gardes ici, dit Pèlerin, mais je leur ai vite réglé leur affaire.

— Seigneur Dieu ! fit Glodstone, quand tu dis " réglé leur affaire "... Non, j'aime mieux ne pas savoir. »

Il fit une pause et jeta un regard inquiet aux alentours.

« En tout état de cause, je préfère m'assurer qu'il n'y a plus personne ici.

— Je serais étonné du contraire. La dernière fois que je les ai vus, ils étaient tous dans la rivière.

— Et c'est probablement la dernière fois que quelqu'un les aura vus avant qu'ils arrivent à la mer, si j'en juge par mon expérience de cette saleté de torrent.

— Je vais traverser le pont et vérifier de l'autre côté pour être sûr, dit Pèlerin. Si tout va bien, je sifflerai.

— Et sinon, je suppose que j'entendrai des coups de feu », murmura Glodstone mais Pèlerin s'était déjà engagé à grands pas sur le pont, portant négligemment la valise. Une minute plus tard, il siffla, mais Glodstone ne bougea pas. Il avait le sentiment désagréable qu'il y avait quelqu'un derrière lui.

« C'est encore moi, mon chou, dit la comtesse, on ne me sème pas si facilement.

— Mais personne ne veut vous semer. Au contraire...

— Gardez vos explications pour plus tard. Maintenant, vous et moi, nous allons traverser ensemble et, au cas où notre champion de la gâchette commencerait à tirer, souvenez-vous que je me cache derrière vous et qu'il doit vous descendre avant de m'atteindre.

— Mais il ne tirera pas. Je veux dire, pourquoi le ferait-il ?

— C'est à vous de me le dire, dit la comtesse, je ne lis pas dans la pensée des gens et je doute, de toute façon, que vous ayez pensé quelque chose. Allez, on y va. »

Glodstone se mit lentement en route. A l'est, le ciel avait commencé à s'éclairer, mais il n'avait pas d'yeux pour les beautés de la nature. Son regard était entièrement tourné vers un paysage intérieur, un paysage qui n'avait plus aucun sens, ni aucun ordre, et où tout n'était que remise en cause de ce qui avait été son credo de jadis. Le roman était mort et, sans une extrême prudence de sa part, il pourrait peut-être bientôt subir le même sort.

« Je vais lui dire de rester tranquille, dit-il quand ils atteignirent la rampe d'accès.

— Ça vient peut-être un peu tard maintenant, mon gros loup, fit-elle, mais tu peux toujours essayer. »

Glodstone s'arrêta.

« Pèlerin, appela-t-il, j'ai la comtesse avec moi, alors tout va bien. Il n'y a aucune raison de s'alarmer. »

Derrière le car de police endommagé, Pèlerin arma le revolver.

« Comment est-ce que je sais si vous dites la vérité ? cria-t-il, tout en rampant jusqu'à la berge pour avoir une ligne de tir bien dégagée avec les personnages en silhouette sur le fond du ciel.

— Mais parce que je te le dis, triple idiot. Qu'est-ce que tu veux de plus ?

— Pourquoi est-ce qu'elle se tient comme ça, tout contre vous ? » dit la voix de Pèlerin qui venait d'une autre direction. Glodstone fit volte-face et la comtesse suivit.

« Parce qu'elle ne te fait pas confiance avec ton arme.

— Pourquoi est-ce qu'elle nous a demandé de la délivrer ? »

Mais la patience de Glodstone était à bout.

« Ne t'occupe pas de ça maintenant. On verra ça plus tard. Il faut se mettre en route et disparaître.

— Si vous le dites, d'accord » dit Pèlerin, qui avait bien pensé se payer une autre victime.

221

Il remonta de la berge et Glodstone et la comtesse sortirent de derrière l'écran que leur offrait le car de police.

« O.K., alors qu'est-ce que c'est que cette histoire que je voulais être délivrée ? demanda la comtesse, tout en s'arrêtant pour remettre ses chaussures. Et qui est votre ami avec l'index si chatouilleux sur la gâchette ?

— C'est Pèlerin, dit Glodstone, Pèlerin Clyde-Browne. C'est un garçon de mon équipe. En fait, il va nous quitter, mais...

— Je ne vous demande pas son curriculum vitae. Je voulais simplement savoir ce que vous faisiez ici tous les deux, c'est tout. »

Glodstone, mal à l'aise, parcourut la route du regard.

« Est-ce que l'on ne ferait pas mieux d'aller ailleurs dans un endroit offrant plus d'intimité ? dit-il. Je veux dire, plus vite on aura quitté le coin, moins ils auront de chances de nous suivre. »

A son tour, la comtesse hésita. Elle n'était pas absolument sûre de vouloir aller où que ce soit offrant trop d'intimité avec ces deux cinglés. D'un autre côté, il y avait des tas d'arguments pour foutre le camp vite fait d'un endroit où traînaient des véhicules de police calcinés. Elle n'avait pas envie non plus qu'on lui pose trop de questions sur les petites barres d'or qu'elle avait dans sa valise, ou sur le fait qu'elle avait plusieurs passeports. Sans parler de la présence sur les lieux du responsable d'internat de son fils en compagnie d'un autre élève qui se baladait en tirant sur les gens. Par-dessus tout, elle voulait se dégager du dernier épisode de son passé. Une nouvelle vie l'attendait.

« Rien de tel que brûler les ponts, dit-elle. En avant, Mac Duff. »

Et, reprenant son sac, elle suivit Glodstone qui traversait la route et entamait la côte. Derrière eux, Pèlerin avait pris les choses à la lettre et, quand ils atteignirent le sommet et qu'ils firent une pause pour souffler, de la fumée avait commencé à s'amasser dans la vallée et on entendait les craquements du bois qui brûlait.

« Ça devrait les tenir un peu tranquilles », dit-il en les rejoignant.

Glodstone se retourna, les yeux exorbités par un nouveau sentiment de désespoir. Il savait d'avance ce qu'il allait voir. Le château paraissait désert, mais la passerelle de bois était en flammes.

« Tu as dit tranquilles ? Mais chaque foutu pompier et gendarme d'ici à Boosat va rappliquer ici en moins de vingt minutes et on a encore à lever le camp. Notre but, c'était de regagner la voiture avant que la chasse soit ouverte.

— Oui, mais elle a dit...

— Tais-toi et marche, fit sèchement Glodstone avant de disparaître sous bois pour remettre ses propres vêtements.

— Je vais vous dire une chose, mon garçon, dit la comtesse, au moins, quand vous faites quelque chose, vous n'y allez pas de main morte. Mais d'un autre côté, il n'a pas tort, vous savez. Comme il a dit, l'endroit va bientôt sentir très mauvais. »

Elle jeta un petit coup d'œil au champ de bataille.

« Et si les limiers mettent leur nez là-dedans, ils seront à nos trousses en un rien de temps.

— Les limiers ? dit Pèlerin.

— Les chiens policiers. Ceux qui ont du flair et qu'utilisent les flics. Si vous voulez mon avis, vous devriez tout jeter dans la rivière.

— Bien reçu », dit Pèlerin et, quand Glodstone émergea finalement de sous les buissons, l'air toujours abattu, ce fut pour trouver la comtesse assise sur sa valise et Pèlerin disparu.

« Il détruit tous les indices dans la rivière. Alors, maintenant vous allez me dire ce que c'est que tout ce micmac ? »

Glodstone fit du regard le tour du vallon désert.

« Mais vous le savez bien, dit-il, vous m'avez écrit pour me demander de venir jusqu'ici pour vous délivrer.

— J'ai fait ça ? Eh bien, pour votre information, je... »

Elle s'arrêta. Si ce fou pensait qu'elle lui avait écrit en demandant à être délivrée, et c'était évident vu la façon dont il l'avait fait, elle n'allait pas commencer à le chicaner là-dessus dans les circonstances présentes.

« Et puis, ça n'est pas le moment de discuter. Il faut faire quelque chose du costume d'Alphonse. Il pue la naphtaline. »

Glodstone eut un regard pour les vêtements qu'il tenait.

« Pourquoi ne peut-on pas juste les laisser là ?

— J'ai déjà expliqué à notre jeune chevalier servant que, si la police amène ses chiens, ils auront retrouvé notre trace en un rien de temps. »

Mais ce fut Pèlerin qui trouva la solution quand il revint de la rivière.

« Vous allez devant et je vais les lancer sur une piste qui conduira dans la mauvaise direction, dit-il, je vous rattraperai avant que vous soyez à la scierie. »

Et, prenant le costume des mains de Glodstone, il s'éloigna le long de la route. Glodstone et la comtesse partirent de leur côté et, deux heures plus tard, ils avaient atteint péniblement le plateau. Ils étaient trop préoccupés par leurs pensées confuses pour parler. Le soleil était levé maintenant et ils étaient en sueur, mais Glodstone n'avait aucune envie de s'arrêter pour souffler. Le cauchemar qu'il venait de vivre le hantait encore et était toujours présent sous l'aspect d'une femme qui, très clairement, ne savait pas qu'elle lui avait écrit pour demander de l'aide. D'une manière encore plus évidente, elle n'avait aucun besoin d'aide et, si quelqu'un pouvait être considéré comme rescapé, Glodstone devait admettre que c'était lui et grâce à elle. Finalement, alors qu'ils atteignaient les bois à l'autre bout du causse de Boosat, il regarda en arrière. Une colonne de fumée s'élevait dans le ciel sans nuages et, pendant quelques instants, il eut l'impression d'entendre faiblement un bruit de sirènes. Puis ils eurent à se faire un passage entre les arbres et les ronces et, une demi-heure plus tard, ils tombèrent sur la piste envahie d'herbe qui conduisait à la scierie.

La même atmosphère de solitude et de long abandon planait sur les machines rouillées et les bâtiments déserts, mais ils n'évoquaient plus, cette fois, chez Glodstone, un sentiment de joie et d'anticipation. Au contraire, l'endroit semblait sinistre et menaçant, hanté par des crimes impunis. Non pas que Glodstone eût le temps d'analyser ses sentiments. Ils montaient en lui naturellement alors qu'il traversait les lieux jusqu'au hangar et qu'il remerciait le ciel que la Bentley soit toujours là. Tandis qu'il ouvrait les portes, la comtesse laissa tomber la valise et s'assit dessus. Elle n'avait pas prêté attention à la douleur dans son bras droit et dans ses pieds meurtris, et elle essayait de l'ignorer maintenant. Au moins, ils avaient une voiture et quelle voiture! Ouais, elle était vraiment à la hauteur. Un grand cru de chez Bentley. Rien de tel pour se faire repérer. Une Bentley avec un conducteur borgne. Même sans barrages établis, les flics allaient les arrêter simplement pour y jeter un coup d'œil. D'un autre côté, les possesseurs de vieux tacots n'avaient pas pour habitude de se déplacer pour descendre de hautes personnalités. Et puis, maintenant, elle ne pouvait plus faire machine arrière. Elle n'aurait qu'à prétendre qu'elle avait été kidnappée et croire à sa chance.

Dans le hangar, Glodstone replaça les bougies et démarra la voiture. Il venait de la sortir quand Pèlerin apparut, tout baigné de sueur.

« Désolé d'être en retard, dit-il, mais j'ai dû m'assurer qu'ils ne viendraient pas par ici. J'ai descendu la rivière sur deux à trois kilomètres et j'ai aperçu un vieux bonhomme qui était allé pêcher ; alors je lui ai collé les vêtements dans ses sacoches et j'ai attendu jusqu'à ce qu'il s'éloigne. Ça devrait les tenir occupés pour une heure ou deux. Et puis j'ai dû nager un moment avant de faire demi-tour. Je ne voulais pas leur laisser ma propre piste.

— Va devant et déplace les arbres », dit Glodstone qui sortait de la voiture et refermait les portes du hangar. La comtesse s'installa sur la banquette arrière et, cinq minutes plus tard, ils étaient sur la route, roulant du mauvais côté.

« Conduisez à droite, sapristi, glapit la comtesse, on n'est pas en Angleterre ici et, à ce régime-là, on n'y sera jamais. Et vous allez où comme ça ?

— Je retourne à Calais, dit Glodstone.

— Alors pourquoi est-ce que vous avez pris la route d'Espagne ?

— Je pensais seulement..., fit Glodstone, trop fatigué, en fait, pour penser.

— Eh bien, cessez, dit la comtesse. Dorénavant, pour le rayon cerveau, ce sera moi. L'Espagne, ça n'aurait pas été si bête après tout, mais la frontière est le premier endroit qu'ils vont surveiller.

— Pourquoi ça ? demanda Pèlerin.

— Mais, triple buse, parce que c'est le plus près. Alors Calais, d'un certain côté, ça se défend. Un seul problème reste, est-ce que le vieux Père la Vitesse va pouvoir tenir jusque-là sans nous effacer tous de la carte ?

— Bien sûr que je peux, dit Glodstone, que l'insulte avait fait bondir malgré sa somnolence.

— Alors, tournez à gauche au prochain croisement. Et passez-moi la carte. »

Pendant plusieurs kilomètres, elle l'étudia attentivement tandis que Glodstone concentrait ses efforts à tenir sa droite.

« Alors maintenant, dit la comtesse quand ils eurent tourné sur une route qui les menait dans un épais sous-bois de chênes, la prochaine question est : est-ce que quelqu'un dans les environs a vu cette voiture quand vous êtes arrivés ?

— Je n'aurais pas tendance à le penser. Nous avons fait les trois cents derniers kilomètres de nuit et nous roulions sur des routes au sud.

— Parfait, c'est un bon point. Donc, la voiture n'est pas un de leurs éléments de recherche. C'est rutilant et c'est trop voyant pour avoir l'air d'une fuite. Mais, s'ils nous arrêtent quand même, ces revolvers vont nous faire mettre à l'ombre pour longtemps, très longtemps. Alors moi, je les jetterais à l'eau, et pas n'importe où. Les flics ont un flair marqué pour regarder sous les ponts.

— Qu'est-ce que c'est un flair ? demanda Pèlerin.

— Ce qui manquait à ces pauvres gendarmes quand tu as fait sauter leur camionnette. Et maintenant, la ferme ! dit Glodstone.

— D'accord, mais si on se débarrasse des revolvers, on n'aura plus rien pour se défendre et, de toute façon, on est supposé les remettre à l'armurerie de l'école. »

Sur le volant, les mains de Glodstone blanchirent aux jointures.

« Ecoute-moi bien, foutu crétin, gronda-t-il, tu n'as pas encore fait entrer dans ta petite tête de piaf que nous n'allons pas retourner à l'école ? Et si nous n'utilisons pas nos méninges, nous serons condamnés pour meurtre et nous finirons notre vie dans une prison française puante.

— Pour meurtre ? fit Pèlerin, manifestement surpris, mais on a seulement tué une espèce de salaud et...

— Et, au passage, plusieurs gendarmes que tu as fait sauter avec leur camion. Tu trouves que ce n'est pas suffisant ! Alors, ferme ta petite gueule de meurtrier et fais ce que te dit la comtesse. »

De la banquette arrière, la comtesse écoutait la conversation avec intérêt. Il commençait à se faire jour pour elle que, par comparaison avec Pèlerin, Glodstone était pratiquement un génie. Pour être plus précis, il était effrayé et prêt à suivre ses ordres.

« Arrêtez la voiture ici, dit-elle pour juger de son autorité, et coupez le moteur. »

Glodstone s'exécuta et se tourna vers elle, la mine interrogative.

« Cet endroit en vaut bien un autre, dit-elle après une minute pendant laquelle ils étaient restés assis en silence pour l'écouter. Vous, dit-elle à Pèlerin, vous vous enfoncez de deux à trois cents mètres dans le bois et vous enterrez les pétoires avant qu'on soit rattrapés. Et au trot ! »

Pèlerin regarda Glodstone.

« J'y vais ? » demanda-t-il. Mais un simple coup d'œil au visage de Glodstone lui suffit.

« C'est plutôt du genre primitif », dit la comtesse quand il fut parti. Glodstone ne répondit pas. Des profondeurs de son esprit fatigué, la question remontait à nouveau. Comment avait-il bien pu jamais tomber sous la coupe de cette harpie ? Il n'avait pas l'intention de se la poser maintenant, mais si jamais ils retournaient en Angleterre, il faudrait qu'il essaie d'y revenir.

« Un mort, un blessé, et combien de disparus ? demanda l'inspecteur Roudhon.

— Deux, dit M. Grenoy qui, à la fenêtre, regardait d'un œil morose un petit hélicoptère posé sur la terrasse.

— Madame la comtesse et un Anglais du nom de Pringle.

— Un Anglais nommé Pringle ? Description ?

— Age moyen, taille moyenne. Chauve. Petite moustache. Un Anglais typique avec une certaine classe.

— Et il logeait ici ?

— Pas exactement. L'Américain qui est mort, il l'avait sorti de la rivière hier matin et il était épuisé. Alors, on lui a donné une chambre et un lit.

— S'il a secouru l'homme qui a été descendu, il ne semble pas que ce soit un tueur, dit l'inspecteur.

— Bien sûr que non, ce n'est pas un tueur. Demandez à vos hommes. Ils ont dû le ramener en lui faisant traverser la rivière avec le professeur Botwyk. Il faisait du tourisme dans la région.

— Et pourtant il a disparu ?

— Dans les circonstances actuelles, il n'a pas eu tort, Inspecteur, dit M. Grenoy ; si vous aviez été là la nuit dernière, vous n'auriez eu qu'une envie : foutre le camp. »

Il commençait à s'énerver devant l'incapacité de l'inspecteur à mesurer les conséquences internationales des événements de la nuit. La gloire de la France était en jeu, sans parler de sa propre carrière.

« Et la nuit d'avant, un homme était ici qui cherchait Madame la comtesse, continua l'inspecteur.

— C'est ce qu'on m'a dit. Mais je dois ajouter qu'il a fait une première tentative contre le professeur Botwyk à ce moment-là. La nuit dernière, le professeur a été tué de sang froid, et vos hommes étaient supposés assurer sa protection.

— C'est ce qu'ils faisaient, mais ils n'avaient pas prévu qu'ils seraient attaqués par des terroristes. Vous dites que c'était Madame la comtesse qui était visée ?

— Naturellement. Qu'est-ce qu'on peut penser d'autre quand on voit un Anglais avec un revolver... ou un Américain qui désire savoir où elle est ? C'est de votre responsabilité.

— Si on nous avait dit qu'il s'agissait de terroristes, ça aurait pu nous aider, Monsieur ; on ne peut agir qu'en fonction de l'information qu'on nous donne. Et les routes étaient surveillées. Ils ne sont venus ni de Boosat ni de Frisson.

— Vous avez pensé à la rivière ? Ils ont pu échapper à vos barrages routiers avec des canoës.

— Possible. Il est clair que c'était une opération bien montée. Le but était d'assassiner l'Américain Botwyk et...

— De châtrer le délégué soviétique. Probablement pour compromettre la signature du contrat sur le gaz de Sibérie », dit M. Grenoy. Avec l'inspecteur, sa remarque sarcastique tomba à plat.

« Mais ce sont les Américains qui s'opposent à l'accord. Ce serait plutôt les Iraniens qui seraient dans le coup. »

Dans la salle à manger, les délégués épuisés étaient interrogés. Ils étaient convaincus, eux aussi, qu'ils avaient été victimes d'une attaque terroriste.

« La crise du capitalisme trouve à s'exprimer dans ces actes barbares, expliquait le Dr. Zukacs à un gendarme médusé. Ils sont symptomatiques de la mentalité bourgeoise dégénérée et de l'alliance entre le fascisme monopolistique et divers secteurs du prolétariat rétrograde. Tant qu'une nouvelle conscience n'émergera pas...

— Et combien de coups de feu ont été tirés ? » demanda le policier, essayant de revenir aux faits.

Le Dr. Zukacs ne savait pas.

« Quinze, dit le pasteur Laudenbach avec la précision d'un expert militaire. Pistolet de calibre intermédiaire. Vitesse de tir, bonne. Extrême précision. »

Le policier mit tout ça par écrit. Il avait reçu l'ordre de traiter tous ces personnages importants avec douceur. Ils sortaient à peine d'un état de choc, à l'exception évidente du pasteur Laudenbach.

« Votre nom, Monsieur. »

Le pasteur claqua des talons.

« Obergruppen... euh, pasteur Laudenbach. Je fais partie de l'Eglise luthérienne. »

Le policier nota aussi ce fait.

« Est-ce que quelqu'un a vu l'assaillant ? »

Le docteur Hildegarde Keister poussa Badiglioni en avant.

« Vous l'avez rencontré dans le passage » dit-elle.

Le professeur la maudit en lui-même.

« C'était la nuit d'avant. Ça n'était peut-être pas le même homme.

— Mais vous avez dit qu'il était armé. Vous savez bien que vous avez dit ça. Et quand vous...

— Oui, dit Badiglioni pour couper court et éviter que l'on découvre qu'il avait trouvé refuge dans sa chambre. C'était un jeune Anglais.

— Un Anglais ? Vous pouvez le décrire ? »

Le professeur Badiglioni ne pouvait pas.

« Il avait les cheveux noirs.

— Mais alors, comment avez-vous su que c'était un jeune Anglais ?

— A son accent. C'était de l'anglais sans erreur possible. J'ai fait une étude des interrelations entre la phonétique et les structures socio-économiques dans l'Angleterre de l'après-guerre et je peux affirmer catégoriquement que l'homme que vous cherchez est d'un milieu moyen-supérieur-bas avec des inclinations protestantes d'extrême-droite.

— Ça, c'est la meilleure » dit sir Arnold. A ce régime-là, les problèmes de l'Irlande du Nord allaient revenir sur le tapis.

« Vous étiez dans la chambre du docteur Keister avant même qu'il ait pu seulement vous dire un mot. Vous me l'avez dit vous-même.

— J'ai entendu ce qu'il disait au docteur Abnekov. Ça m'a suffi.

— Et où avez-vous acquis cette faculté stupéfiante pour analyser la langue anglaise ? Sans doute comme prisonnier pendant la dernière guerre.

— En fait, j'étais interprète pour les Anglais faits prisonniers pendant les combats en Italie, répliqua sèchement le professeur Badiglioni.

— Je vais noter qu'il était anglais », dit le policier.

Sir Arnold objecta.

« Certainement pas. J'ai parlé un bon moment avec ce type et, à mon avis, il avait nettement un accent étranger.

— L'anglais est une langue étrangère en France, Monsieur.

— Oui, c'est un fait, je le reconnais, dit sir Arnold qui commençait à s'énerver. Ce que je voulais dire, c'est que son accent était un accent étranger européen, si vous voyez ce que je veux dire. »

Le flic ne voyait pas.

« Mais il s'exprimait en anglais ? »

Sir Arnold admit en grommelant que ça avait été le cas.

« Ça ne veut pas dire pour autant qu'il soit citoyen britannique. C'est probablement un moyen employé exprès pour dissimuler sa véritable nationalité. »

Le bruit d'un autre hélicoptère qui descendait sur la terrasse mit un terme pour un temps à l'interrogatoire.

A Bordeaux, le docteur Abnekov subissait une opération de microchirurgie sous anesthésie locale. Il voulait s'assurer par lui-même qu'il conserverait ce qui restait de son pénis.

21

« Merde, ça c'est la poisse », dit le major Fetherington alors que la voiture s'arrêtait en crissant devant un barrage de police après Boosat. Trois gendarmes portant des pistolets-mitrailleurs entourèrent la voiture tandis qu'un quatrième pointait son arme vers Slyman en demandant leurs passeports. Tandis que le gendarme parcourait les pages, Slyman gardait les yeux fixés droit devant lui. Il avait fixé la route devant la voiture pendant des centaines de kilomètres tandis que le major somnolait à son côté, et tout ça pour rien. Manifestement, la catastrophe s'était produite. On ne fait pas des barrages routiers en gardant en joue les occupants des voitures sans avoir de bonnes raisons de le faire, même dans la police française, mais Slyman était trop fatigué pour être inquiet. Ils allaient devoir envoyer un télégramme au directeur, puis trouver un hôtel où il pourrait dormir un peu. Ça lui apporterait au moins un peu de repos. Ce qui pourrait arriver après n'avait plus d'importance maintenant. Il n'était même pas inquiet à cause des lettres. Si Glodstone les avait gardées, personne ne pouvait prouver que c'était lui qui les avait écrites. Et d'un certain côté, il était soulagé. Pour lui, tout était fini.

Il fut tiré de sa torpeur béate par l'ouverture brutale des portes de la voiture et l'ordre de descendre sous la menace des armes.

« Peux pas, dit le major catégorique, ce n'est pas possible.

232

Ma bloody derrière est blessé et je m'assis sur un tube de pneu. »

Mais, en dépit de ses protestations, il fut tiré dehors et mis debout contre un mur.

« Plutôt désagréable, murmura-t-il, alors qu'on les bousculait. Je voudrais bien voir un flic me faire ça en Angleterre. Ouais !

— Silence » dit le sergent. Ils furent poussés de côté tandis qu'on fouillait leur voiture et que leurs bagages s'alignaient sur le bord de la route, y compris la chambre à air et la bouteille que le major avait utilisée pour s'éviter les tourments de quitter la voiture pour faire pipi. Cinq minutes plus tard, deux voitures de police se rangeaient un peu plus loin derrière le barrage et plusieurs hommes en civil s'avançaient vers eux.

« On dirait qu'ils s'intéressent à nos passeports », dit le major à qui on intima l'ordre de la boucler. Slyman regarda par-dessus le mur, fixant une haie de peupliers au bord de la rivière pour essayer de tenir les yeux ouverts. Là, au soleil, il faisait chaud, et des papillons batifolaient dans l'air tranquille sur la prairie, se posant sans raison apparente sur une petite fleur alors qu'il y en avait une plus grosse juste un peu plus loin. Slyman trouva un certain réconfort dans ce choix au hasard. « La chance, c'est tout, pensa-t-il, et je ne suis pas responsable de ce qui a pu arriver. Si je ne dis rien, ils ne pourront rien me faire. »

Pour le petit groupe de policiers qui étudiaient leurs passeports, les choses se présentaient différemment. Le billet de passage était dedans.

« Entrés en France hier et ils sont déjà arrivés jusqu'ici ? dit le commissaire Ficard, ils ont dû rouler toute la nuit sans s'arrêter. »

Il regarda d'une manière significative la bouteille du major et son contenu nauséabond.

« Profession : enseignants. C'est peut-être une couverture. Quelque chose de suspect dans leurs bagages ? »

Deux policiers en civil vidèrent les valises sur la route et examinèrent leur contenu.

« Non, rien.

— Et cette chambre à air, qu'est-ce qu'elle fait là ?

— L'autre individu était assis dessus, Monsieur le commissaire. Il prétend qu'il s'est blessé le bas du dos. »

La mention de blessures décida le commissaire Ficard.

« Embarquez-les pour interrogatoire, dit-il, et je veux qu'on examine cette voiture à la loupe. Personne ne conduit de Calais à ici aussi vite sans avoir de bonnes raisons. En tout cas, ils ont dû dépasser les limitations de vitesse. Et puis, vous contacterez la compagnie de ferry. Ces deux-là m'intéressent. »

Alors qu'on poussait un peu brusquement le major dans le car de police, il ne fit qu'envenimer les choses.

« Ne me touchez pas avec vos sales pattes, crétins », aboya-t-il, pour se retrouver allongé sur le plancher. Slyman monta gentiment. D'être arrêté constituait plutôt un soulagement pour sa conscience.

Après Poitiers, la comtesse reprit l'initiative.

« On va avoir besoin d'essence, dit-elle. Alors, si vous voulez vous arrêter à la prochaine station-service, c'est votre droit. Avec la description, dans l'avis de recherche, qui doit parler d'un homme avec un œil de verre, votre compte est bon. Alors, très peu pour moi. Vous pouvez m'arrêter là, je continuerai à pied.

— Qu'est-ce que vous suggérez ? » demanda Glodstone. Il avait abandonné depuis longtemps l'idée d'essayer de penser par lui-même.

« Que vous continuiez jusqu'à la prochaine route tranquille, et que vous et Al Capone junior, vous ayez un peu de répit. Pendant ce temps-là, vous me passez le volant, et j'irai faire le plein.

— Une voiture comme celle-là, ça ne se conduit pas facilement, vous savez. Vous devez avoir eu l'expérience des boîtes de vitesses non synchronisées et...

— Il faut faire le double débrayage. Je m'exercerai.

— Je pense que ça peut être une bonne idée », admit Glodstone et il tourna sur une route secondaire. Pendant dix minutes la comtesse se mit au volant tandis que Pèlerin se mettait à l'arrière et que Glodstone priait pour qu'elle n'esquinte pas sa boîte de vitesses.

« O.K. ? » demanda-t-elle finalement.

Glodstone acquiesça de la tête, mais Pèlerin avait toujours des réticences.

« Comment est-ce qu'on sait si elle va revenir ? Je veux dire, vous pouvez bien vous tirer et...

— Abandonner aux flics un jeune homme aussi intelligent que vous ? Je ne suis pas folle. De plus, je voulais être délivrée et c'est ce que vous faites. Mais si ça peut vous rendre plus heureux, je vais vous laisser mon passeport. »

Elle descendit, et fouillant dans sa valise, elle y trouva celui qu'elle cherchait.

« J'apporterai à manger par la même occasion, dit-elle. Et maintenant vous n'avez plus qu'à vous la couler douce dans la campagne. Faites une sieste et si je ne suis pas là dans deux heures, appelez les flics.

— Qu'est-ce qu'elle a voulu dire ? » demanda Pèlerin pendant qu'elle s'éloignait.

Glodstone se hissa par-dessus une barrière dans un champ.

« Elle plaisantait, dit-il pour se rassurer en s'allongeant dans l'herbe.

— Je pense toujours...

— La ferme ! »

Trois kilomètres plus loin, la comtesse quitta la route à nouveau et passa un moment à enfourner les lingots d'or derrière le siège arrière. Puis elle se changea et mit une robe d'été et des lunettes de soleil.

Pendant tout ce temps-là, son esprit restait actif à considérer toutes les éventualités. Ils pouvaient toujours se faire pincer, mais, étant arrivés jusque-là sans se faire arrêter, il semblait improbable qu'une alerte ait été lancée pour deux hommes et une femme dans une Bentley de collection. Pour assurer ses arrières, elle prit deux des petits lingots d'or et, après avoir vérifié que personne n'était en vue, elle les cacha sur le bas-côté au pied d'un poteau téléphonique. Une heure plus tard, elle était de retour au même endroit. Le plein avait été fait et elle avait acheté largement de quoi manger, avec en plus du café bien fort dans un thermos, et une truelle. Avec cet outil elle creusa un trou dans le bas-côté et enterra les deux lingots. Si la douane trouvait les autres, elle voulait quelques munitions de secours, sinon elle pouvait toujours revenir plus tard pour les récupérer. Mais le mieux de tout, ce fut un peu plus tard, alors qu'elle conduisait pour retrouver Glodstone endormi et Pèlerin toujours soupçonneux : deux motards la croisèrent sans lui accorder mieux qu'un coup d'œil. Elle fut rassurée.

« On reprend la route, les enfants, dit-elle, on n'a pas à s'en faire. Les flics ne sont pas après nous. Je viens d'en voir deux. Pas de problèmes. »

Elle versa à Glodstone une grande tasse de café bien sucré.

« Ça tiendrait une chouette éveillée tout une semaine, dit-elle, tellement c'est fort. Quant au repas, vous mangerez pendant qu'on roulera.

— De toute façon, je ne serai jamais capable d'atteindre Calais, dit Glodstone. Pas aujourd'hui.

— On ne va plus à Calais, on va à Cherbourg. Vous allez voir, ça va marcher. »

A minuit, ils étaient garés sur le parking devant le terminal des ferries. Glodstone dormait au volant. La comtesse le secoua pour le réveiller.

« Galahad et moi, nous allons traverser cette nuit comme simples passagers, dit-elle. Vous, vous traversez avec le premier bateau demain matin. D'accord ? »

Glodstone acquiesça de la tête.

« On vous attendra. »

Elle le quitta et sortit avec Pèlerin pour aller acheter les billets. Mais il s'écoula encore deux heures avant qu'elle passe la douane et les services d'immigration avec un passeport américain sur lequel elle pcrtait le nom de Mme Nathalie Walcott. Passé un peu avant elle, un jeune garçon nommé William Barnes s'installait à la cafétéria et commandait un coca-cola. Lui aussi dormait quand le bateau quitta le quai. La comtesse acheta une bouteille de whisky à la boutique hors-taxe. Elle monta sur le pont avec

236

la poche plastique et se pencha par-dessus la rambarde en la tenant à la main. Quand elle redescendit, le sac, la bouteille et tous les documents qui pouvaient suggérer qu'elle avait été la comtesse de Montringlay ou Anita Blanche Wanderby étaient en train de couler avec le whisky vers le fond de la Manche. Demain, elle serait redevenue Constance Sugg. Pas demain, aujourd'hui même, et elle commença à sentir la fatigue.

Slyman, lui, ne la sentait pas. Il était passé au-delà de la barrière de l'épuisement pour entrer dans une nouvelle dimension. Il avait la tête légère et il ne savait plus vraiment s'il dormait ou s'il était éveillé. Assurément, les questions que lui posaient les deux détectives assis en face de lui suggéraient plutôt qu'il dormait. Ils les posaient très gentiment, mais les questions elles-mêmes étaient horribles. Le contraste rendait les choses encore plus irréelles.

« Je ne suis membre d'aucune organisation subversive et, de toute façon, les services secrets britanniques ne sont pas subversifs, dit-il.

— Donc, vous admettez que vous appartenez à l'un de ces services ?

— Non », dit Slyman.

Les deux hommes lui donnèrent une nouvelle tasse de café et consultèrent une fiche sur la table.

« Monsieur Slyman, le 12 avril, vous êtes arrivé en France, et le 22, vous repartiez en Angleterre. Le 27, vous étiez revenu, et de nouveau le 3 août. La nuit d'avant la nuit dernière, vous reveniez encore, et vous avez conduit 900 kilomètres sans arrêt. Ça aiderait si vous nous expliquiez de quoi il retourne. »

Slyman avait tendance à être d'accord avec eux, mais une zone de son cerveau qui lui parut étrangère prit le contrôle.

« J'enseigne la géographie et j'aime la France. Alors, c'est naturel que j'y fasse de fréquents séjours.

— C'est pourquoi, je suppose, vous parlez notre langue avec autant d'aisance ? dit l'inspecteur Roudhon avec un sourire.

237

— Ça, c'est autre chose. Je ne suis pas très doué pour les langues.

— Mais en géographie, par contre, vous êtes particulièrement doué. Vous êtes capable d'étudier un pays sur 900 kilomètres sans vous arrêter. Et la nuit, en plus. A moins que... »

Il fit une pause pour allumer une cigarette. La pièce empestait le tabac froid.

« A moins, Monsieur Slyman, et c'est une pure hypothèse de ma part — vous me suivez ? —, à moins que vous n'ayez déjà été en France et que quelqu'un vous ait procuré un alibi en réservant un passage vers Calais à votre nom.

— Un alibi ? Pourquoi aurait-on fait une chose pareille ? » dit Slyman, essayant de garder les yeux ouverts. La situation devenait de plus en plus insensée.

« C'est à vous de nous le dire. Vous savez bien pourquoi vous êtes venu jusqu'ici, quelle mission on vous a confiée, à vous et au major Fetherington.

— Je ne peux pas, dit Slyman, parce qu'on n'en a pas. Demandez au major.

— C'est ce qu'on a fait. Et il a eu assez de bon sens pour avouer.

— Avouer ? Mais avouer quoi ? »

Slyman était maintenant parfaitement réveillé.

« Vous voulez vraiment le savoir ? »

Bien sûr que Slyman le voulait. Le détective quitta la pièce et revint quelques minutes plus tard avec une déposition signée.

« Le major Fetherington admet qu'il est membre des Services spéciaux de l'Air. Il admet aussi qu'il a été parachuté dans la forêt près de Brive depuis un avion léger.

— Un avion léger ? dit Slyman, pris soudain d'un vertige délirant.

— Oui, Monsieur, et vous le savez déjà. Il a même donné le type de l'appareil et le nom du terrain d'où il a décollé. C'était un Gloster Gladiator et il a quitté Bagshot mardi à 4 heures du matin.

— Mais... mais on ne fabrique plus de Gladiator depuis Dieu sait quand », dit Slyman.

Qu'est-ce que c'était que cette invention du major ? Et il n'y avait sûrement pas de terrain d'aviation près de Bagshot. Le pauvre type devait avoir complètement perdu les pédales.

« En touchant le sol, il s'est blessé dans le bas du dos, mais il a quand même pu enterrer son parachute. Il a alors rejoint la route au-dessus de Collonges et c'est là que vous l'avez récupéré, continua le détective. Vous aviez des ordres à lui donner...

— Des ordres ? glapit Slyman. Quels ordres, nom de Dieu ? »

Le détective sourit.

« C'est à vous de nous le dire, Monsieur. »

Slyman parcourut la pièce d'un regard désespéré. Le major Fetherington l'avait vraiment mis dans la mouise jusqu'à la hauteur des yeux. Ce qui s'appelait lui refiler le bébé.

« Je ne sais pas ce que vous cherchez, murmura-t-il, je ne suis jamais allé à Brive ni même dans la région et... »

Il laissa tomber.

« Si vous voulez mon avis, Monsieur Slyman, dit l'inspecteur, vous allez nous dire maintenant tout ce que vous savez. Cela vous évitera de rencontrer certains de nos collègues de Paris. Ils ne sont pas de la police, vous savez, et ils utilisent des méthodes différentes des nôtres. Je ne les ai jamais rencontrés moi-même et j'espère n'avoir jamais affaire à eux. Je ne pense pas qu'ils soient très très gentils. »

Slyman craqua. Mais quand, une heure plus tard, il signa sa déposition et que l'inspecteur quitta la pièce, on lui refusa encore le sommeil auquel il aspirait si désespérément. Le commissaire Ficard ne l'entendait pas de cette oreille.

« Alors ce clown s'imagine que nous sommes des débiles mentaux, hurla-t-il. On a assassiné l'un des plus grands théoriciens politiques américains et mutilé un délégué soviétique et il voudrait qu'on croie que tout ça est l'œuvre d'un professeur de collège anglais ? Et l'autre qui a déjà avoué qu'il faisait partie des Services spéciaux ! Oh que non, je ne suis pas satisfait. Le ministre non plus n'est pas satisfait. L'ambassadeur américain demande une action immédiate et le Russe aussi. Et nous avons ces deux bouffons qui prétendent... »

Le téléphone sonna.
« Non, je ne dirai rien de plus à la presse. Et j'aimerais bien savoir de qui vient la fuite d'hier. Les médias rampent partout, tout autour de nous, en hélicoptères. Que voulez-vous dire : ils ne peuvent pas ramper en hélicoptères ? Ils atterrissent et alors... »
Il raccrocha brutalement le téléphone et se mit lentement debout.
« Attendez un peu que j'attrape cet Anglais teigneux. Je te vais lui faire cracher la vérité, même, s'il le faut, par le trou du cul.
— Monsieur le commissaire, nous lui avons déjà dit que certains agents très spéciaux arrivaient de Paris, dit l'inspecteur.
— Oh, ceux-là, ils n'ont rien à craindre. Quand j'en aurai fini avec lui, il ne leur restera pas grand-chose à se mettre sous la dent. »

Le major Fetherington était couché sur le ventre, la tête tournée sur le côté et il contemplait le mur, l'œil vague. Pas plus que les autres dans la gendarmerie de Boosat, il n'avait une idée quelconque, même la plus vague, de ce qui s'était réellement passé au château Carmagnac, mais pour l'instant, il s'était épargné les épreuves que Slyman était manifestement en train de subir. Pour le major, cela ressemblait aux bruits venant de l'antichambre de l'enfer et, Dieu merci, il avait donné à ces imbéciles ce qu'ils demandaient — un vrai tissu de conneries. Et vu sous un autre angle, c'était plutôt consolant. Ce vieux Gloddie, il devait leur avoir fait des trucs vraiment affreux pour qu'ils aient pris la peine de bloquer les routes, de sortir les hélicoptères et de les accuser, lui et Slyman, d'être des agents des Services secrets. Pourvu qu'il s'en sorte. Le major n'avait pas un faible pour les Français et Gloddie leur en avait fait voir juste où ça faisait mal et sans se faire prendre. Quant à lui, il n'allait tout de même pas leur cracher le morceau, à ces flics merdeux qui faisaient subir ce qu'ils faisaient subir (le major préférait ne pas y penser) à ce pauvre Slyman. Réussissant à passer la main par-dessus le côté du lit, il trouva ses chaussettes et essaya de s'en boucher les oreilles. Il avait partiellement réussi quand Slyman cessa de crier et que la porte de la cellule s'ouvrit.

« Où sont mes vêtements ? » demanda le major en chevrotant, alors qu'on le mettait brutalement sur pied. Le commissaire Roudhon contempla avec dégoût ses sous-vêtements tachés.

« Tu ne vas pas en avoir besoin là où je t'emmène, dit-il doucement. Par contre, il te faudra des chaussures. Donnez-lui une couverture.

— Qu'est-ce qui se passe ? dit le major soudain tout effrayé.

— Tu nous emmènes à l'endroit où tu as enterré ton parachute.

— Oh, mon Dieu ! » fit le major en pleurnichant. Il pouvait voir maintenant quelle terrible erreur il avait commise.

22

La comtesse était assise dans le Coin-du-café à Weymouth, attendant la Bentley à la sortie de la douane. Elle avait envoyé Pèlerin dehors pour voir la statue de George III et elle serait bien partie elle-même s'il n'y avait pas eu les lingots. Elle avait acheté le *Daily Telegraph* et appris que l'assassinat du professeur Botwyk suscitait déjà un émoi international. Comme Slyman, elle connaissait l'efficacité de la police française et elle avait sur les bras deux demi-demeurés. Si elle ne se chargeait pas de penser pour eux, elle finirait dans les mains de Scotland Yard et, maintenant que le gouvernement américain était dans le coup, le FBI suivrait sa trace en Californie et ses identités successives depuis son arrivée sur le sol américain, pour arriver enfin à Miss Surrey et Constance Sugg. Elle voyait clairement à quel point c'était facile : Anthony à Groxbourne, les revolvers manquants, Glodstone faisant état de ses « lettres » et Pèlerin se vantant d'être si bon tireur... Le pire de tout, c'était que celui qui l'avait piégée avait fait du bon boulot.

Une fois de plus, elle maudissait les hommes. Toute sa vie elle avait eu à se battre pour garder son indépendance. Et, maintenant qu'elle avait tout combiné pour redevenir la banlieusarde tranquille qu'elle avait toujours rêvé d'être, elle était encore obligée de gamberger méchamment. Quand la Bentley montra son nez à la sortie du ferry, elle avait pris sa décision. Elle se leva et descendit le long de la route jusqu'à un endroit où Glodstone pourrait la voir et attendit.

« Pas de problèmes à la douane ? demanda-t-elle, en montant derrière lui.

— Non, dit Glodstone d'un air maussade. Où est Pèlerin ?

— A la statue et il peut attendre. Nous deux, nous avons à causer tranquillement.

— Et de quoi ?

— De ça, dit la comtesse et elle lui mit le journal sous le nez.

— Qu'est-ce que ça dit ? fit Glodstone, écrasant presque un piéton qui traversait au passage clouté, dans son angoisse de fuir le plus vite possible.

— Pas grand-chose. Simplement que le gouvernement français a assuré le département d'Etat américain que ceux qui ont tué le professeur Botwyk seraient pris et traduits en justice. Les Russes ont l'air de vouloir s'en occuper aussi. Apparemment, votre jeune ami a tiré aussi sur leur délégué. Ce qui brouille encore un peu plus les pistes, si la chose est possible.

— Merde ! dit Glodstone en tournant dans une petite rue pour s'arrêter. Mais, bon Dieu, qu'est-ce qui vous a pris d'écrire ces foutues lettres ?

— Continuez. Je vous dirai de vous arrêter.

— Oui, mais...

— Il n'y a pas de mais. Ou vous faites ce que je vous dis, ou bien je me casse et j'appelle le premier flic venu. Et alors, vous et le roi de la gâchette, vous serez sous le coup d'un ordre d'extradition en moins d'une semaine. Prenez par là, à droite. Tourné le coin, on peut stationner. »

Glodstone se gara, coupa le contact et la regarda d'un œil hagard.

« Premièrement, je n'ai pas écrit de lettres, dit la comtesse, et je veux les voir. Où est-ce qu'elles sont planquées ?

— Planquées ? Mais vous m'avez dit de les brûler et c'est ce que j'ai fait. »

La comtesse eut un soupir de soulagement. Mais elle ne le montra pas.

« Alors, il n'y a aucune preuve qu'elles aient jamais existé ? »

Glodstone acquiesça de la tête. Il était trop fatigué et trop effrayé pour avoir envie de parler.

« Parfait ; alors mettons les choses au clair. Vous pouvez penser ce que vous voulez, mais si vous imaginez sérieusement que j'avais besoin d'être sauvée, vous devez être complètement fou. En ce moment, celui qui a besoin d'une opération de sauvetage, c'est vous, c'est pas moi et, avec ce que vous avez entre les oreilles, ça ne sera pas facile de vous en sortir. Tous les flics d'Europe vont être à vos trousses avant la fin de la journée, et pas qu'un peu. »

Glodstone essaya de revenir de sa stupeur.

« Mais personne ne sait que nous étions au château et...

— Si, justement : celui qui a écrit ces lettres. Vous n'êtes pas de mon avis ? Vous avez été piégé et un simple petit coup de fil anonyme à la police suffira pour refermer le filet autour de vous. Vous n'avez pas une chance sur cent millions de vous en tirer. Un œil de verre, ce vieux tacot et un jeune crétin avec un Q.I. de cinquante. Vous avez à la base tout ce qu'il faut pour être identifié. Et, si vous voulez mon avis, c'est pour ça que vous avez été choisi. »

Glodstone, l'œil vide, fixait un carré de pelouse et ne voyait que policiers, tribunaux, hommes de loi et juges. Et tout le reste de sa vie passé dans une prison française.

« Qu'est-ce que vous suggérez que nous fassions ? demanda-t-il.

— Que vous fassiez. Je ne suis pas dans le coup. Je ne vois pas d'inconvénients à penser pour vous, mais ça ne va pas plus loin. Tout d'abord, je pense que votre meilleure chance, ce serait Lord Lucan, le ministre de la Justice, mais vous n'avez ni l'argent, ni les relations pour cette solution. Et, de toute façon, ça laisse notre jeune chien fou en liberté. Qu'est-ce qu'il a pour assurer ses arrières ? »

Glodstone le lui dit.

« Alors, il y a un avocat éminent qui va recevoir un méchant choc, dit la comtesse quand il eut fini. Quoique, d'après ce que j'ai vu de ses œuvres, je dirais qu'il a été fait cocu ou que sa femme a eu des envies de plomb quand elle était enceinte. Ça ne rend pas votre situation plus conforta-

244

ble. M. Clyde-Browne va plaider la folie pour son fils et il va vous faire porter le chapeau.

— Mais alors, qu'est-ce que je vais bien pouvoir faire ? »

La comtesse hésita. Si elle lui suggérait d'aller se rendre à la police, il était capable de le faire et elle ne voulait pas de ça.

« Connaissez-vous un endroit où vous pourriez vous cacher et disparaître pendant quelques jours et où personne ne viendrait vous chercher ? »

Glodstone essaya de se concentrer.

« J'ai une cousine près de Malvern, dit-il, elle n'est peut-être pas là et de toute façon elle nous recevrait.

— Jusqu'à l'arrivée de la police ! Non, pas là. Pensez alors à un endroit où vous ne voudriez pas aller.

— Margate, dit Glodstone, je n'aimerais pas être vu là, même mort.

— Alors c'est là qu'il faut aller, dit la comtesse en gardant pour elle la pensée soudaine qu'on l'y verrait probablement mort. Achetez une paire de lunettes noires et rasez votre moustache. Et, si j'étais vous, je vendrais ce trésor au premier vendeur que je trouverais.

— Vendre la Bentley ? dit Glodstone. (Ça, c'était le coup de grâce.) Non, je ne peux pas faire ça.

— Dans ce cas-là, allez croupir dans un cul-de-basse-fosse en France pour le restant de vos jours. Vous n'avez pas l'air de réaliser quelles sont vos chances. Eh bien, je vais vous le dire. Elles sont à quarante au-dessous de zéro. En surgélation. Jusqu'au jugement dernier. Amen.

— Oh mon Dieu ! Oh mon Dieu ! Comment est-ce que tout ça est arrivé ? C'est trop horrible pour être vrai. »

Pendant quelques instants, la comtesse eut une bouffée de pitié pour lui. Le monde était plein de gens comme Glodstone qui jouaient à vivre et qui découvraient la réalité seulement quand elle leur donnait des coups de pied dans les gencives.

« Tout cuit pour l'abattoir » laissa-t-elle échapper un peu étourdiment. Elle fut tout étonnée qu'il saisisse le message.

« Ou pour l'échafaud. » Il fit une pause et la regarda.

« Qu'est-ce que vous comptez faire ?

— Je vais y réfléchir. De votre côté, allez chercher Butch Cassidy. A pied. Si je ne suis plus là quand vous reviendrez, descendez à l'hôtel de la Marine à Margate sous le nom de Cassidy. Je vous appellerai.

— Vous êtes sûre qu'il y a un hôtel de la Marine à Margate ?

— S'il n'y en a pas, choisissez un hôtel deux étoiles et je les appellerai tous l'un après l'autre. »

Le cœur lourd, Glodstone s'extirpa de la voiture et partit à la recherche de Pèlerin. Il le trouva en train de sucer une glace, l'œil rivé sur des filles en bikini, montrant un intérêt presque sain pour son âge. Quand ils revinrent à la voiture, la comtesse avait disparu. Elle attendait, assise à la station d'autobus, le prochain car pour Bournemouth et, de là, elle prendrait le train pour Londres.

« Je ne fais pas confiance à cette femme, dit Pèlerin, l'air sombre.

— Ça vaudrait mieux, dit Glodstone, elle est tout ce qui nous reste comme garantie contre la réintroduction de la guillotine. »

« Je vous dis que tout ça n'était qu'une plaisanterie, dit le major, je n'ai pas atterri en parachute, donc je ne sais pas où il est enterré. »

Il était debout au bord de la route, entouré de gendarmes armés. Aucune des autres personnes présentes n'avait envie de plaisanter.

« Monsieur aime plaisanter à nos dépens, dit le commissaire. Eh bien, nous allons lui montrer que, nous aussi, nous savons plaisanter. Allez, on rentre.

— Attendez une minute, dit le major, je ne sais pas ce qu'a fait Glodstone, mais...

— Glodstone ? Qui c'est ça, Glodstone ?

— Slyman ne vous a rien dit ? Je croyais...

— Qu'est-ce que vous croyiez ? Non, non, je veux entendre ce que vous avez à dire de ce Glodstone. »

Le major s'exécuta. Il n'avait pas l'intention d'endurer ce

que Slyman avait subi avant de craquer et, à l'évidence, Glodstone l'avait cherché.

« Ça correspond à la description de celui qui se faisait appeler Pringle, dit l'inspecteur quand il eut fini de parler, mais il a sauvé Botwyk. Pourquoi alors l'a-t-il descendu ?

— Qui sait vraiment pourquoi les Anglais agissent comme ils le font ? Le bon Dieu, peut-être. Et encore. En attendant, déclenchez-moi une alerte générale à son sujet. Les aéroports, les postes frontière, tout le grand jeu.

— On appelle Scotland Yard ? »

Le commissaire Roudhon hésita.

« Il faut d'abord que j'appelle Paris. Et je veux qu'on cuisine ces deux-là pour qu'ils crachent ce qu'ils savent jusqu'au moindre détail. Ils doivent en savoir plus sur toute l'opération que ce qu'ils ont dit jusqu'à présent. Sinon ils ne seraient pas là. »

Il démarra en trombe et le major fut hissé sans ménagement à l'arrière d'un car de police pour être ramené à Boosat. Pendant le reste de la journée, il dut rester assis pour répondre à de nouvelles questions et, à la fin, ils n'étaient pas plus avancés. L'inspecteur Ficard fit son rapport à un commissaire incrédule.

« Une aventure ? La comtesse lui a écrit pour qu'il vienne la délivrer ? Il est venu avec une Bentley d'un autre âge ? Et ils sont venus jusque-là pour chercher un garçon nommé Pèlerin Clyde-Browne parce que son père voulait qu'il revienne ? Qu'est-ce que c'est que ces conneries ?

— C'est ce que l'autre, Slyman, nous a dit aussi.

— Alors, ils avaient combiné leur histoire. On a un assassinat de première grandeur à résoudre et vous croyez que je vais vous acheter que c'est l'œuvre d'un professeur dans une école anglaise, qui... »

Il fut interrompu par le téléphone. Quand il raccrocha, le commissaire Roudhon ne savait plus quoi penser.

« Un homme correspondant au signalement et conduisant une Bentley a quitté ce matin Cherbourg pour l'Angleterre. Le billet a été émis au nom de Glodstone. Je vais informer Paris. C'est à eux de décider maintenant comment ils

247

veulent conduire cette affaire. Je ne suis qu'un policier, moi, pas un foutu politicien.

— Qu'est-ce qu'on fait de ces deux-là ?

— Bouclez-les ensemble et enregistrez absolument tout ce qu'ils disent. Encore mieux, mettez-leur une caméra vidéo. S'ils se passent des messages, je veux le savoir. De toute façon, c'est le genre de truc qui impressionne les Américains. Ils nous envoient par avion de Francfort dix spécialistes de l'antiterrorisme, et ils vont avoir besoin de quelque chose de convaincant. »

Slyman était encore sous le choc quand ils vinrent le chercher. Il était trop faible pour résister et ce qu'il disait était encore plus incohérent qu'auparavant, mais ils le poussèrent le long du passage et l'enfermèrent dans une cellule plus grande.

« Bordel de Dieu, dit le major quand ils l'introduisirent à son tour. Ben mon colon. Qu'est-ce qu'ils vous ont mis, ces enculés, ils vous ont collé des électrodes sur les couilles, pas possible ?

— Ne me touchez pas, glapit Slyman en louchant vers lui.

— J'en ai pas l'intention, mon vieux. Je suis plus dans le coup. Tout ce que je sais, c'est que pour Glodstone, les choses sont en route et ça va chauffer. »

Dans sa chambre d'hôtel à Margate, Glodstone se regardait dans la glace. Sans sa moustache et portant des lunettes noires, il avait une allure différente. Il faisait surtout beaucoup plus vieux. Non pas que ça arrangerait tant soit peu ses affaires s'il était pris. Il aurait quatre-vingts ans passés quand ils le relâcheraient, si tant est qu'ils s'embarrassent de relâcher des gens qui avaient été en partie responsables de l'assassinat de conseillers politiques américains. Il en doutait plutôt. Il n'était pas non plus très convaincu d'avoir eu raison de suivre les conseils de la comtesse, mais la veille, il était trop épuisé et trop paralysé par la terreur pour pouvoir penser par lui-même. Et puis Pèlerin n'avait été d'aucun secours. Il n'avait fait qu'envenimer les choses en voulant qu'ils se terrent quelque part dans un trou en pleine campagne comme le héros de *Rogue Male*.

« Personne ne pensera à venir nous chercher là, avait-il proposé, et quand tout aura été oublié...

— Ça ne sera jamais oublié, pauvre idiot, avait dit Glodstone, et, de toute façon, en sortant, nous serions tellement sales qu'on pourrait nous suivre rien qu'à l'odeur comme des putois.

— Pas si c'est près d'une rivière et si on achète du savon. On pourrait avoir un stock de boîtes de conserve et creuser un trou vraiment très profond et personne n'en saurait rien.

— Sauf les fermiers du coin. De toute façon, c'est bientôt l'ouverture de la chasse et je n'ai pas l'intention de me faire tirer comme un lapin ou courser à travers champs par une meute de chiens. Essaie d'avoir un peu de jugeote, bon Dieu !

— Je ne suis toujours pas sûr qu'on ait raison de faire ce que cette femme a dit. Elle a peut-être menti.

— Et je suppose que le *Daily Telegraph* ment lui aussi. Elle nous a dit que c'était une réunion internationale et elle avait parfaitement raison.

— Alors, pourquoi est-ce qu'elle vous a écrit ces lettres ? Elle nous demandait de...

— Elle n'a rien demandé. Ça ne se voit pas, non ? C'était des faux. On s'est fait avoir, et elle aussi.

— Je ne comprends pas pourquoi, elle aussi. Je veux dire...

— Mais parce que si on est pris et qu'on dit qu'elle nous a écrit des lettres, elle ne peut pas prouver le contraire.

— Mais vous les avez brûlées. »

Glodstone soupira. Il aurait payé cher pour ne l'avoir pas fait.

« Ça, elle ne le savait pas. C'est comme ça que j'ai su qu'elle disait la vérité. Elle n'avait pas le moindre indice sur le contenu de ces saletés de lettres. Et si elle voulait nous foutre dedans, elle serait allée nous donner à la police quand elle est allée faire le plein. Tu as bien dû comprendre à ce moment-là ?

— Bien sûr, avait dit Pèlerin, en sautant sur le problème des revolvers. Le major va être plutôt furieux quand il s'apercevra qu'ils manquent à l'armurerie. »

Glodstone s'était abstenu de répliquer que ce que pouvait ressentir le major était le cadet de ses soucis. Si cet enfoiré n'avait pas entraîné Pèlerin à être un tueur aussi efficace, ils ne seraient pas dans une telle panade. Et panade était un mot faible. Leurs empreintes digitales traînaient partout dans le château ; la police française devait rechercher un Anglais avec un œil de verre et, même s'ils avaient eu les revolvers pour les remettre en place, les experts judiciaires auraient eu tôt fait de les identifier avec la balle qui avait tué le professeur Botwyk. Finalement, ce qui rendait insensé d'imaginer qu'ils pourraient reprendre leur vie d'antan ou de prétendre qu'ils n'avaient pas mis les pieds en France, c'était ce qu'avait dit la comtesse : ceux qui les avaient menés en bateau finiraient par cracher le morceau à la police. Et les bâtards seraient même récompensés ! Il n'avait tué personne, lui. Et ça le mettrait hors de cause. Seule, la comtesse pouvait encore le sauver, si elle le voulait. C'est ainsi que Glodstone avait conduit jusqu'à Londres, avait changé ses chèques de voyage et, laissant sa voiture à un vendeur réputé pour voitures de collection, avec la consigne stricte de la vendre dès qu'il aurait reçu les papiers nécessaires, il avait pris le train pour Margate. Pèlerin avait voyagé de son côté, dans un autre wagon, et il s'était trouvé une chambre chez l'habitant. Glodstone avait passé une demi-heure dans des toilettes publiques pour se changer et se raser, et il avait jeté son dévolu sur le premier hôtel deux étoiles qui avait une chambre de libre. Depuis, il n'avait plus mis le nez dehors. Par contre, il avait traîné au bar, il avait regardé le bulletin d'informations à la télé et lu les derniers articles dans les journaux sur l'attaque terroriste en France. Mais la majeure partie du temps, il était resté dans sa chambre, sous l'emprise de la terreur, plongé dans des abîmes de compassion pour lui-même. La vie ne pouvait pas être aussi cruelle. Il n'était pas un criminel après tout et il avait toujours détesté les assassins et les terroristes. Pour lui, la police avait toujours eu raison et ils n'auraient jamais dû supprimer la pendaison. Tout ça était changé maintenant et il trouvait un réconfort particulier dans le fait que la France avait aboli la peine capitale. Il avait perdu aussi sa foi dans la police. Tout allait très bien tant qu'on transgressait la loi en paroles seulement, mais maintenant qu'il en était là, il ne connaissait aucun policier digne de ce nom qui voudrait le croire et, même s'il le croyait, ça ne ferait aucune différence. Et c'était là le sens de l'expression : être dans la merde. Quoi qu'ait pu dire un poète complètement cinglé sur la beauté des murailles de pierre et des barreaux d'acier, Glodstone ne se laissait pas abuser. Une prison était toujours une prison, en France comme ailleurs. Plus jamais il ne pourrait encourager son équipe au rugby ou faire circuler son train miniature dans le sous-sol... Désormais, on le connaîtrait sous le nom de Glodstone l'assassin, et il serait pour Groxbourne au banc de l'infâmie. Et Slyman savourerait, ô combien, sa déchéance. Il venait juste de descendre ce nouveau degré dans son tourment quand le téléphone près du lit se mit à sonner.

Glodstone décrocha et reconnut une voix qui lui était maintenant familière.

« Allô, John, mon frère chéri, ça fait des heures que j'essaie de te joindre.

— Eh bien, les choses sont telles que... » commença Glodstone, immédiatement interrompu par la comtesse. Elle pensait aux filles qui pouvaient écouter au central de l'hôtel.

« Je suis en ville près de la jetée. On se retrouve là dans cinq minutes et on ira déjeuner ensemble. Tous les deux. Ça te va ?

— Oui », fit Glodstone, et le téléphone se tut. En essayant d'afficher la plus grande décontraction, il descendit les escaliers et sortit au soleil. Le bord de mer était noir de monde, de cette sorte de foule qu'il aurait fui à tout prix en temps ordinaire, mais dont il appréciait aujourd'hui la présence.

La comtesse avait su ce qu'elle faisait quand elle avait

251

choisi Margate. De toute façon, il s'approcha de la jetée avec précaution, ayant la sensation horrible qu'il avançait dans un piège.

La comtesse était assise sur un banc et elle se leva à son approche. Et il fut tout ébahi de lui entendre dire : « Mon chéri » en lui prenant le bras. Elle ajouta :

« C'est si merveilleux de te retrouver, tu sais. »

Elle lui fit traverser la route et le guida vers une petite rue jusqu'à sa voiture.

« Où est Pèlerin ? demanda-t-elle après qu'ils soient montés.

— Probablement au parc d'attractions en train de tirer sur des trucs, dit Glodstone. Ça s'appelle " Le Pays des rêves ".

— On ne pouvait pas trouver mieux, dit la comtesse, parfait ! Il va y rester pour le moment, pendant que je vais vous cuisiner.

— Me cuisiner ? dit Glodstone, pas très sûr, après le " chéri ", du sens qu'il fallait donner à ce mot.

— Ou vous " débriffer ", si vous préférez, comme on dit pour les astronautes ou les types qui ont été faits prisonniers. Quelque part dans tout ça, il doit bien y avoir une relation.

— Entre quoi et quoi ? demanda Glodstone chez qui la confusion augmentait de plus en plus.

— Entre vous et moi. Le maniaque de la plume qui nous en voulait à tous les deux a réussi à nous mettre dedans. Il faut qu'on sache pourquoi. Alors, repassez toutes ces fameuses lettres en revue et dites-moi si vous ne leur trouvez pas quelque chose de bizarre ?

— Bien sûr qu'elles avaient l'air bizarre, ces saloperies, dit Glodstone avec véhémence. Elles...

— Non, mon chou, c'est pas moi qu'il faut repasser. Est-ce que vous avez vu d'où elles avaient été postées ?

— De France. Définitivement de France et dans vos enveloppes. Celles avec l'écusson au dos.

— Et écrites de ma main. Vous m'avez déjà dit tout ça, mais comment pouvez-vous être si affirmatif ?

252

— Parce que j'ai vos autres lettres, celles que vous m'avez adressées à propos des allergies d'Anthony et tout le reste. L'écriture était identique.

— Ce qui remet la balle dans mon camp. Maintenant, dites-moi ce qu'elles disaient exactement, je veux dire dans le détail. »

Et, tandis qu'elle quittait la ville en conduisant doucement, Glodstone répéta tous les détails que contenaient les lettres et toutes les instructions avec une mémoire dont l'exactitude était aiguisée par la terreur.

« Des hôtels où on vous avait retenu une chambre ? La traversée via Ostende ? Votre route entièrement tracée d'avance ? Et vous avez fait exactement ce qu'on vous a dit de faire ?

— Jusqu'à Ivry. Là, il y avait une autre lettre qui disait de faire demi-tour, sinon vous alliez mourir.

— Ce qui vous poussait à continuer, dit la comtesse en hochant la tête. Et c'était la seule qui paraissait avoir un sens.

— Cette nuit-là, ils ont essayé de nous arrêter en répandant de l'huile sur la route dans la forêt. On aurait pu se tuer. Et après, un homme a essayé de nous tenir en respect.

— Arrêtons là. Vous pouvez le décrire ? »

Glodstone se remit en mémoire la silhouette de M. Blowther couvert d'huile et de feuilles, et ça lui parut plutôt difficile à décrire.

« Mais il était anglais ? Vous en êtes sûr ?

— Je suppose qu'il l'était. A son accent, on pouvait en être certain. Et il y en avait un autre à Calais qui m'a fait dire par les gens du ferry que ma femme était morte alors que je ne suis pas marié.

— Je n'arrive pas à y croire, dit la comtesse, et ça ne nous aide en rien. Qui que ce soit qui a utilisé mon papier à lettres, qui connaissait mon écriture, qui a posté les lettres en France, qui a retenu des chambres à l'hôtel et qui a essayé de vous arrêter... Y a pas de doute, ça ne peut être un fou. Et comment est-ce qu'ils ont su que vous alliez venir ? Dites-moi ça, pourquoi vous l'avez fait ? »

253

Glodstone rougit.

« Je ne pouvais vous laisser dans la détresse, murmura-t-il, je veux dire, j'ai toujours pensé à vous comme à une grande dame et, eh bien... c'est difficile à expliquer, en vérité.

— Et maintenant, qu'est-ce que vous en pensez ? Est-ce que je suis toujours " une grande dame " ?

— Vous êtes certainement très gentille, dit Glodstone judicieusement. Sinon, vous seriez allée trouver la police. »

La comtesse soupira. Il n'y avait pas eu le déclic dans l'esprit de ce pauvre imbécile que, justement, elle l'aurait fait si elle n'avait pas eu, elle aussi, quelque chose à cacher ; comme, par exemple, sept lingots d'or et un passé qui lui aurait fait dresser les cheveux sur la tête, sur sa pauvre tête farcie de romans. Une tête de chevalier errant. Errant n'était pas le mot juste, paumé était plus exact. Il n'y avait que l'Angleterre pour en produire d'aussi naïfs.

« Et vous aussi, vous êtes gentil, dit-elle en lui tapotant le genou. Ce n'était pas votre faute, après tout. Vous avez été piégé. Alors, on ne peut pas les laisser vous mettre en prison, pas vrai ?

— Je l'espère bien » dit Glodstone, vibrant d'une nouvelle dévotion pour la comtesse simplement parce qu'elle lui avait tapoté le genou et qu'elle lui avait parlé gentiment. La remarque qu'elle fit ensuite ne le fit que mieux exploser.

« Alors, on rentre, on récupère le Kid de Sundance et on s'attaque aux Clyde-Browne sans tarder.

— On fait quoi ?

— On leur met la pression. Vous allez avoir besoin d'argent et, s'ils sont vraiment ce que vous dites, ils vont payer jusqu'à la gauche pour qu'on ne parle pas d'eux sur les médias. Je ne vois pas papa C-B désirant être balancé du Barreau.

— A votre place, je ne ferais pas ça, dit Glodstone. Ce n'était pas la faute de Pèlerin après tout, si...

— Il est recherché par toutes les polices de ce côté-ci du rideau de fer ? Et c'est lui qui a tué, pas vous. Alors M. Clyde-Browne va avoir à faire beaucoup d'efforts pour vous sortir tous deux de la gueule du loup. Et il a des relations. J'ai vérifié. Il en a à vous donner la nausée. Son frère est député, secrétaire adjoint de la Commission économique et détaché auprès du conseiller de la C.E.E. pour la standardisation, la régularisation et l'uniformisation des P.A.E., produits alimentaires élaborés. Vous savez bien, les croquettes de poisson !

— Seigneur Dieu, comment est-ce que vous avez découvert tout ça ?

— Dans la dernière édition du Bottin mondain à la bibliothèque municipale de Holborn. Alors, on a de quoi agir. Et on y va ce soir.

— Ce soir ? Mais on ne va jamais pouvoir faire toute la route d'ici à Virginia Waters... Je veux dire, il sera minuit passé quand on arrivera là-bas.

— On ne peut pas rêver d'une meilleure heure pour leur casser le morceau » dit la comtesse, en faisant demi-tour vers le parc d'attractions foraines.

23

En fait, il était presque deux heures du matin quand la voiture vint se ranger au bout de l'allée des Pins et que la sonnette retentit à la porte des Cônes. Une lumière s'alluma à l'étage et, un peu plus tard, la porte, bloquée par une chaîne, s'ouvrit. M. Clyde-Browne glissa un œil dans l'entre-bâillement. Comme il avait passé une soirée difficile à écouter les arguments de sa femme qui prétendait qu'il était grand temps d'appeler la police, il avait seulement réussi à trouver le sommeil grâce à une tasse de tisane additionnée d'au moins autant de whisky avec deux Mogadon.

« Qui est-ce ? marmonna-t-il.

— C'est moi, papa », dit Pèlerin en s'avançant sous le porche.

Pendant quelques instants M. Clyde-Browne eut l'esprit traversé par l'idée horrible que deux Mogadon et le quart d'une bouteille de scotch n'allaient pas très bien ensemble. Assurément, il était en proie à une hallucination. La voix sonnait étonnamment juste, mais la figure et en particulier la chevelure ne cadraient pas avec le souvenir qu'il avait de Pèlerin. La dernière fois qu'il avait vu le loustic, il était blond et la peau blanche. Maintenant, il ressemblait à ceux dont les services de relations entre les races... Il s'arrêta à temps. Il y avait une loi qui punissait les fauteurs de telles affirmations.

« Mais, bon Dieu, où étais-tu ? laissa-t-il échapper en déverrouillant la chaîne. Ta mère était dans tous ses

états tellement elle se faisait de mauvais sang. Et qui... »
La comtesse et Glodstone s'avancèrent sous le porche à
leur tour.

« Allons plutôt au salon, dit la comtesse, un endroit qui
soit calme et en privé. Nous ne voulons pas que les voisins en
profitent. »

M. Clyde-Browne n'en était pas si sûr. L'arrivée de son fils
avec une tignasse noire en compagnie d'une femme aux
lunettes fumées et d'un colosse hagard dont la silhouette lui
semblait vaguement familière, mais définitivement sinistre,
et tout ça à deux heures du matin, semblait plutôt lui
suggérer qu'il pourrait avoir besoin de tous les voisins que
ses cris pourraient réveiller. Le langage de la comtesse ne
plaidait pas non plus en sa faveur. Avec l'impression qu'il
venait d'entrer dans un film d'horreur, il les précéda au
salon et alluma la lumière.

« Et maintenant, dites-moi ce que tout cela signifie,
demanda-t-il en essayant de retrouver un peu d'autorité.

— Dis-lui, bébé, fit la comtesse, tout en vérifiant que les
rideaux étaient tirés dans le seul but d'énerver M. Clyde-
Browne encore davantage.

— Eh bien, c'est simple, papa, dit Pèlerin, on s'est fait la
malle parce que j'ai descendu un grand professeur. »

Les yeux de M. Clyde-Browne lui sortirent des orbites.

« J'entends mal, murmura-t-il, ça doit être ces foutus
Mogadon. Tu t'es fait la malle... Où est-ce que tu as appris
des expressions aussi vulgaires ?

— Il s'appelle Botwyk et il était américain, et nous, on
pensait que c'était un gangster et je lui ai fait sauter la
cervelle avec un P. 38 de l'armurerie de l'école. »

M. Clyde-Browne sentit ses genoux fléchir et il s'effondra
dans un fauteuil.

« Je ne peux pas le croire, geignit-il. Dites-moi que je rêve.

— Mais non, papa, dit Pèlerin, c'est vrai. C'est dans tous
les journaux. Et j'ai tiré sur un Russe aussi, mais il n'est pas
mort. Enfin, pas encore. »

M. Clyde-Browne ferma les yeux pour tenter de se
convaincre qu'il était victime d'un cauchemar. Mais ça ne

réussit pas. Quand il les rouvrit, Pèlerin et les deux affreux énergumènes étaient toujours là. La comtesse lui tendait un numéro du *Times*.

« J'ai entouré les articles les plus récents, dit-elle. A l'heure qu'il est, ils recherchent un terroriste. Eh bien, c'est lui qui est là devant vous. »

M. Clyde-Browne repoussa le journal de côté. Il avait déjà lu toute cette affaire de meurtre dans le train la veille et il avait fait des tas de commentaires outragés. Avec un tout autre sens de l'outrage, il se mit debout.

« Si c'est un genre de mauvaise plaisanterie, bordel, je vais... beugla-t-il.

— Relax, bébé, dit la comtesse. Si vous voulez que les flics s'en mêlent, vous n'avez qu'à continuer à gueuler comme ça. C'est votre droit, vous pouvez même les appeler, les flics. Police secours, c'est le 17 si je ne m'abuse.

— Je n'ai pas besoin de vous pour connaître ce numéro, cria-t-il encore, mais déjà moins fort.

— Après tout, c'est votre fils, et si vous voulez qu'on le coffre pour meurtre, appelez-les. C'est pas mes oignons. Moi, je ne me répands pas partout pour tuer les gens. »

M. Clyde-Browne glissa un œil vers son fils et la regarda à nouveau.

« Vous racontez n'importe quoi. Il n'a tué personne. Ça n'est qu'un foutu mensonge. Vous voulez me faire chanter. Alors, laissez-moi vous dire...

— Alors, d'accord. Allez-y, décrochez. Dites-leur que vous avez chez vous deux maîtres-chanteurs et un fils qui se trouve par hasard être un meurtrier, et que vous ne savez pas quoi faire. On les attendra ici, n'ayez crainte, on veut voir ça. »

Des perles de sueur commencèrent à apparaître sur le front de M. Clyde-Browne.

« Dis-moi que tu ne l'as pas fait, dit-il à Pèlerin. Je veux que tu le dises et je veux l'entendre.

— J'ai tué un grand professeur, papa, je te l'ai déjà dit.

— Je sais que tu me l'as dit... »

Il fut interrompu par l'entrée de sa femme. Pendant un

258

long moment, elle resta debout dans l'embrasure de la porte à regarder Pèlerin.

« Oh, mon pauvre garçon! s'écria-t-elle finalement en s'avançant vers lui et en le prenant dans ses bras. Qu'est-ce qu'ils t'ont fait?

— Rien, maman, rien du tout.

— Mais où étais-tu et pourquoi est-ce que tes cheveux sont de cette couleur?

— Ça faisait partie du camouflage. J'étais en France...

— Pour descendre un grand professeur américain. En pleine tête, c'est ce que tu as dit? » ajouta M. Clyde-Browne en se reservant du whisky. Il n'en avait plus rien à foutre de savoir ce que ça pouvait faire avec le Mogadon. Une mort douce serait préférable à tout ce merdier.

« Oh, mon pauvre chéri! dit Mme Clyde-Browne qui n'avait pas compris le message, je me faisais tellement de mauvais sang à ton sujet. »

Dans son coin, on put entendre M. Clyde-Browne murmurer quelque chose à propos d'elle et de son incapacité à se faire du mauvais sang. Elle ne perdait rien pour attendre.

La comtesse se leva et se dirigea vers la porte. M. Clyde-Browne réagit le premier.

« Mais, bordel de merde, où est-ce que vous allez? » criat-il. Mme Clyde-Browne se tourna vers son mari.

« Comment pouvez-vous parler si grossièrement dans cette maison? fit-elle d'une voix perçante, et devant notre fils et ces deux... euh... »

La comtesse lui décocha un sourire charmeur.

« Permettez-moi de me présenter, dit-elle. Mon nom est Deirdre, comtesse de Montringlay. Et, de grâce, ne vous excusez pas pour les écarts de langage de votre époux. Il est juste un peu sur les nerfs. Et maintenant, si vous voulez bien nous excuser... »

M. Clyde-Browne, qui barrait la porte, ne bougea pas d'un pouce.

« Vous ne quitterez pas cette maison avant que je sois allé au fond de cette histoire de...

— Meurtre? demanda la comtesse. Et, bien sûr, il y a

aussi un petit côté prise d'otage, mais je ne pense pas que ça soit le plus important.

— Je ne vous ai pas prise en otage », dit Pèlerin, ce qui ne fit qu'augmenter encore davantage le désarroi de son père. Si l'imbécile était prêt à démentir la prise d'otage alors qu'il admettait ouvertement le meurtre, il devait sûrement dire la vérité.

« D'accord, fit-il, combien voulez-vous ? »

La comtesse hésita et décida de ne plus employer l'argot américain. L'anglais de Kensington frapperait davantage Mme Clyde-Browne avec ses prétentions.

« Croyez-moi, dit-elle, si ça n'était pas l'évidence même que vous n'êtes pas dans votre assiette, je trouverais votre attitude extrêmement... comment dirais-je, grossière.

— Ah oui, vous trouveriez ? Eh bien, laissez-moi vous dire que je sais reconnaître la grossièreté quand je la vois et je sais reconnaître aussi des maîtres-chanteurs. Vous pouvez ajouter ça à vos prétentions au titre de comtesse.

— Mais c'est une vraie comtesse, dit Pèlerin au moment où son père se trouvait à court de mots. J'ai vu son passeport et elle habite un très grand château. Il s'appelle Carmagnac et c'est vraiment sensationnel. Et c'est là que j'ai descendu le professeur.

— Oh, tu n'as pas fait ça, dit Mme Clyde-Browne sur un ton de reproche. Tu inventes.

— Seigneur Dieu ! fit M. Clyde-Browne en vidant son whisky. Est-ce que vous ne pouvez pas rester en dehors de tout ça ? On a déjà assez...

— Bien sûr que non, rétorqua Mme Clyde-Browne, je suis sa mère.

— Et c'est un meurtrier, bordel ! M.E.U.R...

— Pas la peine d'épeler, merci. Mais ce n'est pas un meurtrier, n'est-ce pas, mon chéri ?

— Non, dit Pèlerin, tout ce que j'ai fait, c'est lui tirer dessus. Je ne savais pas...

— Tu ne savais pas ? Il ne savait pas ? Mais tu ne saurais pas faire la distinction entre des meurtres en chaîne et de la petite délinquance, explosa son père, qui brandit le journal. Et maintenant, tout le monde sait...

— Si je peux me permettre de placer un mot, interrompit la comtesse. Justement, tout le monde ne sait pas... ou du moins pas encore. Bien sûr, ce sera chose faite quand la police française se sera mise en rapport avec Scotland Yard. Mais, si nous pouvions arriver à un accord...

— Vous n'êtes qu'une putain prête à me faire chanter. C'est bien ce que je pensais. Alors, combien ? Allez, crachez-nous le morceau. »

La comtesse le regarda d'un air mauvais, mais elle resta calme.

« Pour quelqu'un qui est supposé être l'un des meilleurs de sa profession, vous êtes vraiment particulièrement obtus, dit-elle. Le truisme à propos des hommes de loi s'applique encore une fois : vous n'êtes qu'un âne. Et, de plus, si vous ne modérez pas votre langage, c'est moi qui vais appeler la police.

— Oh, vous n'allez pas faire ça ! » dit Mme Clyde-Browne qui commençait lentement à comprendre, malgré sa faible intelligence, que Pèlerin était réellement en danger.

M. Clyde-Browne se coula dans un fauteuil.

« D'accord, dit-il, qu'est-ce que vous suggérez ?

— L'impunité, dit-elle simplement. Mais d'abord, j'aimerais bien une bonne tasse de thé. Les deux derniers jours ont été difficiles pour faire sortir votre fils de France et...

— Faites-la lui, dit M. Clyde-Browne à sa femme.

— Mais, Oscar...

— J'ai dit " Faites-la " et ça veut dire : faites-la. Et cessez de marmonner, bon Dieu ! Je veux entendre ce que cette p... cette dame a à nous dire. »

Toujours ronchonnant, Mme Clyde-Browne quitta la pièce. Quand elle revint avec son plateau, M. Clyde-Browne regardait la comtesse avec un air qui pouvait passer pour du respect. Pour le reste, il était vidé de toute émotion, excepté la terreur. Au cours de toute une vie passée à considérer les femmes comme une espèce à part, intellectuellement sous-développée, vouée au seul rôle de faire la cuisine et d'avoir des enfants, il n'avait jamais rencontré auparavant une intelligence aussi vive.

« Et ça, qu'est-ce que vous en faites ? demanda-t-il en regardant Glodstone avec une lueur de répugnance dans les yeux.

— Je me suis occupée de son avenir, dit la comtesse. Je ne sais pas encore trop où, mais ce pourrait être quelque chose comme le Brésil.

— Mais je ne veux pas aller au Brésil, glapit Glodstone qui fut gentiment prié de la boucler.

— Ou peut-être ailleurs, n'importe où. En fait, M. Glodstone est appelé à disparaître. »

Sur le divan, Glodstone gémit. M. Clyde-Browne, lui, refaisait surface. Décidément, cette femme connaissait son affaire.

« Son heure est arrivée, dit-il.

— Et sans doute aussi celle d'appeler votre frère, ajouta la comtesse. Plus vite on mettra les choses en route, plus tôt on en aura fini. Et maintenant, si vous voulez bien nous excuser... »

Cette fois-ci, M. Clyde-Browne n'essaya pas de la retenir. Il savait qu'il avait perdu.

« Comment est-ce que je peux vous joindre au cas où...

— Pas question, mon chou, dit la comtesse en lui pinçant une joue plutôt blafarde. A partir de maintenant, c'est à toi de jouer. »

« Ça, c'est un peu fort, dit Mme Clyde-Browne. Elle n'a même pas touché à son thé.

— Le thé, je m'en fous ! Prenez ce bâtard assassin avec vous et décolorez-lui la tête. Je veux qu'il retrouve sa couleur naturelle.

— Mais je n'ai pas d'eau de Javel et...

— Rincez-le avec n'importe quoi qui peut couler dans les chiottes et, si les cheveux s'en vont avec, je m'en fous. Ça sera toujours mieux que rien. »

Et il descendit rapidement le corridor jusqu'à son bureau pour appeler son frère.

262

La comtesse rentra à Londres d'une seule traite. Elle ne voulait pas être arrêtée par une voiture de police et elle avait hâte de se fondre dans la foule anonyme de cette grande métropole au cas où le frère de M. Clyde-Browne refuserait de coopérer.

« Je vous ai retenu une chambre à l'aéroport d'Heathrow, dit-elle.

— Je ne veux pas aller au Brésil, geignit Glodstone à nouveau.

— Mais vous n'y allez pas. Au contraire, vous venez d'arriver du Zimbabwé, sur vol Dan Air, heure d'atterrissage : six heures du matin ; votre nom est Harrisson. Et on ne doit pas vous déranger. Tout est arrangé avec l'hôtel. Je viendrai vous chercher vers midi pour l'enterrement.

— L'enterrement ? Quel enterrement ?

— Le tien, mon chéri. M. Glodstone doit disparaître. Officiellement, il est mort. Et ne le prenez pas comme ça. Vous vous habituerez à la vie de l'au-delà. »

Glodstone en doutait.

Mais Slyman, pas du tout. Si on lui avait donné le choix, il serait mort sur-le-champ bien volontiers. Une fois encore, il allait être interrogé. Cette fois-ci, par trois agents américains de Francfort qui avaient l'impression qu'il avait séjourné en Libye. Dans une autre pièce, le major Fetherington subissait le même sort et, lui, manque de chance, il avait séjourné en Libye.

« Pendant la guerre, dit-il, la saleté de guerre.

— La guerre du Kippour ou celle des Sept Jours ?

— La Huitième Armée. Le Rat du désert, bon Dieu !

— Dis voir, tu peux répéter ça ! Toi et Kadafi, tous les deux.

— Je parle de la guerre, de la vraie. Celle contre les Afrikakorps.

— Les quoi ? dit l'un des types qui l'interrogeait et qui, manisfestement, ne connaissait aucune guerre avant celle du Viêt-nam.

— Les Allemands. Vous devez connaître Rommel.

— Raconte, mon vieux. Il s'occupait de ton entraînement ?

— Bordel de Dieu, il m'a presque tué, dit le major,
souhaitant presque qu'il l'ait fait.

— Alors, on t'a forcé à faire ça sous la menace, c'est ça que
tu veux dire ?

— Non, c'est pas ça. Je ne suis pas dans ce coup-là, quel
qu'il soit. J'ai été envoyé jusqu'ici par le directeur de l'école
pour retrouver Clyde-Browne...

— Change de disque, mon vieux. Cette rengaine-là, on la
connaît. Dis-nous autre chose.

— Mais il n'y a rien d'autre à dire. Et qu'est-ce que vous
faites avec cette seringue ? »

Derrière la porte, dans le couloir, le commissaire Roudhon
et l'envoyé du quai d'Orsay écoutaient avec attention.

« Ils ont la navette spatiale et les sérums de vérité, mais
pas une once de connaissance historique, dit Monsieur
Laponce. Finies les relations privilégiées. C'est le président
qui va être content.

— Vous dites ? fit le commissaire, qui n'avait pas la
moindre idée de ce que voulait dire l'envoyé des Affaires
étrangères.

— Entre Londres et Washington. C'est le bout d'une ère
où nous sommes présentement. »

Le commissaire parcourut du regard le corridor d'un bout
à l'autre.

« Puisque vous le dites, Monsieur, fit-il, se demandant ce
qu'il pouvait bien vouloir dire.

— A partir de maintenant, la Grande-Bretagne sera ce
qu'elle aurait toujours dû être, une dépendance de la France,
continua M. Laponce, se laissant aller à son goût de la
rhétorique. Ces idiots à Whitehall se sont mis entre nos
mains.

— Vous pensez vraiment que le gouvernement britannique a envoyé ces deux hommes ?

— Ce n'est pas ce que je pense qui compte, commissaire.
C'est ce que ces gens charmants d'outre-Atlantique vont
mettre dans leur rapport à Washington.

— Mais Kadafi...

— ... n'a rien à voir là-dedans. Pas plus que les Brigades rouges ou tout autre groupe terroriste. C'est un stratagème pour envenimer nos relations avec les Etats-Unis et ça a échoué.

— Je n'avais pas vu les choses sous cet angle, dit le commissaire.

— Eh bien, faites-le. A partir de maintenant, faites-le. Gardez ça à l'esprit. Et pas de communiqué à la presse. Vous direz simplement à la presse que cette affaire est trop délicate par son côté diplomatique pour qu'on en parle, puisque les officiers de l'Intelligence Service britannique... Là, vous vous arrêterez, feignant la confusion et vous demanderez à ce que l'on ne fasse pas mention de ce que vous venez de dire. Compris ?

— Absolument.

— Et n'oubliez pas : faillir à son devoir, c'est faillir à la France, ajouta Monsieur Laponce. Et maintenant, pour ne plus entendre ces cris désagréables, je vais rendre compte à mon ministère. »

Dans la salle où on l'interrogeait, le major Fetherington, sous l'influence des drogues qu'on lui avait injectées, illustrait l'adage d'Henri Ford que l'Histoire n'était qu'une vaste blague.

« Je vais vous dire une chose, dit le chef de la mission d'enquête américaine, après que le major eut déblatéré pour la dixième fois à propos de l'épidémie de chiasse des chiens de Shrewsbury. On peut dire ce qu'on veut à propos de ces foutus Anglais, mais quand ils vous en fabriquent, ce sont des coriaces.

— Pas l'autre, fit l'expert médical, il est complètement zozo. Une seule piqûre de ce truc-là et il devient psychotique à vie.

— Qu'est-ce que c'est que tout ce merdier de lettres ? Qu'est-ce que ça veut dire ?

— Rien. Zéro. Ce qu'il a dans le crâne, c'est œufs brouillés et compagnie.

— Alors, conclusion ? On a, en tout et pour tout, deux noms. Glodstone et Clyde-Browne. Ça va pas plaire à Washington. »

A Whitehall, le député sous-secrétaire d'Etat, Cécil Clyde-Browne, compagnon de l'Empire britannique, était assis, l'air sombre. Il contemplait un pigeon sur le toit d'en face tout en se demandant ce qu'ils allaient décider. Quelque part, pas très loin, le ministre de l'Intérieur, le secrétaire d'Etat aux Affaires étrangères, le chef de la Police et le responsable du M15 tenaient son avenir dans leurs mains. Plus précisément, ils tenaient un télex de l'ambassadeur britannique à Paris.

« Alors ? demanda le secrétaire d'Etat aux Affaires étrangères, quand ils eurent bien fait le plein de toutes ces affreuses nouvelles, ce jeune con, on leur donne ou on ne leur donne pas ? »

Le chef de la Police et le responsable du M15 hochèrent la tête en signe de dénégation.

« C'est hors de question, dit M15, j'ai examiné ce crétin et, si les Français s'en emparent, je n'ai aucun doute qu'ils pourront le programmer pour dire n'importe quoi. Non pas qu'ils aient besoin de lui faire dire grand-chose. Personne ne croit à son histoire de toute façon.

— Je n'y crois pas non plus, murmura le secrétaire d'Etat, mais ça n'est tout de même pas un coup monté par la CIA ; ou alors, ça serait effrayant. Je n'ai jamais été entièrement satisfait de vos homologues américains depuis qu'ils ont essayé de faire exploser leurs palourdes farcies à la face de Castro.

— Dans le cas présent, je ne vois pas ce qu'ils auraient pu y gagner ; ça me paraît plutôt inspiré par le KGB. »

Le secrétaire d'Etat aux Affaires étrangères jeta un regard nostalgique à une mappemonde qui montrait encore l'Inde comme faisant partie de l'Empire britannique.

« Où est-ce que vous le gardez, ce crétin ?

— Dans un endroit sûr à Aldershot. »

Ce nom donna des idées au secrétaire d'Etat.

« Je suppose que vous ne pouvez pas lui arranger un petit accident ou une fièvre de Lassa, ou je ne sais pas, moi...

— C'est possible, mais avec ce Glodstone toujours en liberté... »

Le ministre de l'Intérieur intervint.

« Je ne suis pas prêt à donner mon accord pour une exécution clandestine, dit-il vivement, je veux dire, si ça se savait... Mais il faut quand même qu'on décide quelque chose maintenant. L'ambassadeur américain arrive à deux heures et, avec les Français qui sèment la panique en prétendant que c'est une campagne d'assassinats, perpétrée par un commando des Services spéciaux anglais SAS pour déstabiliser les relations franco-américaines, il faut bien que je dise au bonhomme quelque chose de crédible. Je sais qu'il est de l'Arkansas, mais, tout de même...

— Et si on lui disait la vérité ? murmura le ministre de l'Intérieur, on dit qu'elle finit toujours par se savoir.

— On peut toujours raconter ce qu'on veut, bordel, mais je n'ai pas passé quarante ans aux Affaires étrangères pour en arriver à croire cette fable. En fait, à ce que je sais, personne ne sait vraiment quelle est la vérité.

— Je suppose qu'on pourrait toujours mettre ça sur le dos de l'IRA, fit M15, c'est un truc qui en vaut un autre et ça ne fera pas de mal à la communauté irlandaise, si influente à Washington, d'en prendre un coup dans les gencives !

— Mais, ça ne nous dit pas ce qu'on fait de Clyde-Browne. On pourrait lui coller le nom d'O'Brien ? Je suis sûr que même ce type de l'Arkansas, qui croit sûrement que Bombay est une pièce dans un B52, ne se laissera pas prendre à un aussi gros bobard si on lui dit que ça a un rapport avec l'Irlande. »

Ce fut le chef de la police qui trouva la bonne réponse.

« J'aurais dû y penser tout de suite. La seule chose évidente à faire, c'est de coller ce garçon dans les SAS. C'est, à l'évidence, un tueur né et c'est le dernier endroit où ils iront le chercher.

— C'est le premier, vous voulez dire ? fit le secrétaire

d'Etat aux Affaires étrangères, mais le chef de la Police maintint sa position.

— J'ai bien dit : le dernier. En effet, si nous avions organisé une opération de commando d'une manière aussi ahurissante, avec une Bentley d'un autre âge et un agent reconnaissable à son œil de verre, personne ne voudrait croire que les Services spéciaux SAS sont dans le coup. Eux, ce sont des experts et des professionnels.

— Mais le major Fetherington, dans ses divagations, a déjà admis...

— Ce qui confirme qu'on ne peut pas sérieusement croire qu'il en soit. L'individu a dépassé la cinquantaine et, en tout cas, il n'a rien à voir dans l'affaire. Il était en Angleterre au moment du meurtre. »

Le ministre de l'Intérieur était de son avis.

« C'est la même chose pour Slyman. C'est bien le directeur qui les a envoyés tous les deux.

— Parfait, dit le secrétaire d'Etat aux Affaires étrangères. Et alors, comment j'explique au baron du Bœuf de l'Arkansas que le jeune connard n'est pas des SAS, alors que justement il en fait partie ? »

M15 sourit.

« Je pense que vous pouvez me laisser faire en toute sécurité. »

Le secrétaire aux Affaires étrangères n'en était pas si sûr. Il avait encore à l'esprit les Blake, Blunt et autres, tous agents doubles passés à l'Est.

« En toute sécurité ? » demanda-t-il.

M15 acquiesça de la tête.

Quand l'ambassadeur américain arriva, une silhouette en cagoule se tenait debout dans l'antichambre.

« Bien entendu, nous n'avons pas l'habitude de dévoiler l'identité de nos hommes des Services spéciaux SAS, dit le secrétaire aux Affaires étrangères, après s'être enquis poliment de la santé du bétail de l'ambassadeur, et avoir appris que celui-ci était plutôt dans le gaz naturel et qu'il venait du Texas. En temps ordinaire, s'entend. Mais, dans le cas qui nous intéresse, nous sommes prêts à faire une exception. »

Il pressa une sonnette sur son bureau et la silhouette en cagoule entra.

« Sergent Clyde-Browne, ôtez votre passe-montagne, dit-il.

— Nous allons vous demander une identification plus poussée, dit l'ambassadeur, en examinant l'individu massif à la moustache tombante.

— Empreintes digitales ? Je pense que les Français ont celles de l'assassin, n'est-ce pas ?

— On peut le supposer. »

Il était toujours en train de supposer alors que l'homme avait quitté la pièce, après avoir donné ses empreintes, son poids, sa pointure et sa taille en centimètres (juste pour ajouter davantage encore à la confusion) et avoir remis sa cagoule.

« Est-ce que je ne l'ai pas déjà rencontré quelque part ? s'enquit l'ambassadeur.

— C'est possible, dit le secrétaire d'Etat, l'air pincé. Tout à fait entre nous, je crois comprendre qu'il est aussi chargé de certaines opérations de sécurité... euh... sur lesquelles je ne m'étendrai pas, à Buckingham Palace.

— Je pense que ça explique tout. J'ai l'impression que ces cons de Français ont encore une fois tout embrouillé. Je vais demander à notre chef de la Sécurité de vérifier les détails, mais ça ne semble pas coller avec la description qu'on m'a faite. Le tueur était moins grand et de vingt ans plus jeune.

— Et français, sans aucun doute », dit le secrétaire aux Affaires étrangères en le reconduisant.

« Mais où avez-vous dégotté ce type aux allures de grizzly ? demanda-t-il à M15 après avoir attendu que la limousine, frappée aux armes de l'ambassadeur, eût définitivement disparu. Et qu'est-ce que c'est que cette mission que vous ne voulez pas nommer au palais de Buckingham ?

— En réalité, il est capitaine des Lieux privés de la reine, dit M15. J'ai trouvé que ça ajoutait dans le tableau une touche assez réussie.

— Capitaine des... vous voulez dire qu'il garde les chiottes ? Eh bien, mon vieux, c'est pas étonnant si ce foutu

Yankee pensait l'avoir déjà rencontré quelque part. »
Il fit une pause et jeta un regard suspicieux à M15.
« Dites voir, c'est pas un autre salaud du groupe Blunt ?
J'espère qu'il satisfait à tous les critères ?

— Affirmatif. Il vient d'une famille catholique éminemment respectable dans le coin de Falls Road à Belfast. En tout état de cause, il ne supervise que les chiottes des visiteurs. Je ne pense pas qu'il ait jamais posé le regard sur Sa Majesté.

— Y aurait intérêt à ce que vous disiez vrai, bordel. Et, si j'étais vous, je m'arrangerais pour qu'elle ne pose jamais les yeux sur ce larbin. Par contre, on ne pourrait pas lui en vouloir si elle faisait porter ses vicieux de chiens Corgis par cette brute. Enfin, tout est bien qui finit bien. Même l'actuelle administration américaine n'aura pas le culot de commencer à vérifier le palais. »

24

Comme le cortège quittait lentement le crématorium, Glodstone, l'air malheureux, fixait la nuque du chauffeur. C'était une de ces ironies du destin qu'il ait fallu qu'il assiste à ses propres funérailles pour se souvenir que « chauffeur » venait de chauffer, comme on fait d'un four ou d'une locomotive. Il est probable que même les incinérateurs modernes avaient besoin de quelqu'un, ne serait-ce que pour enlever les cendres. Celui qu'on venait juste d'incinérer (probablement un vagabond sans papiers ou un rebut des salles de dissection de l'un des hôpitaux universitaires) était retourné à son créateur sous le nom de Glodstone. C'était écrit là, sur le certificat de décès, et un petit entrefilet apparaîtrait dans le prochain numéro du *Vieux Groxbournien*. La Grande Aventure était partie en fumée.

« Je sais ce que vous ressentez, dit la comtesse, en lui tapotant la main. Mourir, c'est partir un peu.

— Que voulez-vous dire ?

— Que vous ne serez pas parti longtemps. Dès que la chirurgie sera passée par là, vous serez un autre homme.

— La chirurgie ? Quelle chirurgie ? dit Glodstone.

— La chirurgie esthétique. On dit qu'elle fait des miracles sur les grands brûlés.

— Les grands brûlés ? Si je prends en considération ce que je suis supposé avoir subi, il faudrait un sacré bon Dieu de miracle.

— Un tel langage est tout à fait déplacé, fit la comtesse

271

d'un ton sec. Je ne me suis pas décarcassée comme je l'ai fait en dépensant beaucoup d'argent pour vous entendre parler si grossièrement. »

Glodstone se prit à considérer le changement survenu aussi dans son langage à elle et il se tut. Il y avait dans cette femme extraordinaire quelque chose qui l'effrayait, et ce fut seulement quand la voiture s'arrêta en haut de Hampstead Heath et qu'ils commencèrent à descendre à pied vers la station de métro, qu'il remit sur le tapis la question des brûlés et de la chirurgie esthétique.

« A quoi ça va me servir, toute cette chirurgie esthétique ? Avec l'inconnu qui est dans le cercueil...

— Bon, on ne va pas discuter de ça maintenant, dit la comtesse. C'est du passé et du passé révolu. Vous devez regarder vers l'avenir et, puisque vous avez refusé de partir au Brésil, vous allez faire exactement ce que je vais vous dire. La première chose, c'est de modifier la forme de vos oreilles. C'est ce que la police regarde toujours en premier et elles vous dénonceraient au premier coup d'œil. Puis...

— Mais, avec cette perruque, on ne peut pas les voir, ces foutues oreilles, dit Glodstone.

— Je n'ai pas l'intention d'épouser un homme avec une houpette. C'est inconvenant et, de toute façon, ça ne vous va pas. Quant au reste de votre personne... »

Mais Glodstone n'écoutait plus.

« Vous avez dit " épouser " ? demanda-t-il.

— Tout à fait exact. Vous ne vous imaginiez tout de même pas un instant que j'allais vivre avec vous dans le péché ? »

Une demi-heure plus tard, Glodstone entrait dans une clinique non loin de Portland Place. Sur la porte, la plaque en cuivre laissait entendre que l'activité principale de l'établissement était l'avortement, mais Glodstone, désormais, n'en avait cure. Il lui suffisait de savoir qu'il allait se marier. C'était infiniment préférable au Brésil pour le restant de ses jours.

« Mon héros, dit la comtesse, avec un petit baiser sur la joue. Et n'oublie pas dorénavant de signer du nom de Smith. »

« Slyman est... où ça ? dit le directeur, quand le major Fetherington revint une semaine plus tard, encadré par deux officiers des Corps spéciaux.

— A Rampton, fit le major.

— Rampton ? Mais c'est cet hôpital sinistre où l'on enferme les dangereux criminels ? Et vous, qu'est-ce que vous vous êtes fait à la figure ?

— J'ai attrapé la chiasse des chiens à Shrewsbury, dit le major, qui n'était pas encore complètement remis des effets du sérum de vérité et de ses longues heures d'interrogatoires spéciaux.

— Mais je croyais que c'était le bas du dos, et vous revenez avec la face comme après avoir...

— Attrapé la chiasse des chiens à Shrewsbury.

— Merde », dit le directeur. Si Slyman avait suffisamment perdu la boule pour être à Rampton, le major aurait eu besoin, lui aussi, d'un bon traitement.

« Et vous avez des nouvelles de Glodstone ?

— C'est pour lui que nous sommes venus » dit l'un des deux officiers en présentant sa carte. Le directeur l'examina avec circonspection.

« Les Corps spéciaux ? » demanda-t-il faiblement.

L'homme acquiesça de la tête.

« Maintenant, parlons de M. Glodstone, si vous voulez bien, dit-il. Nous allons vous demander l'autorisation d'avoir accès à son appartement et nous serions heureux que vous répondiez à quelques questions. Par exemple, étiez-vous au courant qu'il avait des propensions vers le communisme ?

— Vers le communisme ? Je pensais que cet imbécile appartenait à un Club du Lundi quelconque. Et, de toute manière, il lisait le *Daily Telegraph*.

— Ça pouvait être une couverture. Avait-il des tendances homosexuelles ? Etait-il porté sur la bouteille ? Y avait-il une tare dans sa famille ? Enfin, quelque chose du genre ?

— Franchement, un peu de tout ça », dit le directeur

tout en jetant un coup d'œil par la fenêtre. Des soldats, arrivés en camion, investissaient l'allée.

« Qu'est-ce qu'ils viennent faire ici ?

— Si vous vouliez bien signer ceci » dit l'homme des Corps spéciaux en plaçant un document sur son bureau.

Le directeur le lut et s'alarma davantage.

« La procédure relative aux secrets d'Etat ? Vous voulez que je signe...

— Simple précaution, Monsieur. Rien de plus. Bien sûr, si vous préférez faire face à des poursuites judiciaires dans le cadre d'une procédure criminelle relative à des atteintes contre des personnes commises à Belfast...

— A Belfast ? Mais je ne suis même jamais allé à Belfast ni dans la région, dit le directeur qui commençait à se demander s'il n'allait pas bientôt rejoindre Slyman dans une cellule capitonnée. Vous entrez chez moi pour me dire de signer la procédure relative aux secrets d'Etat, sinon je serai poursuivi... Et merde ! Où est-ce que je signe ? »

Il griffonna sa signature au bas du document.

« Et maintenant, la clé de l'armurerie de l'école, si vous n'y voyez pas d'inconvénient. »

Le directeur lui remit la clé et, tandis que l'un des deux hommes allait la porter à l'officier qui commandait la troupe, l'autre s'installait confortablement dans un fauteuil.

« Je pense que je dois vous mettre en garde qu'il est de votre intérêt de ne rien divulguer si quelqu'un faisait une enquête sur Glodstone ou sur un certain ex-élève, dit-il. Les charges sur vous à Belfast sont toujours là et, de plus, ayant signé la procédure relative aux secrets d'Etat, les conséquences pour vous risqueraient d'être fâcheuses. Dois-je en dire davantage ?

— Non, fit le directeur indistinctement. Mais qu'est-ce que je vais raconter à M. Clyde-Browne ?

— Qui avez-vous dit ?

— Oh, merde ! » dit le directeur. Dehors, les soldats avaient commencé à charger toutes les armes de l'école dans leur camion. Pour le directeur, c'était de toute façon un soulagement. Il n'avait jamais aimé ces fichus trucs.

« Et maintenant, si vous voulez bien me conduire à l'appartement de Glodstone. » Ils traversèrent la cour et montèrent les escaliers.

« Non pas qu'à mon avis on risque d'y trouver quoi que ce soit qui puisse nous intéresser, simple routine, dit l'homme des Corps spéciaux. Quand les Russes emploient une taupe, ils font les choses comme il faut. Ils ont probablement recruté le traître pendant qu'il était à Cambridge.

— A Cambridge ? Je n'ai jamais imaginé un seul instant que Glodstone ait pu fréquenter une quelconque université. Il ne l'a certainement jamais mentionné.

— Bien sûr que non. Cet homme est à l'évidence un expert. Il suffit de jeter un rapide coup d'œil aux livres dont il s'entourait pour le voir. »

Le directeur parcourut d'un œil vague la collection complète des œuvres de Sapper et se sentit mal à l'aise.

« Je n'arrive pas à le croire, même maintenant dit-il. Glodstone était un sinistre emmerdeur, mais il n'avait pas le cerveau pour être... Comment avez-vous dit ?

— Une taupe, dit l'homme des Corps spéciaux, alors qu'il mettait la boîte à cigares contenant les lettres de la comtesse dans un sac en plastique.

— Probablement codées. »

Le directeur essaya de voir le bon côté des choses.

« Eh bien, au moins, je n'aurai plus ce crétin dans mes jambes à l'avenir, dit-il. C'est un soulagement. Vous avez une idée de l'endroit où il peut être ? »

L'homme des Corps spéciaux hésita.

« Il n'y a aucun risque à vous le dire maintenant. On a trouvé sa voiture garée du côté de Tirbury, hier. Et, justement, un cargo de l'Allemagne de l'Est avait appareillé dans la nuit de mercredi. »

Ils revinrent au bureau du directeur.

« Je pense que c'est tout ce qu'on a à vous demander pour le moment, Monsieur. S'il vous revenait en mémoire quelque chose qui vous semble présenter un intérêt pour nous, nous vous serions reconnaissants d'appeler ce numéro. C'est un répondeur et vous laissez simplement votre nom.

275

— Et lui, qu'est-ce que j'en fais ? demanda le directeur avec de l'inquiétude dans les yeux en regardant le major Fetherington.

— Qu'est-ce que vous en faites ?

— Je ne peux pas avoir un de mes professeurs déambulant partout en murmurant " la chiasse des chiens à Shrewsbury " à tout bout de champ devant les élèves — on ne peut pas dire, mais il pédale à côté de son vélo.

— Il faudrait que vous voyiez M. Slyman, dit l'homme des Corps spéciaux, l'air sinistre. Le major est très bien, en comparaison. Vous pourrez toujours lui faire tondre les pelouses. »

Mais c'était dans l'avenue des Pins que les sentiments étaient les plus mitigés.

« Je ne vous le pardonnerai jamais, jamais, gémissait Mme Clyde-Browne, ignorant la présence de dix agents camouflés sous des salopettes qui, après avoir équipé la maison en doubles vitres, la redécoraient maintenant de fond en comble. Quand je pense que je ne reverrai plus jamais mon pauvre Pèlerin !

— Oh, on ne peut pas savoir, dit M. Clyde-Browne pour lui remonter le moral. Il aura bien une permission par-ci, par-là. Ils ne peuvent pas maintenir indéfiniment la même garnison en Antarctique.

— Mais il n'a pas l'habitude du froid et il a les poumons si délicats.

— C'est exact, dit M. Clyde-Browne presque gaiement. Vous pourrez toujours aller fleurir sa tombe. Et il n'aura même pas besoin d'être embaumé. Tout se conserve indéfiniment dans la glace.

— Oh, vous, assassin... ! Non, je ne veux pas de motifs à fleur de lis dans la cuisine, cria-t-elle à l'un des agents qui, plein de tact, s'interposait, un livre d'échantillons de papier peint à la main. Et vous pouvez vous arrêter de repeindre le hall d'entrée en rose. C'est d'un goût plus que douteux. »

M. Clyde-Browne s'éclipsa. Il avait un cas de divorce intéressant à étudier avec, en particulier, la question de savoir à qui confier la garde du chat et, maintenant que Pèlerin était parti, il pouvait être intéressant de faire enrager sa femme un peu plus.

A Bognor Regis, Glodstone se regardait dans le miroir de la salle de bains et n'arrivait pas à se reconnaître. Ça n'était pas la première fois, mais ça lui refaisait à chaque fois le même choc de voir quelqu'un qu'il ne connaissait pas et qui le fixait en retour avec un ébahissement aussi lamentable. Et lamentable était bien le mot. La comtesse avait eu raison quand elle avait prétendu que le chirurgien était un spécialiste pour les grands brûlés mais, de l'avis de Glodstone, elle aurait dû ajouter qu'il les brûlait lui-même.

« Attendez un peu que je mette la main sur cet abruti, avait-il hurlé quand on lui avait enlevé les pansements et qu'il avait été autorisé enfin à se regarder dans une glace. Il a dû utiliser un sacré chalumeau. Où sont passés mes sourcils dans la bagarre ?

— Dans la poubelle, dit l'infirmière de service. De toute façon, vous avez demandé spécifiquement une chirurgie pour qu'il soit absolument impossible de vous reconnaître.

— Impossible de quoi ? L'enculé, j'ai jamais demandé ça. Je suis venu en pensant qu'on me reprendrait simplement le lobe des oreilles, mais pas pour ressortir avec une gueule qui ferait rater une couvée de singes. Et pourquoi est-ce que je suis plus chauve qu'un œuf ?

— On vous a fait un transplant de scalp pris sur un autre patient. Il était atteint d'alopecia totalis. Ça a très bien pris.

— Et qu'est-ce que j'ai, moi, maintenant ? Une sacrée saloperie de gale ?

— Ça va vous éviter d'avoir à vous peigner tous les matins.

— Et à me raser, dit Glodstone. Parce que ma figure, apparemment, vous l'avez aussi échangée. Et avec celle de qui ? D'un lépreux en phase terminale ?

— C'est ce qu'on appelle l'effet Spitfire, dit l'infirmière. Beaucoup de pilotes qui se sont écrasés au sol pendant la Bataille d'Angleterre ressemblaient à ça.

277

— Dans ce cas, j'aurais pensé que l'effet Messerschmidt était peut-être plus approprié, dit Glodstone. Et puis les pustules ? Est-ce que je vais passer le restant de mes jours avec tout ça sur le visage ? Il y en a une qui suppure juste sur ce qui me reste de nez.

— Ce ne sont que des sangsues. On les utilise pour scarifier.

— Saloperies, dit Glodstone, qu'il fallut maîtriser pour l'empêcher de se les arracher.

— Il va falloir qu'on vous donne un calmant si vous ne restez pas tranquille comme un enfant sage.

— Madame, dit Glodstone, se reprenant pour retrouver une certaine dignité sous la menace de la seringue, j'ai eu dans ma vie une expérience considérable des enfants et aucun d'entre eux, s'il est sain d'esprit, n'aurait autorisé qu'on utilise son visage pour y creuser des drains à l'usage de sangsues scarifiantes. Je pourrais attraper le tétanos ou mourir vidé de mon sang.

— Absurde. Nous vous donnons l'assurance qu'elles sont en parfaite santé et qu'elles sont là seulement pour nettoyer les cicatrices.

— Dans ce cas-là, elles vont souffrir d'indigestions plutôt dégueulasses, dit Glodstone. Il y a assez de vermine là-dedans pour faire un vrai banquet. Et enlevez-moi cette saloperie de ma narine gauche. Avec mes mains bandées, je n'y arrive pas. Et d'ailleurs, ça, c'est pour quoi faire ?

— Supprimer vos empreintes digitales » dit l'infirmière en quittant Glodstone à qui il ne restait plus qu'à envisager la vie sans aucun moyen physique d'identification. Même son ami le plus intime ne pourrait pas le reconnaître dorénavant, ou plutôt ne le voudrait pas.

Cependant, la comtesse, elle, était enchantée.

« Chéri, dit-elle quand elle vint le chercher, tu es merveilleux.

— On ne peut pas dire, mais vous avez des goûts plutôt dégueulasses, dit Glodstone amèrement, pour se voir promptement rappelé à l'ordre pour son langage.

— Tu as été une espèce de casse-cou pendant la guerre et

278

tu préfères ne pas t'étendre là-dessus. Cest ta ligne de conduite dorénavant, dit-elle, et, à partir de maintenant, tu m'appelleras Bobby.

— Mais c'est un nom de garçon » dit Glodstone, se demandant s'il n'allait pas épouser une espèce de lesbienne avec une attirance spécialement perverse pour les gueules cassées. C'était un miracle qu'on ne l'ait pas aussi changé de sexe pendant l'opération.

« C'est chou et très rétro. Un tas de filles se faisaient appeler Bobby pendant les années trente et ça ira très bien avec mon pékinois. »

Glodstone frissonna. Il détestait les pékinois, mais il était clair qu'il ne serait plus question pour lui d'avoir une vie qui puisse être appelée la sienne, sans parler de sa figure.

Il ne pensait pas si bien dire. Après un bref mariage civil où il avait eu à se faire enregistrer comme s'appelant Clarence Verseau Hillary, une combinaison de noms que Glodstone avait trouvée personnellement humiliante, inutilement provocante et, pour le dernier, d'un très mauvais goût, ils avaient roulé dans la mignonne Mini de Bobby jusqu'au bungalow de Bognor Regis.

« Personne ne doit penser que l'on se croit un cran au-dessus des gens du quartier, mon cher Clarence » avait-elle dit à Glodstone, qui ne savait que trop toute la bordée de crans qu'il avait déjà dû descendre dans les autres domaines.

Le bungalow correspondait en tous points à ses plus sinistres pressentiments. Depuis le toit de tuiles vertes vernissées jusqu'aux pétunias bordant une pelouse sans une seule mauvaise herbe, et au tapis cubiste dans le salon, il représentait tout ce qu'il avait toujours méprisé le plus.

« Mais c'est du pur Art déco, Clarence ; je veux dire, c'est nous.

— C'est peut-être vous, avait dit Glodstone, mais je veux bien être pendu si c'est moi. Et ne pouvez-vous pas me trouver un autre nom que Clarence ? C'est presque aussi crétin que Cecil.

279

— Je t'appellerai Soppie, mon chéri. Et voici Béatrice, mon gentil pékinois. »

Glodstone avait étouffé un juron, car la sale bête venait juste de lui mordre la cheville en guise d'accueil.

Et maintenant qu'il était là, debout devant la glace de la salle de bains, contemplant sa non-existence, il savait qu'il avait été baisé sur toute la ligne. Il allait devoir jouer au bridge toute la soirée avec les Shearer, et il se ferait engueuler parce qu'il annonçait mal, et il devrait faire le café et sortir cette saloperie de Béatrice pour la faire pisser avant qu'il puisse aller se coucher. Et il savait parfaitement ce qu'ils allaient boire. De la crème de menthe qu'il détestait. Ah oui, Constance Sugg était revenue à ses origines !

Au pied d'une haie, dans la région au sud de l'Armagh, Pèlerin, devenu maintenant le matricule 960401, fixait à travers la mire nocturne de son fusil une silhouette qui bougeait dans le terrain en face. Ça pouvait être un garde, mais il s'en foutait. Il avait déjà descendu cinq membres de l'IRA, deux pochards et un membre de la milice territoriale qui était hors service, non sans oublier une landrover de l'armée. Tout ça avait eu pour effet de mettre d'accord les protestants locaux et l'IRA sur le fait de déclarer interdite cette zone sur vingt kilomètres carrés ; et même l'armée évitait d'y passer. Pèlerin n'en avait cure. Il était dans son élément, faisant ce qu'on lui avait appris à faire. Et, toutes les deux ou trois semaines, on lui envoyait un ballon (il y avait eu un fâcheux incident avec un hélicoptère) pour lui faire parvenir munitions et ravitaillement ; il abattait le ballon en tirant dessus.

En fait, il n'avait pas besoin de ravitaillement. Il venait juste d'abattre un mouton pour son dîner et de le mettre dans la cache qu'il avait creusée à mi-hauteur dans un ancien puits. Il en salivait d'avance. Le major avait dit qu'on devait vivre sur le pays et c'est ce qu'il faisait. Il pressa la gâchette et vit l'homme tomber. Il appliqua alors un autre des commandements du major, à savoir qu'une armée doit se déplacer sur le ventre. Il rampa donc sur les trois kilomètres qui le séparaient de sa cache. Un peu plus tard, appréciant le plaisir de faire exactement ce qu'on lui avait enseigné, il démonta son fusil, le huila soigneusement et s'apprêta à déguster un gigot de mouton.

FIN

*Achevé d'imprimer en mars 1987
sur presses CAMERON
dans les ateliers de la S.E.P.C.
à Saint-Amand-Montrond (Cher)*

N° d'édit. : 72. N° d'imp. : 293-143.
Dépôt légal : mars 1987

Imprimé en France

ISBN 2-903-157-72-3